放蕩富豪と醜いあひるの子

ヘレン・ディクソン 作

飯原裕美 訳

ハーレクイン・ヒストリカル・スペシャル

東京・ロンドン・トロント・パリ・ニューヨーク・アムステルダム
ハンブルク・ストックホルム・ミラノ・シドニー・マドリッド・ワルシャワ
ブダペスト・リオデジャネイロ・ルクセンブルク・フリブール・ムンバイ

WICKED PLEASURES

by Helen Dickson

Published by Harlequin Japan,
a Division of K.K. HarperCollins Japan, 2025

ヘレン・ディクソン

イングランド北東部サウス・ヨークシャーの緑豊かな土地に、30 年以上連れ添う夫と共に住んでいる。自然をこよなく愛し、読書や映画鑑賞、音楽鑑賞が趣味で、とりわけオペラに目がない。時間が経つのも忘れて図書館でリサーチすることもあり、想像と史実の絶妙なバランスが、良質な物語を生み出すと語る。

主要登場人物

アデリーン・オズボーン……………資産家の令嬢。
ポール・マーロウ…………………アデリーンの婚約者。
ホレース・オズボーン……………アデリーンの父。
グラント・レイトン………………実業家。
ヘスター・レイトン………………グラントの母。
レティ・レイトン…………………グラントの妹。
ジャック・カニンガム……………レティの恋人。
ダイアナ・ウェイヴァリー………グラントの元恋人。
マージョリー・スタンフィールド………レティの友人。
アンソニー・スタンフィールド……マージョリーの弟。

1

セブンオークスから遠路はるばる走らせてきた馬を休ませ、白樺《しらかば》の木に悠々ともたれていたグラント・レイトンは目を見張った。それぞれ男性と女性をのせた二頭の馬が地を揺るがすような音とともに、無謀なほどの勢いでそばを駆け抜けていったのだ。

立ちすくむグラントの耳に、楽しげな女性の笑い声が聞こえてきた。彼女が乗っている馬は負けん気が強く、相手の馬には絶対に先を譲るまいとしている。たてがみと尻尾《しっぽ》をなびかせ、躍るような足取りで息もつかずに駆けていく。もう一方の馬は疲れていて、勝ち目はなさそうだった。

双眼鏡をのぞきながら、グラントは彼女の腕前と度胸に舌を巻いた。驚いたな、まったくもって怖いもの知らずだ。女性だというのに、横乗りではなく鞍《くら》にまたがって乗るとは普通じゃない。磨き上げられたマホガニーのようなつややかな暗赤色の巻き毛が絡み合い、三角旗のようにたなびいている。馬の臀部《でんぶ》に大きく広がる焦茶色のスカートの下には、鞣革《なめしがわ》の膝丈のズボン《ブリーチズ》と乗馬ブーツがのぞいている。

男性が乗っているのは栗毛《くりげ》の牝馬《ひんば》だが、彼女のほうは灰色の牡馬《ぼば》だ。堂々たる体躯《たいく》で、サラブレッドに間違いない。機嫌のいいときでさえ扱いには注意が必要だし、たとえ私でも苦労するだろう。

彼女たちの前にはエメラルド・グリーンの草原が広がっていた。追いかけるのをあきらめた男性は緩めの駆け足《ギャロップ》に速度を落としたが、女性はしなやかな体で深い前傾姿勢をとったまま走り続けた。手袋をはめた両手は今にも馬の耳に触れそうで、駆けるのをやめないよう促している。はりえにしだの生垣を跳び越えて見事に着地したかと思えば、大きな水路の上を白鳥のようにひらりと舞うように跳ぶ。彼女はぴたりと馬に体を添わせ、一歩進むごとに励ましの声をかけながら走っていった。野原の端に到達するとようやく、緩いギャロップに戻った。彼女は後ろを向いて、少しも急ぐ様子のない連れに手を振り、開いた門の中へ消えていった。

姿が見えなくなったあともグラントはその場に立ったまま、彼女がもう一度現れないか、と祈りにも似た期待を抱きながらじっと見つめていた。あれほど見事に馬を乗りこなす女性は初めて見た。まったくすばらしかった。いったい誰だろう。顔立ちまでは見えなかったので、再び出会ってもわからないが、ぜひともお目にかかりたいものだ。グラントは、深く感じ入りながらそう思った。

空気がぴりっと引き締まった涼しい早朝だった。

八月には珍しいけど、真夏のべたべたした暑さよりずっとましね。厩舎《きゅうしゃ》に戻ったアデリーンは思った。大好きなモンティで遠乗りをするのは、いつも本当に楽しい。見事な筋肉がぐっと引き締まるのが鞍の上からもわかった。彼女は柵《さく》にかけておいたボンネットを取り上げると、広がってぼさぼさになった髪をうなじでまとめて中に押し込み、顎の下でリボンを結んだ。ああ、ボンネットなんかほうり投げて、髪を梳《す》いて吹き渡る風をもう一度感じたい。でも、それは無理ね。控えめで上品なミス・アデリーン・オズボーンにはふさわしくないもの。

彼女の父ホレース・オズボーンは厳格な独裁主義者で、娘には何も期待していなかった。育ちのいい令嬢にふさわしいふるまいをしてさえいればそれでいい、と言う。アデリーンは小道をたどりながら、父のことを考えた。私は一人っ子で、母はすでに亡くなっている。目に入れても痛くないほどかわいい娘を中心に父の人生はまわっていると誰もが思うだろうけれど、実際には私には無頓着《むとんちゃく》で、返品された出来損ないか何かのような扱いをする。きっと、私には美しさが欠けているからだわ。母はあんなにきれいな人だったのに。

学校を終えて家庭教師が用ずみになるやいなや、アデリーンは屋敷内の切り盛りを引き受けることとなり、使用人に指示を出したり、近隣に住む人々や父の取り引き相手をもてなしたり、父がくつろげるようあれこれ気遣いをするよう求められた。

厩舎に入っていくと、驚いたことにポールが待っていた。アデリーンは当惑した。今日という日の重みを思い出させられたのだ。ここローズヒルでは、二人の婚約を祝う〝内輪の集まり〟が開かれることになっていた。

彼をひと目見て、楽しかった遠乗りが台なしになった。ポール・マーロウはアデリーンより二十歳も年上の男やもめで、ハンサムというよりも上品な顔立ちにすらりとした体格の持ち主だ。そして、白いものが交じった金髪をしていた。すきのない身のこなしと慎重な話し方に、たいていの女性が虜《とりこ》になった。ロンドンのサヴィル・ロウでもとびきりの仕立て屋しか作れない、体にぴったりしたスーツを着こなし、申し分ないいで立ちをしている。

ポールは両手をズボンのポケットに突っ込んだまま、厩舎の外をじりじりと歩きまわっていた。彼は近くに住む父の友人で、親しい取り引き相手でもある。だが、未来の妻を見てもにこりともせず、不愉快そうな表情をした。男のように馬にまたがって乗るのも、スカートの下にブリーチズをはいているのも気に入らないのね。でも、結婚するまでは、あなたにどうこうできるようなことではないのよ。

「まあ、ポール！」馬から降りたアデリーンは手綱を馬番に預けた。「こんな早い時間に会えるなんて驚きだわ。父に話があっていらしたの?」

「朝食に招かれたのでね。付き添い《シャペロン》もなしに乗馬に出かけるなんてあるまじきことだよ、アデリーン」ポールは冷たい声で非難した。遠乗りのおかげでいきいきとほてっているアデリーンの頰には気づきもしない。「いかなるときも、馬番をそばに置くべきだろう」

叱責《しっせき》の言葉にかっとしながら、アデリーンは屋敷へ歩いていった。「ジェイクがいたけど、広場に残してきたのよ。馬に運動をさせたい、と言われたから。それなのになぜ、これほどやかましく言うの? 今までもいつもシャペロンなしで馬に乗っていたわ。それに、馬番たちは朝のこの時間には馬の世話で忙しすぎて、私と一緒に遠乗りに行く暇なんてないと思うのよ」

「それでもだめだ。未来の妻が、思慮深いとは言いがたいふるまいをしているなんて。そんなブリーチズをはいているだけでもおぞましいのに」

「私のふるまいにおかしいところなどないわ。ずっと一人で馬に乗ってきたんだから、世間体がどうのなんて今ごろ言っても手遅れよ。シャペロンなんてまったくもって不要です。それに、ブリーチズはとても快適で実用的なのよ」

ポールは眉を上げ、驚きの目をアデリーンに向けた。彼女がこんなふうにきっぱりと言い返すことなど、相手が誰であろうと、今までなかったからだ。

「いや、それだけじゃない」彼はやや口調を和らげた。「君の身の安全も心配なんだ。落馬することだってある。そばに誰もいなかったら、どうなると思う?」

「馬から落ちたりなんかしないわ。ご存じのように、私の馬術の腕前はぴか一です。でも……」アデリーンは振り向いてポールにほほ笑みかけた。「あなたのお気遣いには感激するわ」

「結婚しても、君にはある程度の自由を認めるつもりだが、常に馬番を同伴するべきだ。さもなければ、私の体が空いて一緒に出かけられるまで待ちなさい」

「わかりました、ポール。おっしゃるとおりにしますわ」言い争うつもりのないアデリーンはつぶやいた。「さあ、急がないと朝食に遅れるわ。父を待たせたくないし、私は着替えなければ」

「もう一つ話がある。レディ・ウェイヴァリーが、ご親切にも次の週末のハウスパーティーに私たちを招待してくれた。時間は十分にあるから、ちゃんと準備するように」

「そうですか」

アデリーンはまっすぐに前を見つめた。土曜日から二泊三日で行われるカントリーハウスでのパーティーは退屈かつ空虚で、興味を持てない。注目されないうちに終わることがしょっちゅうだもの。ダイアナ・ウェイヴァリーは、私にないものをすべて持っている。十人並みの器量で地味な私とは違い、美人で人気のある社交界の花だ。今ふうの作法を身につけた気ままな女性で、彼女が開くハウスパーティーは放埒《ほうらつ》でにぎやかだと言われている。間違いなく、私の好みとは相容《あいい》れないわ。

「お返事さしあげるのが礼儀でしょうけれど、私は招待状もいただいていないのよ。あなたが私の分までお返事してくださったのね？」

「もちろんさ。ウエストウッド・ホールでの週末のハウスパーティーへの招待を断るなんて、とんでもない」ポールは硬い表情になった。「レディ・ウェイヴァリーはもてなし上手で有名だし、私たちの婚約を公表するには願ってもない機会じゃないか」

「新聞に出す広告と、今日の午後の集まりで十分だと思うけど」

「たしかにね。だが、もう少し広く世間に知らせたって何も困ることはない。もちろん、パーティーには上流社会の人々もいらっしゃる」ポールはアデリーンの乗馬服に視線を走らせた。その唇が不愉快そうに歪《ゆが》むのを、彼女は見逃さなかった。「仕立て屋に行って、この機会に新しい服を誂《あつら》えたらどうだい？　客人の中にはまっとうな乗馬服にこだわるレディもいるし、君もそういう方たちの仲間入りをしたいだろう？」

「そうね。でも、新しく服を誂える時間なんてないわ。手持ちのもので十分なはずよ」

階段を上りながらアデリーンは、今日これからのことと週末のハウスパーティーのことを思って気が重くなった。そもそもパーティーは大嫌いで、年配のレディたちとカードなどをして、隅に隠れたままやり過ごすことが多かったのだ。レディ・ウェイヴァリーには二、三度会ったことがあるが、彼女が住むウエストウッド・ホールを訪れたことは一度もなかった。断れるものなら、そうしたい。テニスにガーデンパーティー、夕食会にボート遊びなど、うんざりする催しが目白押しでしょうね。でも、ありがたいことにレディ・ウェイヴァリーは立派な厩舎を持っているから、乗馬に逃げることができるわ。

ポールがアデリーンと深い恋仲でないのと同様、彼女のほうも彼を愛しているわけではなかったが、ビジネスをてきぱきさばく能力には敬意を抱いていた。だが、思いやりを示すどころか常にいらいらしたようにふるまうポールは、アデリーンを嫌っているようにさえ見えた。私がほほ笑んでも、返ってくるのは叱責の言葉だけだ。話しかけても、新聞を読んでいる間は静かにしてくれと言われる。お世辞を言って私を喜ばせようとしたことなど一度もない。私の冷静沈着なところや猟場での素早い身のこなしには一目置いてくれるものの、狩猟に対する深い情熱は嘆かわしく思っている。しかも、いたらないところを見つけるとすぐさま批判する。

ポールが秩序だった生活を好み、自分の習慣を決して曲げない点も実は鬱陶《うっとう》しかった。自分に対する高飛車な態度にいら立つこともしょっちゅうあったが、アデリーンは、二人が結ばれてほしいという父の願いを尊重することにした。とはいえ、相談されることなど一度もないまま父に勝手に決められたことだったが。

並外れた長身にぴんと張りつめた強さをたたえたグラント・レイトンは、抑えきれない迫力をあたりに放っていた。少なからぬ株式投資やロンドンに所有する不動産もさることながら、地所からの莫大《ばくだい》な収入を持つ二十九歳の実業家だった。

女性からの人気も高く、傲慢《ごうまん》そうに支配するような雰囲気が好まれていた。未婚であれ未亡人であれ社交界をにぎわす美人はみな、グラントとの仲を噂《うわさ》されたが、結婚を申し込まれた女性は一人しかいなかった。彼が歩いたあとには、恋に破れた女性たちのハートが次々と積み重なった。

グラントは知性あふれるハンサムな顔立ちをしていた。ジプシーのような褐色の肌をした細面の顔に銀白色の瞳。黒と茶の中間の色合いの髪を横分けにし、櫛目《くしめ》も鮮やかに後ろに撫《な》でつけている。意志の強さを感じさせる口元にはいつも楽しそうな笑みが浮かんでいた。だが、このときばかりは違っていた。

この世で最も大切な母のことが心配で、ほかには何も考えられなかったのだ。彼女は重いインフルエンザから回復しつつあるところだった。セブンオークスから自分の屋敷オークランズに戻った彼は、母からのメッセージを見た。すぐに会いたいというのは悪い知らせに違いないと思い込み、ニューヒル・ロッジへの狭い専用通路を馬に全速力で駆けさせた。

蔦《つた》が石造りの壁を這《は》う四角い屋敷は、生垣に囲まれた庭園の中に静かに立ち、背の高い樹木が正面入り口に木陰を作っている。

屋敷に近づいて馬から降りると、馬番がやってきて手綱を受け取った。若いメイドがドアを開けてくれる。グラントが屋敷に入ると、彼女はほほ笑みながら膝を曲げてお辞儀をした。

「おはようございます、グラントさま」

「おはよう、エディス。母上は部屋か？」

「はい。グラントさまをお待ちです」

「では、このままうかがおう」

乗馬鞭《むち》を手に大股で玄関ホールを歩きながらグラントは、切ったばかりのピンクの薔薇《ばら》が美しく生けられた花瓶に目をとめてほほ笑んだ。母は花が大好きで、ニューヒル・ロッジの庭か、ここから一キロメートルも離れていないオークランズのグラントの温室から新しい花を絶やさず持ってくるように、といつも言っていた。グラントは階段を上っていった。

格子模様をした窓ガラス越しの光が、磨き上げられた床に降り注ぎ、マホガニー材の階段や深紅と黄金色の絨毯《じゅうたん》に温《ぬく》もりが生まれる。階段を上りきると、グラントは母の寝室をそっとノックした。ドアが開き、母に長年仕えたメイドで話し相手《コンパニオン》でもあるステラが中へ入るよう促した。

「母のお加減は？」グラントは低い声で尋ねた。眠っているのを邪魔してはいけない。

「お疲れです。先ほどお客さまがいらしたのでくたびれ果てておられますが、グラントさまにぜひ会いたい、と。お飲物でもお持ちしましょうか？」

グラントは首を横に振った。「いや、いい。母上がお疲れなら、手短にすませるから」

静かにドアを閉め、ステラは部屋から出ていった。グラントは、クッションに背を預けて長椅子で休む母に近づいていった。そばの小さなテーブルには本と編み物が置いてある。薄織りのカーテンから透ける光が部屋じゅうを柔らかな黄金色で満たす。両目を閉じた母は弱々しく、病に生気を吸い取られているように見える。両頬はすっかりこけ、顔は青白い。

グラントは腰をかがめ、額に優しくキスをした。

「グラントなの？」ヘスター・レイトンは目を開け、息子に手を差し出した。ほっそりとしていて、血管が浮き出ている。「来てくれてうれしいわ」

グラントは向かいの椅子に腰かけて母の頬をそっと指で撫でたが、目は心配に曇っていた。「メッセージを受け取りましたよ。私を呼び出すほど重要なこととはなんです？　具合が悪化したとか？　そうなんですか？」

ヘスターは力ない笑みを浮かべた。「違うのよ。心配しないで。具合は変わらないわ。少しよくなっているかしら。あなたにしてほしいことがあるの」

「なんです？」

「頭のおかしくなった年寄りだと思われるかもしれないけれど、ローズヒルが売りに出されるって聞いたのよ。私のために買い戻してほしいの」

グラントは眉根を寄せた。「それは初耳だ。その情報はいったいどこから？」

「ベネット牧師の奥さまが昨日いらしたときに話してくれたの。セブンオークスでの教区会合にお出になった牧師さまがお聞きになったとか。ミスター・オズボーンはロンドンへ引っ越すつもりらしいのよ」

「だからといって、彼がローズヒルを売却するとはかぎりませんが」

「ミセス・ベネットはそう考えているわ。彼はローズヒルではあまり過ごさないし、一人娘がもうじき結婚するの。家を出て、ご主人と新しく屋敷を構えるはずよ」ヘスターは唇を震わせた。「グラント、あなたの亡くなったお父さまの話を私はほとんどしなかったでしょう？　五年たった今もお父さまが恋しくて、ひどく辛《つら》いの。時がたてば悲しみも薄れると言うけれど、私にはそうは思えないわ」

グラントは理解を示すように穏やかにほほ笑んだ。

「医者が治せるのは体の病気だけです。傷ついた心を癒《いや》す術《すべ》は彼らには見つけられない、そうでしょう？」

「そうみたいね。だからこそ、ローズヒルを買い戻してほしいの。あれは私の故郷《ふるさと》だわ。何代も前からわが一族が住んでいた屋敷なのよ。本当に愛していたわ。借金を返すためにミスター・オズボーンに売られたときは胸が張り裂けそうだった。でも、今は事情が違う。彼が売るつもりなら、あの屋敷を取り戻したいの」

グラントはほんの一瞬だけ母を見つめたが、口を開いた。「熟慮の末の決断なのですね」

母の両目に涙が浮かんだ。「ええ、そうよ。ミスター・オズボーンを訪ねて、話をしてみて。私にはとても大事なことなの。あの屋敷で人生を終えたいのよ。そのあとは――つまり私が死んだあとは、あなたの好きにして。どうしようと自由よ。だけど、今はどうしても取り戻したいの」

母の頼みを拒絶することはできず、グラントはうなずいた。「少し調べてみましょう。この件をレティに話しましたか？」

「いいえ。でも、きっと理解してくれるわ。私にはわかるの」

「私の親愛なる妹はいずこに？」グラントは椅子の背にもたれ、ブーツを履いた長い脚を組んだ。

「ロンドンよ。お友達のマージョリー・スタンフィールドのところに滞在させてもらっているわ。明日には戻ってくるはずだけど」

「お行儀よくしているでしょうか？」

「心からそう願うわね。でも、あなたもよくわかっているでしょう？　レティは自分のしていることをちゃんと報告してくれるのよ。もっとも大半は、私が知らないほうがいいようなことばかりだけれど。レティに関しては、知らないほうが幸せだということが多いから」ヘスターはしかたがないと言いたげにほほ笑んだ。「でも、自分やレイトン家の名を汚すようなことだけは、絶対にしないはずよ」

「それはどうかな。レティは勝ち気で怖いもの知らずです。全女性が男性の横暴から完全に自由になる日まで、決して歩みを止めないそうですから」

ヘスターは明るい笑い声をあげた。「あの娘《こ》はいつも、激しい議論を繰り広げるのよ」

「気をつけないと、逮捕されかねないな」

「あの娘にかぎっては大丈夫。女性運動に関する活動について聞くのは興味深いわ。いえ、彼女たちのことは婦人参政権論者と呼ぶほうがいいみたいね。私も、できる範囲でアドバイスをしているけれど。あの娘が長いこと留守にするのもしかたがないわね。マージョリーと一緒にいるのを許してくださって、レディ・スタンフィールドには感謝しきれないわ。マージョリーは落ち着いたご令嬢だから、レティにもよい影響を与えてくれるでしょう」

「それはともかく、レティも夫を見つけて落ち着くことを考えるべき時期ではありませんか？」

「たぶんね。でも、よくも悪くも血をわけた妹なんだし、あなたもあの娘をとてもかわいがっているでしょう。それに、身を落ち着けるという話なら、あなたこそ最近、あるレディと噂になっているそうじゃないの。昔は、あやしい評判の令嬢たちとも関係があったようだけれど」静かにたしなめるように母は言った。「私は今まで一度も、その真偽を問いただしたことはなかったわ」

「では、なぜ今さら？」

「今回は、あなたと噂になっているのがレディ・ウエイヴァリーだからよ」

母の言葉にひそむ甘美な響きにグラントはいら立った。ゴシップや噂話の的になるのは嫌いだ。「なるほど、私がウエストウッド・ホールを最近訪れたことが、母上の見舞客のみなさんの耳に入ったんですね。まったく、母上だけはゴシップになど躍らされないと思っていたのに」

「私を責めるの？」ヘスターはほほ笑んだ。「息子は、結婚相手として格好の独身男性。今までは、非の打ちどころのない若い令嬢たちを伝染病患者か何かのようにずっと避けてきたというのに、急に美しい社交界の花形を訪問している姿を目撃されたのよ？　それも、一度だけではないとか」

レイトン家特有の眉が皮肉そうにつり上がった。「ダイアナは二十八歳で未亡人生活五年目です。〝若い令嬢〟とは言いがたいですよ、母上」

「では、五十五歳の私などしわくちゃのおばあさんね。グラント、あなたを幸せにしてくれる誰かを見つけて身を固めてくれたら、これ以上の幸せはないのよ」

「そうしますよ、そのうちにね。ですが、その相手はダイアナじゃない。六年前なら、そうしたかもしれないが、彼女はパトリック・ウェイヴァリーと結婚することを選んだ」グラントの声は冷静で、何を思っているのか、そこからはまったくうかがい知れないものだった。「爵位のない単なるミセス・レイトンよりも、レディ・ウェイヴァリーになるほうが魅力的だったんでしょう。でも、彼女のことは今も好きだし、ときどき会って一緒に過ごすのは楽しいですよ」

「私は一度しか会ったことがなくて、どんな方なのか評価できるほど長く話したわけでもないけれど、彼女はあなたを傷つけたの？」

グラントは肩をすくめて苦笑いした。「あのころの私は若くて、簡単に美人になびいた。彼女に拒絶されたときは、怒りと、自尊心を傷つけられたという思いでいっぱいでしたよ」

ヘスターは息子の顔をじっと探った。「だけど今は違う、と？　簡単には、美人になびかないと言うのね？」

「単なる美醜以上のものを見るようになりました。人間を決めるのは内面で、外見じゃない。ダイアナは知性を備えた美人で育ちがよく、有力な親戚《しんせき》にも恵まれている。ですが……母上もおっしゃったように社交界の花だ。どうしようもない浮気者で、目的を達成するためには手段も選ばない。亡くなった夫は十分な財産を遺《のこ》したが、それでも金遣いは荒く、このままだととんでもないことになる。彼女にとってはお金が大事なんだ。そのためなら、魂だって売りかねない」グラントはにやりとした。「パトリックと結婚してくれて助かった、とすぐに思いましたよ。母上も、ダイアナを義理の娘とは決して呼びたくないことでしょう」

ヘスターはため息とともに、クッションに頭をもたせかけた。「そう、残念だこと。でも、あなたの言うとおりの女性なら、避けたほうが賢明ね。もっとすばらしい令嬢を選べる立場にあるのだから」

ケント州の田園地帯の緑豊かな谷間にそびえるレイトン家の邸宅、オークランズ。ニューヒル・ロッジが庭の掘っ建て小屋に見えるほどの壮大な屋敷に戻るとグラントは、そろそろ身を固めてほしいという母の思いなどすっかり忘れ、もう一つの頼み事を真剣に考え始めた。ホレース・オズボーンに手紙を書いて、面会を申し込もう。フレデリックのところに一泊させてもらえばいいだろう。

ミスター・オズボーンに会ったことはないが、冷徹で抜け目のない、自力で大成した実業家だと聞いている。彼はたしかに成り上がりだが、社交界の大立者からは、ほかの新興成金とは比べものにならないほど好意的に受け入れられている。

いっぽう、わがレイトン家は代々の資産家だ。どうやら私は投資話に関しては金の卵を生み出す力を持っているらしく、裕福な暮らし向きは今も変わらない。母上のためにも、ミスター・オズボーンには私の提案を真剣に検討するよう頼んでみよう。よもや、この申し出が断られることはあるまい。説得しづらい相手だとしても、必ず説き伏せてみせる。

ローズヒルでの集まりは、両家の年配の親戚のほかには取り引き上の関係者が数人出席した程度で、静かで落ち着いた雰囲気だった。ポールとの婚約を祝福され、人生で最も幸せな日を過ごしているはずだというのに、アデリーンは高い崖《がけ》の上でぐらぐらする巨岩が今にも転がり落ちてくるのを下で待ち受けているような気分だった。


みんなが見た目を褒めてくれたが、社交辞令だということはアデリーンにもわかっていた。

でも、私の父は裕福な実業家で、まわりからも一目置かれている。何を言われても関係ないわ。

自分の魅力を最大限に生かす努力をしていないのは、アデリーン自身も重々承知だった。深い赤みを帯びた髪は丸くまとめただけだ。茶色やベージュ、グレーといった色合いのドレスは肌の色を少しも引き立てず、貧しい家の娘にしか見えない。瞳は英国人のようには見えないし頬骨は高すぎで、唇も大きすぎるわ。たいていの男性は彼女をひと目見ただけで、あとは関心を払わないのが常だった。

しかしよく見れば、さえない外見の奥底にはまぎれもない宝が眠っていた。アデリーンはまだ二十歳だが、ただならぬ知性と忘れがたいほどの際立った個性を持ち、たいていの話題について興味深く語り合うことができた。掛け値なしの優しい心の持ち主で、自らをひけらかしたり誰かの感情を害したりすることもなく、どこまでも利他的にいろいろ尽力する女性だった。感情を表に出すことはなく、その場で自分に求められている役割がなんであれ、見事にこなす能力を持ち合わせていた。

そして、身を切られるほどの孤独を抱えていた。十歳のときに母を亡くしてからは、コンパニオンでメイドのエマのほかには、話しをする相手や愛情を注いでくれる人物はいなかったのだ。

駅のプラットホームは混雑していた。ポールが駅長と話している間、彼の側仕《そばづか》えとエマは荷物を見ていた。一行をアシュフォードへ運ぶ列車が煤煙《ばいえん》とともに入ってくると、アデリーンは少し近づいて、蒸気を吐き出しながら止まる様子を見つめた。乗客が降りてくる。思い思いの方向に行こうとする人々が押し合いへし合いする中で、アデリーンは車内で読もうと買っておいた本を落としてしまった。

その瞬間、列車から降りた客の一人が進み出た。「お任せを」浅黒い肌をした男性が身を屈《かが》め、人に踏みつけられる前に本を拾って手渡してくれた。

ほっとしながら受け取って見上げると、銀白色の瞳と目が合った。唇には皮肉めいた笑みが浮かんでいるが、それでもぞくぞくするほど官能的だ。「ありがとうございます。迂闊《うかつ》でしたわ」

「よくあることですよ」彼はほほ笑み、帽子を軽く持ち上げた。「では、ごきげんよう」

なんて魅力的な男性なの。アデリーンは、大きな足取りで力強く出口へ歩いていく彼を見送った。いったい、どなたかしら。冷静な意思を感じさせ、自信に満ちあふれた強さを全身から発散させていたわ。

肘に触れる手に振り向くと、ポールがいた。

「来なさい、アデリーン」ぶっきらぼうに命じる声で言った。「列車に置いていかれたくはないからね」

アシュフォード駅で降りると、レディ・ウェイヴァリーがよこした馬車が待っていた。ウエストウッド・ホールに着くと、ポールの側仕えとエマは、主人たちにどの部屋が割りあてられたのかを確かめに行った。

ウエストウッド・ホールは、白い壁に黒い木骨造りというチューダー様式のだだっ広い屋敷だった。あまりの美しさに、ひと目見た瞬間、この週末のパーティーに乗り気でなかったことを忘れてしまうほどだった。美しく刈られた芝はなめらかなビロードのようだ。テラスのいたるところで、さまざまな色合いの蔓《つる》薔薇が咲き誇り、花のついた灌木《かんぼく》を植えた鉢が並んでいる。

わずか一年の結婚生活の後に未亡人となったレディ・ウェイヴァリーが、蝶《ちょう》のように軽やかに客たちの間を飛びまわる姿は自信に満ちあふれていた。

ポールの姿を認めると、彼女は赤い唇に歓迎の笑みを浮かべ、完璧《かんぺき》な歯並びを見せながらまっすぐこちらにやってきた。

「まあ、親愛なるポール、いらしてくれてうれしいわ。すっかりご無沙汰《ぶさた》ね。あまり、旅のお疲れが出ていないといいんだけれど」

すっきり仕立てられた上品なツイードのジャケットを着たポールは彼女にほほ笑みかけ、丁重に腰を落として手を取った。「ああ、ちっとも。また会えてうれしいよ、ダイアナ」そう言ってアデリーンの手を取り、前へ引き立てた。「ミス・アデリーン・オズボーンを紹介させてくれ……私の婚約者だ」

レディ・ウェイヴァリーは、あからさまにそっけなくアデリーンを迎えたが、その目は好奇心にあふれていた。値踏みされているようで、アデリーンは不愉快だった。ダイアナ・ウェイヴァリーなんて大嫌い。甘ったるい香水の匂《にお》いも鼻につく。じろじろ見られているのを意識しながら、ふとアデリーンは思った。もっと見た目に気を使ってくればよかった。女主人は焦茶色の髪を優美に結い上げ、贅沢《ぜいたく》で趣味のいい赤褐色と黄金色のハイネックのドレスをまとっている。組み合わされたリボンや襞《ひだ》飾りが絶妙だ。

「ご招待に感謝いたします、レディ・ウェイヴァリー」礼を失するまいと、アデリーンは口を開いた。

「あら、ポールを招くのにあなたを招かないわけにはいかないでしょう？　私のことはダイアナと呼んで。私もあなたをアデリーンと呼ぶから。とはいえ、爵位があるのってすてきよ。亡くなった夫はあまりたいしたものを遺してくれなかったけれど、この屋敷と爵位だけは別だわ。夫に対する気持ちなど、五年前にお墓の前ですべて捨ててきたけれど」

驚きのあまりアデリーンは思わず眉を上げたが、礼儀作法を重んじ、知り合ってまもない女性に質問をすることはやめておいた。

その表情にダイアナは声をあげて笑った。「あら、秘密でもなんでもないのよ。そんなにびっくりしないで。パトリックと私の結婚生活については周知の事実よ。彼はギャンブルが好きな酔っぱらいだったけれど、ありがたいことに、財産をすべてギャンブルですってしまう前に亡くなってくれたわ。それでも、彼の遺産で精いっぱいやりくりしないと。私のハウスパーティーは形式張らない、くだけた雰囲気なのよ。あなたにもそのうちわかるはず。それはそうと、婚約のお祝いを言わなくては。婚礼の日取りは決まったの？」

ポールは首を横に振った。「いや、まだだ……たぶん春先には」

アデリーンはポールをきっと見た。初耳だわ。でも、ほかのこと同様、ポールや父が私に意見を求めることなど決してない。

ダイアナはうなずき、アデリーンに視線を移した。

「私のハウスパーティーに一度もいらしたことがないなんて残念ね。こんな楽しい経験なんてめったにないのに。そうでしょう、ポール？」厚く肉感的な唇に笑みを浮かべると、目を細めてアデリーンの婚約者をじっと見つめる。「あなたは、誘われたら絶対に拒まないわよね」ポールは前にもウエストウッド・ホールに来たことがあるのね。アデリーンもそれに気づき、これほど露骨な言い方で知らされたことを不愉快に思った。

「何週間かロンドンにいたのだけど」ダイアナは続けた。「いくつものパーティーを泣く泣くあきらめて、もっと落ち着いた田舎の楽しみで我慢することにしたの。でも、このウエストウッド・ホールにいる間は仲間に囲まれて、できるだけにぎやかに楽しむわ。がらんとした屋敷なんて大嫌い。さあ、あなたたちをお部屋へ案内させるわね。あとでお客さまにあなたを紹介させてちょうだい。ここにいるからには十分に楽しまなくてはだめよ」

ウエストウッド・ホールは外見同様、内部も凝った造りになっていた。装飾品や壁の華やかな渦巻き模様に、どっしりと重厚な家具。磨き上げられた羽目板にはガス灯やランプの明かりが映えている。あまりにも大勢の客がいて、全員にお目通りするのは不可能だった。知っている顔も知らない顔もいたが、すぐにアデリーンはどうでもよくなった。だが、会えてうれしい人物が一人だけいた。フランシス・シーモアだ。彼女は兄のマークと一緒に招かれていた。

アデリーンに話し相手が見つかってほっとしたポールは、素早くその場を離れた。その際に、彼がダイアナをテラスへと誘う様子をアデリーンは見つめた。彼は女主人のウエストにそっと腕をまわし、自分を見上げる顔に応《こた》えるように首をかしげている。単なる友人以上の感情を二人が互いに持っているのがわかり、アデリーンはいら立ちを覚えた。ダイアナが、ポールが離した腕をつかんで自分の胸に押しあてた。明らかに意図的な動きだった。そしてポールは腕を引っ込めようともしなかった。

見てはならないものを見たような気がした。アデリーンは顔をそむけ、スパイスをきかせたホットワインのグラスを受け取ったが、客たちの中にもポールとダイアナに気づいている人がいるのを見て当惑した。二人の親密さは、すぐにそれとわかるほど人目を引いていた。でも、週末はまだ始まったばかりだわ。アデリーンは思った。こんな場面を目撃しても、悲しみよりもいら立ちを覚える。フランシスのほうを向くと、静かに理解を示すような顔でこちらを見つめていた。

「ダイアナはハンサムな殿方が大好きなのよ。ポールも例外ではないわ。大人の男性だという点が、社交的な彼女には魅力的に映るんじゃないかしら」

「なるほど」手に取るようにわかるわ。こんなにもはっきりと。

「実のところ、あなたとポールが婚約しなかったら、ダイアナ・ウェイヴァリーが前から彼に言い寄っていることを話すところだったわ。ここには二度来たことがあるの……なんだか、いつもマークと一緒に招待されてるみたいだけど、ほかにすることもないし、ここでは面白いことがあるから。ダイアナは、情事や道ならぬ関係を求める人々が心ゆくまで堪能できるパーティーにしようと、心を砕いているのよ。機智に富んだ企《たくら》みを積極的に行う人なんだから」

アデリーンはショックのあまり眉をつり上げた。

「つまり、そういったことをけしかけているの?」

「ええ、もちろん。道ならぬ仲の二人が合意に達したら、通常はレディのほうの寝室のドアに何か印を残すの。〝室内は私一人で、人目はないから今がチャンスだ〟と」フランシスは心底面白がっているように笑った。「朝六時の厩舎の鐘、つまり、絶対的な警報音みたいなもの――それが鳴ると、誰もが自分の部屋のベッドへ戻ろうと、階段の踊り場は大騒ぎになるの」

「なんてこと！　そういうことなら、部屋のドアにちゃんと鍵《かぎ》をかけておかなくては……それに、ポールも同様にしてくれるよう願うわ」アデリーンは思いついたように言い添えた。

そんなアデリーンをフランシスは物思わしげに見た。「こんなことは言いたくないけど、あなたの婚約について少し心配なの。あなたはポールなんかにはもったいないわ。もっと思いやりと情熱を持った男性のほうがいいのに。あなたのことを深く思ってくれる人がいるはずよ」

アデリーンは苦笑をもらした。「あなたはいつも感傷的ね。私は夫に情熱など求めていないの」

「うそ、求めているはずよ……女性なら誰しもそうだわ。尊大な夫がもたらす災いに用心しなさい」


晩餐会《ばんさん》にはたっぷり時間がかけられ、誰もが口々に褒め言葉を並べた。極上の料理、ワインも最高だったが、食卓での話題はアデリーンにはまったくなじみのないものだった。

食事が進んでグラスが次々に空けられるにつれて人々の頬は赤らみ、話は下劣なものになっていった。アデリーンが直接話しかけられることは少なかったが、そんなとき、彼女は曖昧《あいまい》な笑みやうなずき、小声のささやきで対処した。ほとんどの会話の内容が不快だった。薄っぺらで下品な話になっていくので、アデリーンは笑い者になるのを恐れて黙ったままでいた。でも、こうして沈黙していることで、かえって笑い者になっているのではないかしら。

そしてふいに、テーブルの向こう側からダイアナに話しかけられ、彼女はぞっとした。

「ひどくおとなしいのね、アデリーン。ミスター・

ホレース・オズボーンの礼儀とたしなみをわきまえたご令嬢には、ここでの会話はローズヒルとは違い、興味も関心も持てないということかしら。社交の場での中身のないおしゃべりは、すべて退屈なのかもしれないわね」

愛想よくほほ笑みながら、アデリーンは控えめに答えた。「おっしゃるとおりよ。誰が誰と浮気しているかなんて話についていくのは、なかなか難しくて。そんな方が大勢いると、相手を見つけるだけでもくたびれてしまうんじゃないかしら」

一瞬の沈黙の後、笑い声があがった。

「ブラボー、ミス・オズボーン！」向かいの席に座る紳士が叫んだ。「君の婚約者だって楽しんでいるかもしれない。だが、ほんのお遊びだよ」

「もちろん、私の婚約者はほかの殿方に劣らず上手に遊べますわ。でも、お楽しみへの飽くなき探求よりも、彼自身の悪ふざけのせいでくたびれているんじゃないかと思うことがよくありますの」アデリーンは大胆にもポールを正面から見据えた。じっと見つめ返す彼の顔は、アデリーンにだけ見せる冷たい非難に満ちていた。

「あら」ダイアナはなだめるような色を瞳に浮かべてみせた。「てっきり、あなたは内気なはにかみ屋さんだと思っていたわ」

アデリーンはほほ笑み返した。「だからといって、私が意気地なしとは思わないで」

「ええ、そんなことは夢にも思っていないわ」

晩餐会が終わると、客たちは音楽や懇談を楽しむために大きな居間へ移った。緑色の上着の召使いたちが間を立ちまわり、シャンパンやブランデー、シエリー酒などがさらにふるまわれた。

夜が更けていった。アデリーンはフランシスと組んでカードをやっていたが、部屋の向こう側からポールを誘惑しようとするダイアナの姿がちらっと目に入った。彼はあからさまな関心に応えて孔雀《くじゃく》のように胸を膨らませ、生来の傲慢さを発揮しながらグラスをちょっと上げて、女主人に頭を下げた。秘密めいたまなざしが二人の間で交わされると同時にポールがわずかにうなずいたのが、アデリーンの視界に入った。

その視線に気づいたダイアナは、先ほどの挑戦するような嘲《あざけ》りの表情をアデリーンに向けると、その場から離れた。ポールは身体的な意味でもダイアナに引かれているのだ。それから、二人は別々のドアから出ていった。

アデリーンの全身を怒りが駆け抜けた。ポールったらいまいましい！　どうして、こんなことを？　女としての私の気持ちにこれほど無頓着になれるなんて。彼のことを愛していたら傷ついたかもしれないけれど、今は怒りしか感じられない。アデリーンは冷たい嫌悪感を覚えた。父に言われたからといって、どうしてあんな男と結婚することにしたのか、不思議でたまらない。

こんなパーティーへの招待なんて断るべきだった。そもそも、私あての招待状も受け取っていないのに。アデリーンは苦々しく思った。今の一件だけを見ても、取るに足らない人物だと思われているのがよくわかった。ポールがダイアナと部屋を抜け出したことなど見なかったふりをして、もう寝てしまおう。ええ、なんとかできるわ。屈辱と拒絶感を味わったことなど、誰に知らせる必要もない。

翌朝六時に厩舎の鐘が鳴ったとき、アデリーンはいだが立派な葉っぱを広げる大きな植木鉢の陰に立ち、ダイアナの寝室からポールがこっそり走り出てくる姿をじっと見ていた。

寝室のドアを呆然《ぼうぜん》と見つめながら、どれくらいそこに立ち尽くしていたか、アデリーンは覚えてもいなかった。彼女の関心はやがて自分の内面に、そして自分自身へと移っていったからだ。背筋が寒くなるような感情の中からまったく別の生き物が新たに生まれる瞬間を目撃したようだった。心に、すさまじい力がわき起こった。今はただあの部屋へ乱入し、怒りをすべてダイアナ・ウェイヴァリーにぶつけたかった。彼女を何度も、何度もぶってやりたい。

数分後にアデリーンはようやく歩き出し、無意識のうちに自分の部屋へ戻った。このまま、何ごともなかったかのようにふるまおう。不愉快な時間をやり過ごし、ポールの下劣な行動についてどうすべきか決めるのはローズヒルに戻ってからにしよう。

今、一つだけたしかなのは、ゴシップや噂話、嘲りの的には絶対にならないということだ。だけど、うんざりするほど長い一日と、一夜をやり過ごさなくてはならない。どうやって耐えればいいの？

2

ホレース・オズボーンに会いにローズヒルに出かけたものの、グラントは何を期待していいのかわからなかった。初対面だが、互いに名前だけは知っていた。世間からはどちらも優れた商才を高く評価され、一目置かれていた。

今のホレースがあるのは、彼の才覚の賜物だった。破産寸前だった父の事業を救い、さらに繁栄を築くために骨身を惜しまず働いたため、五十歳という実年齢より老けて見える。白髪を後ろになでつけた面長の顔には深いしわが刻まれ、頬はこけていた。

ホレースはグラントをにこやかに出迎えたが、面会を求められた理由を不思議に思い、相手にさっと視線を走らせた。ホレースと同じ非情さを持つと評判のグラントは、ずっと長身で肌も浅黒い。すっきりとして力強い顔立ちをした青年だ。

「何か重要な話でも？」ホレースはグラントを書斎に案内して椅子をすすめると、贅沢《ぜいたく》な彫刻の施されたデスクの向こう側に座った。

「ええ。この屋敷を買いたいのです」グラントはずばりと切り出した。

ホレースは鋭く彼を見つめた。「それならば、残念ながら君の当ては外れたな。何を聞いたか知らないが、ローズヒルは売りには出さない」

グラントは少しもたじろがず、しかもホレースに翻意させようと悪魔も顔負けのずうずうしさで、ほかの人間なら涙を流して喜ぶほどの額を提示した。だが、老人の心は動かされなかった。

グラント・レイトン、噂《うわさ》に違《たが》わずなかなかやるな。ホレースは思った。突き刺すような視線に、頭の回転の速さと高い知性が現れている。敵にまわすより味方にしておきたい男だが、ローズヒルを売るわけにはいかない。金なら使い道に困るほど持っている。ロンドンに引っ越すつもりなのはたしかだが、この屋敷はアデリーンとポールへの結婚祝いになる。

グラントには予想外の展開だったが、どうすることもできなかった。口をつぐんで座っているしかなかったのだ。母の願いは却下された。こんな結果を知らせたら、どんなことになるだろう。

なんということだ！　母にどう言えばいい？

避けられないことを先に延ばし、失望感をすぐに晴らしてくれる場所を求めたグラントはオークランズには帰らず、ウエストウッド・ホール――ダイアナのところへと向かった。

アデリーンはなんとかこの日をやり過ごした。朝食をすませると、フランシスやポールとともに教会へ行った。ダイアナのベッドで一夜を過ごしたというのに、ポールは驚くほどふだんと変わらなかった。普通の女性なら、あのふるまいについて詰問してしかるべきだし、ポールのことを愛していたら、アデリーンもそうしていただろう。だが、実際には痛みなどまったく感じていなかった。明日がどうなるか見当もつかないし、どうなっても構わなかった。

昼食後には馬車で出かけ、それから紅茶を飲みながらブリッジをした。そして、晩餐《ばんさん》後にもまたブリッジをした。

フランシスとアデリーンはバルコニーに座り、ファッション雑誌を見るともなしにめくって静かに会話を交わしつつ、沈みゆく夕日を眺めていた。

最初にアデリーンの気を引いたのは彼の声だった。深くてよく通る声が、ウェイヴァリー家の人間だけが使う小さな居間から聞こえてきた。何を言っているのかわからないが、大きな怒鳴り声だった。

アデリーンは眉根を寄せてフランシスに言った。

「何かしら？　誰かわからないけれど、ひどく怒っているような感じね」

その瞬間、長身で浅黒い肌をしたとてつもなくハンサムな男性が、怒り狂った表情でバルコニーへつかつかと出てきた。遠視のアデリーンが、リボンを結んで首から下げていた鼻眼鏡をかけて眺めると、ふいに彼がこちらを向いた。銀白色の厳しい瞳に燃え上がる怒りの炎に、彼女は思わず息をのんだ。ほんの一瞬、二人の視線がぶつかったが、彼のほうが目をそらした。

喜びと不安が入り交じったような、一度知ったらまた欲しくなるような、思いがけぬ痛みをアデリーンは胸に覚えた。彼は、駅のプラットホームで本を拾ってくれたあの紳士だった。

力強い意志を感じさせる足取りで、彼は屋敷を出ていった。

フランシスも柄つき眼鏡を取り上げて男性を眺めた。「初めて見る顔ね。あれほど容姿端麗な男性なら、一度見れば忘れるはずはないから。でも、ひどく怒っているわ。何を言い争っていたのかしら」

アデリーンは肩をすくめた。「さあ」

二人は、女主人が姿を現したバルコニーの出入口のほうを同時に振り向いた。ダイアナは出ていく男性の背中をにらみつけていたが、アデリーンに目をとめた。そして、考え込むような顔つきを見せたかと思うと、何か楽しいことでも考えついたのか、笑みを浮かべて屋敷の中へ戻っていった。

数時間後、頭痛を訴えて自室へ戻ろうとしたアデリーンの耳に、図書室の中から話し声が聞こえてきた。ドアが少し開いていたのだ。立ち聞きする気もなく立ち去ろうとしたが、ローズヒルという言葉が耳に入った。好奇心に駆られ、立ち止まって中をのぞくと、先ほど屋敷から出ていった男性の姿が見えた。ダイアナが相手をしていた。

彼は近くの椅子に上着を投げた。白いシャツのボタンも胸のあたりまで外している。乱れた前髪がはらりと額に落ちていて、苦々しげな横顔だ。ハンサムな浅黒い顔をアデリーンはじっと見つめた。長身の体の隅々にまで力強い男らしさが満ちている。興奮とおののきにアデリーンの息づかいが荒くなった。

彼はしばらく前から、ダイアナの屋敷で酒を飲んでいたようだった。ブランデーの少し入ったグラスは、おぼつかない指先から今にも落ちそうだ。彼はそれを持ち上げて中の液体を見つめると、口元に運んでいっきに飲み干した。ふらつく足元から察するに、すでにかなり酔っている。

「さっきはきき忘れたけど、例の問題はまとまったの？」彼の様子など気にもとめず、ダイアナが尋ねた。

眉間《みけん》に不機嫌そうにしわを刻んだまま、男性は彼女にちらっと視線を走らせた。「いや。オズボーンは売るのを断った」

彼女は皮肉な笑顔を見せた。「あら。たいしたものね。今まで誰もできなかったのに、あなたにノーを突きつけるなんて。あなたの辞書には、失敗という文字はないもの。彼はなかなかの難敵ね？　これからどうするの？」

喉のあたりを引きつらせたものの、男性は弁解もせずに肩をすくめた。「べつに。できることは何もない。負けを認めるよ。すでに手は尽くした。母があまり気を落とさないことを願うばかりだ」

「わざわざここへ来て話してくれてうれしいけれど、そんな必要などなかったのに。私にはなんの関係もない話だし。今夜は泊まっていく？」

「君のベッドが空いているなら」彼は手を伸ばし、ダイアナの頬を指の甲側でそっと撫《な》でた。「怒らないでくれ。君はいつも、友人が必要なときにそばにいてくれる。さっきのことはすまなかった。君の申し出も少し考えてみるよ。約束する」

ダイアナは苦笑した。「ミスター・オズボーンに申し出を蹴《け》られたのなら、そのお金をこっちにまわして、厳しい状況から救ってくれないかしら？　銀行は、もう貸付限度額いっぱいだと言うのよ」

「それは当然だな。浪費を少しは抑えたらどうだ？　この週末のパーティーも、どうしても必要か？」

「いいえ。でも、パーティーが好きなの」

「だからこそ、今の苦境があるんじゃないか。私の答えはノーだが、ほかに何か必要なものがあれば、遠慮なく言ってくれ」

ダイアナは背筋をぴんと伸ばし、懸命に笑顔を作った。「残念ながら、私がいちばん欲しいものはくれないみたいね。といっても、あなたが先ほど神経を尖《とが》らせていた例の問題じゃないわよ。あなたの気持ちはもう、はっきりわかったわ。心変わりしないかぎり、無理だってことね」

彼の顔からいっさいの感情が消えた。その沈黙こそが、心変わりなどないという宣告だった。

ダイアナは悄然《しょうぜん》とため息をついた。「なるほど。そう……じゃあ、失礼するわ。お客さまのところに戻らなければ」そして、空になったデカンタに目をやった。「酔いつぶれたいなら、もっとブランデーを持ってこさせるけど。そうでもしないと忘れられないでしょう？」ドアのほうへ歩いたが、ふと振り向いた。「ああ、あとで私の部屋へ来たいなら、階段を上がって左よ。ドアの取っ手にこのリボンを結んでおくわ」彼女はウエストに巻いた、燃えるような緋《ひ》色のリボンを見せた。

「ダイアナ、今は誰かと深い仲なのか？」

「さあね。ドアにリボンがなかったら、ソファで眠ってちょうだい」

立ち聞きしていたのが見つかったら、まずいことになる。アデリーンはドアから離れ、急いで階段を駆け上った。あの男性が父に持ちかけたというビジネスの話とは、いったい何かしら？

眠りにつく準備が整い、メイドのエマが下がったのは十二時ちょっと前だった。アデリーンはほっとしながらベッドに潜り込んだ。明日になれば、ローズヒルに戻れるわ。空に弧を描いて昇っていく月が眺められるよう、カーテンは少し開けておいた。目を閉じて、楽しい眠りに入る準備を始める。夢の中でアデリーンは、美しいドレスに身を包んだ美女になっていた。男性の腕の中に抱き締められながらワルツを踊るのだ。瞳を輝かせて彼女を見つめる彼のまなざしはとても温かかった。

今にも眠りに落ちようかというときだった。どれほど時間がたったのかわからなかったが、アデリーンは目を覚ました。部屋の中に誰かいる。暗闇《くらやみ》の中で目を凝らすと、人影が見えた。男性だ。立ったままふらつきながら、服を脱いでいる。シャツのボタンと格闘しつつ、低い声で悪態をついた。図書室にいた男性だわ。ローズヒルと父のことを話していた、あの人よ。シーツの端をつかんで顎まで引き上げながら、ぎょっとしながら見つめていると、全裸になった男はベッドに入り込み、そばに横たわった。それからため息を一つつくと、動かなくなった。

荒い息づかいを少し聞いたあと、途方に暮れたアデリーンは、男を起こさぬようゆっくりベッドから抜け出て、忍び足でドアへ向かった。ありがたいことにドアは音もなく開いた。輝くばかりの月明かりが窓から差し込み、広い廊下を照らす。そこには寝室がずらりと並んでいた。小テーブルの上にはランプの炎が揺らめいている。きっと、情事を楽しむ人たちのためにあるのね。彼女は苦々しく思った。

屋敷はしんとしていて、あたりには人っ子一人いなかった。どうか、彼が私の部屋に入ってきたのを誰も見ていませんように。ドアを閉めようとして下を向くと、取っ手に結ばれた緋色のリボンが目に飛び込んできた。ベッドの中にいる男性と女主人の間で交わされた会話がよみがえった。ダイアナは彼女自身にしかわからないような卑劣で悪趣味な理由で、あの男性ばかりか、私にも恥をかかせようとしたのね。アデリーンは例のリボンをじっと見据えた。

怒りが全身を駆け巡る。経験の浅い私なら、簡単にショックを受けて叫び声をあげ、大騒ぎになると思っているの？　関係者全員にとって破滅的な事態となり、さらには私も恥をかくと？　だとしたら、ダイアナ・ウェイヴァリーは私のことを知らないようね。アデリーンはリボンをほどいてドアを閉じると、近くの椅子にそれをほうり投げ、ベッドで眠りこけている男性を見つめた。

ぞくりと身震いがしたが、寒さのせいではなかった。急に体が熱くなる。熱くてたまらない。体の中で何かが起こっている。火花が爆《は》ぜ、もう消すことができなかった。体の中である欲望がわき起こった。見知らぬこの男性にしっかり体を寄せ、ふいにわが身をとらえたこの欲望に溺《おぼ》れてしまいたい。新たに見つけたこの情熱に溺れてみたい。

アデリーンはナイトドレスを頭から脱ぎ捨てた。髪はほどけて腰まで流れ落ち、心臓が飛び出そうなほど胸がどきどきしていた。欲望にわれを忘れて一糸まとわぬ姿でベッドに戻り、男の隣に横たわる。肌を合わせると、何かが体の中でうごめいた。今まで感じたことのない何かが。ちらちらと揺らめくものが弾《はじ》け飛ぶ。

男が手を伸ばしてきたとき、アデリーンは一糸まとわぬ姿が彼に及ぼす影響には気づかぬまま、売れっ子の高級娼《しょう》婦《ふ》のように慣れた様子で身を任せた。

波打つような筋肉に、荒々しいほどの生命力があふれている。私とはまったく違う体だわ。ブランデーの香りの漂う激しく求めるような唇が、私の唇に、肩に、耳に、そして首に口づけていく。

「君はみだらで完璧《かんぺき》だ……ダイアナ。君が欲しい。締め出さないでくれて、礼を言うよ」

「黙って」アデリーンは二人を包む闇に感謝しながら、彼の口元でこのうえなく優しくささやいた。

ダイアナだと思われていても構わないわ。燃え上がるようなこの体は、彼のことをもっと欲しがっている。だますのは簡単よ。大胆に体を押しつけてくる彼も、私と同じものを求めている。アデリーンの胸をすっぽりと彼の手が包み込んだ。こんなふうに男性に触れられたのは初めて。全身がとろけそうだわ。きつく抱き締められたアデリーンは情熱的なキスにくらくらした。

硬く張りつめた彼の欲望のあかしに腿が触れ、ずきずきと脈打つ熱いものが感じられた。アデリーンは急に、無垢《むく》な自分を意識させられた。引き締まった体のすばらしい感触と、素朴な不安がない交ぜになる。やや自信を失ったアデリーンは恐怖にとらわれた。こんなことできない、大いに間違っているわ。体が急にこわばり、全身が冷たくなった。叫び声をあげ、やめてと告げたかったが、彼に唇をふさがれ、喉が締めつけられた。

必死に体を振りほどいたが、笑いながら手を伸ばす彼に、ありえないほどの強い力で腕をつかまれた。指をこじ開けようとしても、逃れることができない。彼はアデリーンを引き寄せて体の下に組みしくと、貪欲《どんよく》な唇をさらに全身に這《は》わせた。胸の柔らかな蕾《つぼみ》を舌でくすぐり、広げた手でふんわりとした腿の内側を愛撫《あいぶ》すると、アデリーンは全身がうずき、熱くなった。

不安や恐怖はすべて去っていった。理性も忘れたまま、違う人間になったかのように体が反応した。こんなこと、だめよ。頭ではそうわかっていても、体は別だった。これこそ私が求めていたものよ――そうささやく声が聞こえた。もう、自分を解き放つことしかできないわ。何が起こったの？　彼に何をされているの？　全身の神経、肌や筋肉、鼓動のすべてが息を吹き込まれたようだ。大きく揺らぐ興奮が体を駆け抜けたかと思うと、手足から胸へ、なめらかな腹部や腰、腿へとさざ波のように広がった。アデリーンは彼の下で大きく体をのけぞらせた。二人が一つになると、焼けつくような痛みが彼女の下腹部で爆発した。

力で組み伏せられ、最も親密な形で彼と一つになったアデリーンは、体の奥深くを彼に貫かれながら満ち足りた感じを覚えた。唇や体が激しく溶け合う中で息をのむ。飢えたような彼の口が唇を求め、ゆっくり味わい尽くすようなキスをして、一瞬ごとの喜びを堪能する。その瞬間、今まで知らなかった何かすばらしいものが体内に生まれ、ごく自然に彼の熱く燃えるものに合わせて体を動かしはじめた。

これほど強烈な喜びを感じられるとは。それに、欲望や情熱をすべて捧《ささ》げて屈服しながら、これほど激しい反応を自分が返せるなんて。太古より続く大いなる力に突き動かされているみたい。

そのとき、彼の自制心が音をたてて崩れた。心も体も解放したいという思いで、彼はアデリーンの体を完全に奪った。急《せ》き立てるような欲望で彼女を満たしてすべて残らず解き放つと、彼はその場にくずおれた。

そして、押し寄せる睡魔にあらがうこともできず、硬く張りつめた体を汗で光らせながらグラントは深い眠りへ落ちていった。現実や、腕の中で横たわる若い娘のことなどすべて忘れて。

アデリーンは、何ものにも比べられない大きな喜びだけを感じていた。十分に愛され心地よい疲れを感じる体や唇は、愛撫のおかげでひりひりしている。彼女はいとしい男性の温かく引き締まった体にそっと寄り添うと、瞳を閉じて眠りについた。


まどろむ二人に、夜明けを告げる光が降り注いだ。グラントはゆっくり目を覚ました。ざらつくようなまぶたを開けてみたが、突き抜けるような頭痛をなだめるには、すぐさま閉じるしかなかった。うなり声とともに動こうとした瞬間、甘い香りのする柔肌がぴたりと押しつけられているのに気づいた。胸には鮮やかなマホガニー色の髪が波打っている。

ダイアナ！　グラントの顔に笑みが浮かんだが、自分がゆうべ抱いた女性を思い出して困惑した。ダイアナとは結びつかないほど、温かい生命力に満ちた女性だった。再び目を開けたときには、頭痛も少しは治まっていた。だが、居心地の悪い胸騒ぎに彼は顔をしかめた。何かがおかしい。視線を落とし、自分の体に絡みついている長い手足をほどく。ダイアナよりずっと長く、形もいい。顔を覆うような髪を注意深くはらったグラントは愕然《がくぜん》とした。ダイアナじゃない。これは誰だ……いったい、なぜこんなことに？

彼の温かい体が離れたので、アデリーンは薄目を開けた。ゆうべのことを思い出してほほ笑み、ゆっくり伸びをする。頭上高くに両腕を伸ばして満足げに深いため息をついたが、たくましい男性に見下ろされているのに気づき、どきっとした。浅黒い肌をした顔には男らしいプライドと冷徹な意志が刻まれ、目元や口元には皮肉っぽさがうかがえる。

グラントはあっけにとられながら、けだるそうな全裸の女性をまじまじと見つめた。古典的な美人とはいいがたいが、なんとも魅力的で引きつけられる顔立ちだ。ふっくらと柔らかい官能的な唇に、すっかり満ち足りたようなきれいなアーモンド形の瞳は輝くばかりに澄みきった緑色で……ふさふさとした黒いまつげがまぶたを縁取っている。クリーム色のなめらかな肌には暗赤色の髪がふわりとかかっていた。グラントは思わず息をのんだ。形のいい脚に――すばらしい体！　ダイアナと間違えるとは、酔いのせいでよほど意識が朦朧《もうろう》としていたに違いない。

彼はすっくと立ち上がり、口元を引き結んだ。

「どういうことだ！　君はいったい誰だ？」

アデリーンは瞳を見開き、きっとにらみ返した。

「それは私の台詞《せりふ》だわ」鋭く言い返す声は低く深みがあり、おぼろげながらも官能の響きを持っていた。

アデリーンは体を縮めはしたものの、視線だけは彼から離さなかった。傷ついた野生動物のようなぎらぎらした目を大きく見開き、相手をにらむ。広い肩幅に引き締まった腰まわり。黒い胸毛にうっすら覆われた厚い胸板。百九十センチメートルを超える長身は男らしさにあふれていた。彼女は慌てることもなくベッドに起き上がると、シーツをもとの位置に戻し、くしゃくしゃになった髪を指でかき上げた。グラントの裸体を見て動じる自分に戸惑い、目を伏せる。ゆうべ、彼が酔っていたときは自分が主導権を握ったつもりでいたが、今は混乱していて心細い。

「ゆうべ何が起こったのか、話してくれないか？」

「それは、あなたにもわかっていると思うけど」

「私はてっきり――」

アデリーンはグラントの目を見た。「ここにいるのはダイアナだと思った？」

「彼女は……」

「どの部屋へ行けばいいのかわかるよう、緋色のリボンをドアに結んでおくと言ったんでしょう？」アデリーンの口元が苦々しげに歪《ゆが》んだ。「まさにぴったりだわ。ふしだらな女に緋色のリボンなんて」

グラントは皮肉を無視して、眉間をこすりながらこの数時間のことを思い出そうとした。だが、その試みは無惨にも失敗した。「なぜそれを？」

「この部屋のドアの取っ手にリボンが結ばれていたのが、何よりの証拠だと思うけど」

グラントは呆然《ぼうぜん》とした。「彼女が仕組んだのか？」

「そのとおりよ。でも、ダイアナには知らせないで。私たちに恥をかかせようという浅ましい企《たくら》みが成功したのを、わざわざ知らせて喜ばせることはないわ」アデリーンは小首をかしげ、からかうような目でグラントを見た。「それにしてもなぜ、ダイアナはそんなことを？　あなたには心当たりがある？」

グラントは顔をしかめると、ものすごい勢いで服を着はじめた。「ああ」ズボンを引っ張り上げる途中でふと動きを止め、アデリーンに目をやる。「私はひどく酔っていたに違いない」

夜明けの淡い光に、彼のこわばった頬の線が浮かび上がった。「そうね。正体もなく酔っぱらってい

「とんでもない。目覚めたら、あなたが私のベッドに入り込んでいたのよ。あなたは何か怒っているようだったし――」

グラントは刃《やいば》のようなまなざしをアデリーンに向けた。「なんと目ざとい」容赦なくなじる。そして、眉根を寄せながら、彼女の揺らぐ瞳に映るものを読み取ろうとした。「私は君を傷つけたのか?」

アデリーンは質問の意味を考えた。全身がだるくて痛いが、不思議な優しさに包まれて今もうずいている。私は彼に体で愛してほしかった。そして、彼はその望みをかなえてくれた。もっとも、彼は少しも覚えていないようだけれど。「いいえ、あなたに傷つけられてはいないわ」

グラントはシーツに視線を走らせた。純白の中に浮かぶ黒ずんだ血のしみが真実を物語っていた。なんてことだ、信じられない。決定的な証拠だ、くそっ。自分が何をしたのか、否定のしようもない。必ずや、あなたが私のベッドに入り込んでいたのよ。

たわ」グラントの表情が硬くなるのがわかった。それと同時に、ぞっとするほど丁寧な声になった。

「それについては謝罪する。ふだんなら、浴びるほど飲んだりはしないのだが。私たちの間に何が起きているかわかっていたのに、君はどうすることもできなかったのか?」

「そうね」アデリーンの口元にうっすら笑みが浮かんだ。「あなたの勢いには勝てなかったのよ」

「男が押し入ってきた、と叫べばよかったんだ」

「それはだめよ……屋敷じゅうを起こしてしまうもの。そうなったら、私たちの面目も丸つぶれだわ。それに、無理やり乱暴されたわけじゃないから」アデリーンはぽつりと言った。

グラントは動きを止めて彼女をじっと見た。灰色の瞳には激しい怒りと冷淡さ、嫌悪感がない交ぜになり、口元は真一文字に結ばれている。「これは君が企んだのか?」静かに押し殺した声だった。

然的に導き出される結果がグラントの胸に突き刺さった。彼が再び口を開いたときの残酷な声に、アデリーンの心はぴんと張りつめた。

「これが初めてだったんだな。私は乙女《おとめ》の誇りを汚し、踏みにじってしまった」

激しく責め立てるような口調にアデリーンはたじろいだ。「そうね。でも、それほど重要なこと？」

顎のあたりをぴくぴくさせ、灰色の瞳を鈍く光らせながら、グラントはシャツのボタンを上までとめた。「ああ……少しでも自尊心を持ち合わせているのなら、君にとっても大事なはずだ」

「お願いだから、罪悪感など持たないで」アデリーンは髪を肩から振り払った。

「では、どう思えと言うんだ？　私は君の心を踏みにじった……名誉を汚したんだぞ」

「でも私は、踏みにじられたり汚されたとは思っていない。あなたがそう感じるのは勝手だけれど、私には無関係よ。あなたの不名誉はあなただけのもの。二人の間に何があったにせよ、これは私の意思でしたことですから」

「私が酔っていたからか？」

「ええ。でも、ご心配なく。紳士にふさわしい立派なふるまいなど、あなたに求めたりしませんから」

グラントはぎょっとして動きを止めたが、ゆっくり身を乗り出すと、怒りに燃える自分の瞳を正面から見させるために、片手を伸ばしてアデリーンの顎をつかんだ。「お嬢さん、断言しておくが、君は私の妻になどなりたくないだろう」歯を食いしばってそう告げる。「駆け引きはやめにしよう。私はいろいろ修羅場をくぐってきた。純潔な乙女をベッドに連れ込むのが好きな男とは違って、私は﨟《ろう》たけて知識豊富な女性のほうが好きなんだ。男を喜ばせる術《すべ》を身につけた、みだらで積極的な女性のほうがね」

アデリーンは顔をそむけようとしたが、彼の指に顎をがっちりとつかまれていた。「そういった女性は娼婦と呼ばれるのよ」

「そうだ。ゆうべのようなふるまいを続けていたら、君だってその道をまっしぐらだよ」

アデリーンの顔から血の気が引いた。「私は娼婦なんかじゃないわ」

「いや、そうなる要素をすべて備えている。そういう女性は掃いて捨てるほどいる。なんの価値もなく、使い捨てられるだけの女性が」

「よくも……そんなことが言えたわね」心の底まで侮辱され、アデリーンは憤然として彼をにらんだ。

「私は機を見るに敏な策略家じゃないわ。ここは私のベッドで、こっそり入り込んできたのはあなただということをお忘れのようね」

グラントは彼女の顎から手を離して一歩下がった。冷たく軽蔑《けいべつ》するような目つきをしている。「なんとでも言え。君とは結婚しない。下品に聞こえるかもしれないが、私の関心事はただ一つなんだ。それだって、娼館で買うほうがよっぽど安全だ」

「私だって、あなたと結婚なんてまっぴらよ。そんなこと、考えてもいないわ。ゆうべはいたくご執心だったけど、私のことなんかこれっぽっちも知らないくせに。なんとも思っていない相手と結婚して、幸せになれるはずがない。何が起こったのか黙っていていただけるかしら」

「安心しろ、誰にも言わない。私だってそれほどの間抜けではない。君のほうこそ、怒り狂った父親がピストル片手に夜明けの決闘を申し込んでくるなんてことはないだろうな？」

アデリーンは彼と視線を合わせた。「父にはもちろん、誰にも言うつもりはないわ。すんだことはどうにもならないけれど、あなたも忘れて」

「心配は無用だ。意見が一致してよかったよ。君は自分の評判が気にならないのか？　見ず知らずの男に処女を捧げても構わないほど、自分に自信がないのか？」

辛辣《しんらつ》で蔑《さげす》むような口調にアデリーンは傷つき、こわばった表情のまま、彼から顔をそむけた。自信満々のこの男性の言葉がこんなに癪《しやく》に障るなんて。あんなにすばらしかった一夜がみじめなものに変わってしまった。この男性を、絶対に許さないから。

「もうわかったわ。私の部屋から出ていって」

グラントは形のいい眉を片方だけ上げ、アデリーンを見つめた。「一つだけ知りたいことがある。止めようと思えば、止められたのか？」

「たぶんね。わからないけれど」

「では、なぜそうしなかった？」

「いろいろ事情があったの」

「私が君にしたことを、堪能したかい？」

自分から積極的に誘惑したにもかかわらず、アデリーンは真っ赤になった。嘘《うそ》をつくことなどできない。「今までの人生で最高にすばらしい出来事だったわ」

グラントは肩をすくめると、上着を着ながら値踏みするような目でアデリーンを見つめ、残酷な声で皮肉たっぷりに言った。「それはよかった。女性を満足させないままにしていくのは気分が悪いからな。私にもプライドというものがある」

「そうでしょうね」アデリーンはつぶやいた。

二人の間に起きたことに対する彼の態度を見て、アデリーンは自分を恥じた。全然価値のない、安っぽい女になった気がする。彼に抱かれることを許したばかりか、自分から唆したなんて。今から思えば信じられない。屈辱に頬が染まり、涙がにじんだ。

アデリーンは部屋の向こうを指差した。「ドアはあっちよ。お願い……もう出ていって」

グラントは無言で彼女を見つめた。これ以上は言うべきこともない。彼は会釈もせずに踵《きびす》を返し、出ていった。

怒りと落胆と、心の底からの後悔がアデリーンの全身を駆け巡った。私は、彼にとってどうでもいい存在だった。当たり前じゃないの。私のことなど何一つ知らず、会ったこともなかったのよ。ひどく酔っていて、一時の情熱に突き動かされ、たまたまそこにあった体に慰めを見いだしただけ。欲望を手軽に満たし、さっさとお払い箱にしただけのこと。

アデリーンはダイアナのことを思い、恥ずかしくなった。経験豊かな彼女と肩を並べようだなんて。見ず知らずの男にあんなにあっさりと処女を捧げたのが信じられない。名前も知らず、私を嘲《あざけ》った男に。まったく、柄にもないふるまいだったわ。現実に立ち戻った今、みじめでたまらない。救いがたさに反吐《へど》が出る。実に下劣なことをしてしまった。私は許されるはずもないほど堕落してしまった。みじめな思いと罪悪感に加え、これからは妊娠を心配しなければならない。ああ、神さま、どうか、それだけは勘弁してください。

ウエストウッド・ホールでの滞在ですべてが変わってしまった。そう思いながらアデリーンは決めた。やはり、ポールと直接話して、この状況をどうにかしなくては。もちろん、彼とは結婚しなければならない。万事順調なふりをして、ばかげた茶番劇を丁重に今後ずっと演じる。でも、二人の関係が何も変わっていないふりをするのはとても大変なことだわ。

グラントはほかの客人たちが起き出す前に、五キロメートルも離れていないオークランズへ向けて出発した。馬を走らせたおかげで頭はすっきりしたが、ゆうべの記憶は消せなかった。ウエストウッド・ホールの敷地をあとにしてようやく、あの娘の名前さえ知らないことに気づいたが、どこかで会ったことがあるという気持ちも捨てきれなかった。

やりきれない気持ちでいっぱいだったが、それは彼女ではなく、自分自身に対してだった。ふだんは酒に飲まれたりなどしないのに。一時の過ち、そして紳士にあるまじきふるまいをしたことに戸惑いと忸怩《じくじ》たる思いを抱き、罪の意識に押しつぶされそうだ。あの娘、名前はなんというのか知らないが、彼女は自分が何をしているのか承知のうえだと言っていた。だが、気遣いはおろか、愛情のかけらさえもなしに彼女を奪ったという事実からは逃れられない。まったく、犬にも劣る行いだ。それに、何一つ覚えていないというのはもっと悪い。

彼女の記憶が頭をよぎった。私を夢中にさせるほどの体をした、金目当ての浮気女。むせ返るほどの熱い欲望と、彼女の残像が頭から離れない。グラントは、今も自分がどれほど彼女を求めているかに気づいて愕然とした。

彼女の居所を突き止めるのは無理なことではない。ダイアナに尋ねればいいのだ。しかし、ひどく悪趣味で下劣なこの騒ぎを仕組んだのもダイアナだ。まんまと策略に引っかかったと知らせて、喜ばせるのはいやだ。ダイアナは目端がきいて遠慮がない。私が与えようとする以上のものを欲しがるが、もう遅すぎる。六年前ならなんとかなったかもしれないが、今さらあと戻りはできない。とはいえ、ときどき彼女と楽しく過ごすのをやめる必要もない。

あの娘に二度と会わずにすむといいが。グラントは彼女のことを頭から振り払い、ローズヒルを買い戻せなかったことを母にどう告げるかに頭を悩ませはじめた。

セブンオークスへ戻る列車の車内では、ポールとアデリーンのほかに乗客は一人もいなかった。彼は向かいに座る婚約者をちらっと見た。唇を真一文字に結んで鼻先に眼鏡をかけ、うつむいて本を読んでいる。今朝からずっと言葉も交わしていないし、私の視線を避けているようだ。それに、列車に乗り込むときに差し出した手に触れるのをいやがられたように感じたのは、気のせいだろうか？

「この週末は楽しかったかい、アデリーン？」

「期待とは違ったわ」彼女は頭も上げずに答えた。

「じゃあ、君はいったい何を期待していたんだ？」

アデリーンの顔は鎧戸《よろいど》を閉ざしたようだった。何を考えているのか、ポールが理解できたことは一度もなかった。今回もおそらく、彼女の心中を知ったら愕然としたことだろう。

アデリーンはこの週末の出来事に怒りを感じようとしたが、見知らぬ男性にベッドで愛されたことを思い出すと、温かな情熱に似たものを感じた。彼がしてくれたことをもっと十分に味わいたい。私のしたことは間違っているわ……それはわかっているし、今までにないほどひどい罪を犯したことも承知している。でも、やはりすばらしかったし、すごく価値のあることだった。あれほどすばらしいことがどうして、こんなに罪深いのかしら？

本を膝に置いたアデリーンは、しつこい蠅《はえ》を追い払うような目つきでポールを見た。私が結婚すると誓ったこの男性は、知性はそれなりだけれど、ユーモアのセンスにまったく欠けている。思いやりや情味もなく、きまじめそのもの。でも、ようやく実体がわかった。意気地なしで浅薄で薄情な男なのね。三日前までの私なら婚約者に配慮して、こんな考えは胸の底にしまっておいただろう。でも、ポールは自分自身の行いのせいで、私が彼に対して持っていた敬意をめちゃめちゃにしたのよ。

「あなたをほとんど見なかったわ、ポール。レディ・ウェイヴァリーといつも一緒だったようね」

「私は社交的に過ごしていただけだ。君こそ少し考えたほうがいい」

言い訳がましい口調がアデリーンの怒りを誘った。

「どういう意味か説明して」

「もっと積極的に、陽気にふるまうべきだ。ウエストウッド・ホールでは、みんなを遠ざけて、フランシス・シーモアとずっと一緒にいたじゃないか」

「それは、私の婚約者がほかの誰かに大いなる関心を示していたからだわ」ぶっきらぼうに答える。

「私だって気づいたもの」

鋭い口調にポールはひるんだ。「どうしたと言うんだ？　難癖をつけるなんて君らしくもない」

「難癖なんかじゃないわ。ただ、あなたがずっと一緒にいたのはダイアナだったというだけよ」ポールを見るアデリーンの顔つきはいつになく挑戦的だった。「あなた、彼女との情事を重ねているの？」

ポールは眉をつり上げた。「ばかげたことを」

彼女の胸は激しく上下し、瞳は怒りに陰っていた。軽はずみな行為を目撃したことを告げたら、ポールは動揺するに違いない。これは、ときおり男に道を踏み外させるような火遊びなのかもしれない――たとえばふと欲望を覚えたが、いったん満たされたらすぐに忘れてしまうような。経験豊かな、すばらしくハンサムな見知らぬ男性にベッドの中で愛されたあとでは、その欲望のせいで人がどうなってしまうのかが、アデリーンにもわかるような気がした。

ゆうべのことで自分を責めてはだめ。それに、彼のことは金輪際考えるのはやめて、これ以上夢中にはならないようにしなくては。だが、怒りでいらいらしていたアデリーンは、一度くらいはポールに反抗するのもいいかもしれないと思った。

「たしかにウエストウッド・ホールでは隅に隠れて過ごしていたかもしれない。でも、私にだって目があるし……それはほかのみんなも同じよ。私やお父さまに恥をかかせないで」

「おやおや」ポールは切り返すと、落ち着かない様子で体を動かした。「君は私とダイアナの友情を深読みしすぎているな。私は君と結婚するんだよ。私が君を大好きなのは知っているだろう。ないがしろにされたと言って責めるが、君だって、もっと親愛の情を示してくれてもいいはずだが」

アデリーンはただ、ポールの顔を見つめていた。その表情は謎《なぞ》めいていた。感じてもいない親愛の情などどうして示せるのかしら？　彼が次々と密通を重ねていたにもかかわらず何も感じずに過ごしてきた日々のことを思うと、彼女は無性に腹が立った。

「さあ」ポールは新聞を開いてコラムを読みはじめた。「その話はもうやめにしよう」

アデリーンも読書に戻ろうとしたが、目に入ってくるのは文字ではなく、朝食のテーブルにやってきたダイアナの姿だった。自信たっぷりなしたり顔で自分の策略の結果を探ろうと抜け目ない目線をアデリーンに向けてきた。予期せぬことなど何も起こらなかったふりをして、ダイアナをけむにまいてみせるわ。そう決めていたアデリーンは愛想よくほほ笑み、朝の挨拶《あいさつ》とともにゆうべはよく眠れたかと尋ね、ダイアナに返事をするすきも与えず、すぐさまゆで卵にかぶりついたのだ。

アデリーンは読書に戻った。保守的な傾向の本を選びがちだった私には、ほかの人にもっといろいろ教えてもらう余地があったかもしれない。だけど今はもう世間知らずでもないし、男性のことも少しはわかってきた。ウエストウッド・ホールでの三日間でいろんなことを学んだアデリーンは、もう昔の彼女ではなかった。

その日の夜、アデリーンはほとんど黙ったまま父と夕食をすませ、居間でコーヒーをいれた。父は決して酒を飲まない。判断力を鈍らせ、口を軽くし、男を安っぽくすると言うのだ。ウエストウッド・ホールでのハンサムな見知らぬ男性との出会いのあとではいかに父の言葉が正しいか、アデリーンは思い知った。あの出来事自体が現実とは思えない。こうして思い返してみても信じられないが、あの夜の記憶を消し去ることはできないし、それとともに感じる温かな気持ちに当惑する。

父のホレースはいつもより静かで、むしろ沈んでいた。貫禄《かんろく》たっぷりの彼は威厳のある態度や毒舌で知られていた。屋敷内の誰からも尊敬され、そして恐れられていたが、アデリーンはもう父を怖いとは思わなかった。彼の機嫌に左右されることはなかったが、言いつけには従わなければならない気がして、逆らおうとは考えもしなかった。

いかめしい灰色の眉の間にしわを寄せ、ホレースは娘を見つめた。いつもと違って見え、急に大人になったように見える。包容力があって温かく美しい女性を妻にしていた彼は、娘アデリーンに失望していた。女主人として屋敷の切り盛りは十分にこなしていたが、女らしい魅力に欠けていたからだ。ポールとの結婚でその方面が改善されるとは思っていなかったが、たしかにアデリーンは変わった。

「週末は楽しかったかね？」

「ええ、快適だったわ」アデリーンは口ごもった。

ホレースは特に関心も示さずにうなずくと、それ以上深く追及はしなかった。「今度の週末はオークランズに招待されている。ウエストウッド・ホールからもそう遠くないところだ」

「オークランズ？」アデリーンはカップを置いて父を見た。まさか、また週末のハウスパーティー？

「ミスター・グラント・レイトンの屋敷だよ」

「どなた？　聞いたことがないけれど」

「それはそうだろう」ホレースはそっけなく答えた。「最近、私に会いにやってきた男だ。ローズヒルを売ってくれ、と申し出てきた」

アデリーンは父を呆然と見つめた。今の言葉で、なぜかウエストウッド・ホールの図書室でのダイアナとあの紳士の会話を思い出したのだ。そのあと、あの紳士は私を抱いた。

「そうなの？　でも、なぜ？　お父さまがこの屋敷を売りたがっているとは知らなかったわ」いずれにせよ、私に話してくれるとは思えないけれど。

「そんなつもりはないよ。この屋敷は、彼の母方の親族から買ったんだ。経済的に行きづまり、売らざるをえなくなったらしい。ローズヒルは彼の母の親族が代々住んできた屋敷で、懐かしい思い出がいろいろあるようだ。どういうわけか、私がここを出てロンドンに住むと聞いたので、買い戻そうと思ったらしい。もちろん、レイトンの申し出は蹴ったよ。おまえとポールの結婚祝いに贈るつもりだからな」

アデリーンは父をまじまじと見た。そんなこと、初めて聞いたわ。「まあ、それはとても寛大なお祝いだわ、お父さま」

「おまえに継いでほしいのだ。私には必要ない。ロンドンにいるほうがずっといいが、ここを手放すつもりもない。それに、結婚したら、おまえたちには住むところが必要だ。ポールの家族と一緒には住めない。それは絶対に無理だ」

「ミスター・レイトンは？」

「オークランズに招待して、私の気持ちを変えるつもりらしい」

「でも、お父さまにそのつもりはない、と？」

「ああ、そのとおりだが、興味深く面白い週末になるかもしれん。グラント・レイトンという人物は気に入ったよ。まっとうな商才としっかりした判断力があり、自信に満ちあふれている。どんな事業を営むにせよ、自信は必要だからな。彼を見ていると、若いころの私を思い出す」

「私もご一緒しないとだめですか？」

乗り気でない娘にがっかりし、ホレースはいら立った。「みんなで招待されているんだ。おまえだけ行かなかったら、失礼に当たる」

アデリーンはため息をついた。また、誰かの屋敷でだらだらと続く週末を過ごさなければならない。しかも、今度はフランシスもいないわ。「では、ご一緒したほうがいいようですね」

レイトン家は由緒ある一族だった。ケント州オークランズの広大な屋敷を買って定住したのは、グラントの曾祖父《そうそふ》の代のことだった。

十八世紀半ばに建てられたもとの屋敷は旧式で使いづらかったので、グラントは早々に取り壊して新しい家屋を建てた。現在の屋敷は抑制のきいたイタリア風のスタイルで、母屋は奥行きのある二階建てになっている。古典的な雰囲気と簡素な構造、樫《かし》やぶな、菩提樹《ぼだいじゅ》やいちいの木立の中にそびえる様子や見事な庭園が、訪れる人々の賞賛を集めていた。

木々が立ち並ぶ曲がりくねった庭園内の道を馬車で進みながら、アデリーンは窓から大邸宅の正面を眺めた。新来の客を出迎えようと使用人が走り出てきた。笑顔を顔に張りつけたアデリーンは、すばらしい玄関ホールに案内された。色とりどりの大理石の壁を背に、ミスター・レイトンの趣味の一つであるイタリア製の白い大理石像のすばらしいコレクションが並んでいる。

部屋の一室から男性がふいに現れ、大股で廊下を歩いてやってきた。その瞬間、アデリーンの頭の中で大きなベルが鳴った。

「ミスター・オズボーン！　いらしてくださって、ありがとうございます」

めりはりのきいた深い紳士の声に、アデリーンは立ち尽くした。雷に打たれたように体が動かなかった。無意識のうちに頭を下げる。呼吸が荒くなり、コルセットの紐《ひも》がちぎれそうだった。なんて恐ろしいこと！　何かひどいことが起こるわ！

彼とベッドをともにしてからずっと、男らしい体に抱かれたまま目覚めたときのことを忘れられずにいた。ベッドのかたわらに無言で立つ姿。シャツを脱ぎ捨てた広い肩と、胸毛に覆われた胸板。それに彼の夢も見た。彼にキスをされ、ベッドで愛を交わす。目覚めると、熱い思いに困惑した。この人には二度と会うことはないと思っていたのに。お父さまに、ローズヒルを買いたいと言った男。私が覚えているよりもずっと背が高く、優美で、しかも粗削りな男性美を備えた男性。彼の屋敷で、これから二日も過ごさなければならないなんて！

アデリーンは、グラントが父と握手をしているのを見つめているしかなかった。がくがくするほどの緊張感を覚えながら、永遠にも思われる間を耐えた。目の前に壁があるふりをするのよ、そして平静を装うの。ぞっとしながら、彼女は父の言葉を待った。

「娘のアデリーンを紹介させてもらおう。ポールのことは君も知っているね？」

ボンネットの縁で顔の大部分が隠れていたので、アデリーンはほっとした。気難しい顔をしていたのに驚いたとしても、グラントはその気配も見せなかった。丁重に手を取って挨拶した次の瞬間には、アデリーンなど取るに足らない存在だと言わんばかりに、ポールのほうを向いて握手をした。

「また会えて幸いだ、ポール。うれしいよ」グラントはポールを特に好きだというわけではなかったが、招待したからには、それなりの扱いをする必要があった。

「招待されるとは驚きだったが」ホレースが言った。

グラントは満面の笑みを見せた。「いかにも。ですが、簡単にはあきらめないたちなんです」

ホレースも珍しく笑顔になった。「前に会ったときにそう思ったよ。母上はいかがお過ごしかね？

私のことをお許しいただけたかな？」

「それは無理です。母の決意は私よりも固い」

「本当か？　それは並大抵ではないご婦人だな。ぜひともお会いしたいものだ」

「ええ、どうぞ。母もそのつもりでおります」

「それはうれしいことだ」

「さあ、立っていてもしかたがない。こちらで私のブランデーをお試しになってください」

「いや、紅茶をもらおうか。酒は飲まないんだ。一度も手を出したことがないから」

「では、ポールに飲んでもらおう。今回は友人を数人呼んだだけですが、お知り合いもいらっしゃると思います」グラントはアデリーンのほうを向いた。

「旅のあとでさっぱりなさりたいでしょう、ミス・オズボーン。あなたのメイドは、お父上やポールの側仕《そばづか》えとともに到着ずみだ。ミセス・ヘイズがお部屋までご案内しますよ」そして、あたりに控えていた家政婦に合図をした。

アデリーンはこれ以上、顔を隠してはいられなかった。度胸を決め、最悪の状態を予期しながら頭を上げると、グラントを正面からじっと見つめた。彼は即座に気づいた。驚きから戦慄《せんりつ》へ、さらに冷たく無慈悲な憎悪へと反応が変わっていく。奥歯をきりきりと噛《か》み締めるあまり、頬の筋肉がぴくぴく動いている。幸いにも彼はホレースやポールに背を向けていたので、二人は何も気づかなかった。

共犯者としての同調を求めてグラントを見つめ、アデリーンは静かに言った。「ありがとうございます、ミスター・レイトン。そうさせていただきますわ」ミセス・ヘイズにほほ笑みかけると、グラントから離れて家政婦のあとから階段を上っていった。

3

アデリーンには信じられない事態だった。悪夢がよみがえったようだ。逃れようとしても無駄だわ。

ミセス・ヘイズのあとをついていきながらも、膝ががくがく震えてくずおれそうだった。必死に感情を抑え、頭を働かせようとした。あの夜、ベッドに戻って見知らぬ男性との情熱に身を任せたときには、自分の行動がどんな結果を招くかわかっていなかった。世間知らずで単純な愚か者だわ。今となっては、あんな無謀なことをしたなんて信じられない。

階下《した》へ下りて何ごともなかったようにふるまうことを思うと、不安でいっぱいになった。具合が悪いと言い訳することも考えたが、それでは事態を先延ばしにするだけだ。いつかは彼と向き合わなければ。

階下へ下りていくころには理性も少しは戻っていたが、ひどく動揺もしていた。玄関ホールに着くと、開け放った戸口で彼が番兵のように待ち構えていた。強烈な迫力を放つその姿に、アデリーンはけなげな決意をすべて忘れてしまった。

このまま床に沈み込み、姿を消してしまいたい。

ノーフォーク・ジャケットにツイードのズボンというくつろいで立ちのグラントには威厳が漂っていた。これほどハンサムな男性には今まで出会ったことがないわ。きりっとした頬骨のラインや長い鷲鼻《わしばな》、厳しい顎の線には優しさのかけらもない。どこから見ても近寄りがたいほど優雅な紳士は、あたりを超然と眺めていた。

「ミス・オズボーン……差し支えなければ、二人だけで話がしたい」

激しい不安に襲われながら、アデリーンは立ち止まって彼を見つめた。平静を保つのが大事だわ。ぴんと張りつめた沈黙の中を彼のほうに近づいていく。グラントがさっと脇《わき》へよけた。彼女がその前を通って部屋へ入ると、後ろでドアが閉められた。そこは、革張りの学術書で四方の壁を床から天井までいっぱいに埋め尽くされた図書室だが、アデリーンはそれさえも気づかなかった。永遠とも思える時間がたったころ、ようやくグラントが口を開いた。

「座ってくれたまえ」

「できれば、立ったままで」このほうが、威嚇するような大きな体を意識せずにすむ。

「よかろう。まったく困ったことになったな、ミス・オズボーン」

アデリーンは正面からグラントと向き合った。冷ややかな敵意をむきだしにされるものと思っていたが、表情こそ容赦ないものの、口調は丁重でよそよそしかった。「私もそう思います。あなたが何者か見当もつかなかった。もし知っていたら、ここには来なかったわ」

「そうだな。ミス・オズボーン、君に分別というものがあるならば」グラントの声はぞっとするほど冷たかった。「この屋敷にいる間は、慎重に私を避けるようにしてくれ」

「是が非でもそうするつもりよ、ミスター・レイトン。正直な話、あなたと一緒の時間を過ごすことほどいやなものはないわ」

「では、完璧《かんぺき》に理解し合えたようだな」節度があるというよりも、禁欲的とも言えるドレスに身を包んだアデリーンを見ると、二人の間に親密な行為が存在したことさえ信じがたかった。グラントは両手を後ろで組んで近づき、氷のようなまなざしで彼女の目を見据えた。「さて、心して聞きたまえ。私たちはどうにかしてこの週末をやり過ごそう。時が過ぎたら、君は誰にも何も気づかれないままここを去る。

そして、私たちは二度と会わない」

「私も、心からそう願うわ」

「それまではいらぬ疑惑を招かぬよう、互いに友好的な態度をとる。それほど難しくはないな？」

「あなたにはひどく見下げられているけれど、私だって、二人が恥をかくような状況は望んでいません。見事に演じきってみせるわ」

「あまたあるすばらしい才能の中には、演じることも含まれているに違いない。今までの君の演技から察するに、見事にやってのけてくれるはずだな、ミス・オズボーン」グラントは憎まれ口をきいた。

「正体をなくすほど酔っていたのになぜわかるの、ミスター・レイトン？」彼女は痛烈な皮肉を返した。

「たしかにそれは否定できない。まったく恥ずかしい話だ。だが、私たちのよからぬ秘密が外にもれるのは双方のためにならない。婚約者のマーロウはどんな反応を示すと思う？」グラントはそれとなく嘲《あざけ》った。「君の……なんと言うべきかな……不謹慎な行動を知ったら？」

そんなあからさまな言い方をしてほしくない。困惑と怒りでアデリーンの頬が真っ赤になった。「見当もつかない、としか言いようがないわ。でも、それはあなたのご心配には及びません」

「では、われわれ二人のために、彼に見つからないことを祈ろう。君が私をベッドに受け入れたせいで……君はわれわれ二人を困難な状況に陥れたんだぞ。本来なら、私を蹴《け》り出してしかるべきだったのに」

アデリーンは激しい怒りに震えた。「あなたは間違いなく、私が出会った人間の中で不幸にも最もいまわしく偽善に満ちたうぬぼれた人ね。よくも、私のふるまいを非難できたものね。非があるのはあなたも一緒よ。私だけに責任を押しつけないで。あなたを非難したくても、気がとがめるからやめていたのに。私に罪があるというなら、あなたも同罪よ」

憤然と言い放った。

　グラントは片眉を上げ、アデリーンを見つめた。頬を真っ赤に染め、緑色の瞳は冷ややかでありながら誇り高く光を放っている。「私たちの間には不幸なことが起こったが、君が結婚の約束や金銭的な利益、贅沢《ぜいたく》な暮らしを求めていないことはよくわかった。だから、この件はもうなかったことにしよう」

「贅沢な暮らしになど関心はありません」

「そうだろうとも。君のお父上はことのほか裕福だ。とはいえ、生まれや育ちを問わず若い女性はみな、金持ちの夫をつかまえようと舌なめずりしているものだと思っていたが」

「不器量できまじめ、女らしい魅力など皆無の私は、ほかの女性とは違うわ」

「たしかに……それは、君のベッドで目覚めたときに私も気づいた」

　よどみない言葉にひそむ嘲りを聞き取り、アデリーンは怒りに胸がつまりそうだった。「あなたやほかの誰にどう思われようと、関係ないわ。もうずっと前に、あるがままの自分と折り合いをつけて生きていくと決めたのよ」

　グラントは不思議にも心に痛みを覚えた。表情豊かな緑色の瞳に浮かぶさまざまな感情に気を取られたが、まじまじと彼女を見つめながら、流行遅れで不格好な茶色のドレスの下に隠された、実に女らしい姿をはっきり思い返した。生まれたての赤ん坊のように、一糸まとわぬ姿で私の隣に横たわっていた。瑞々《みずみず》しく盛り上がった豊満な胸の白さ。先端の蕾《つぼみ》は薔薇《ばら》の花びらのようなピンクだった。つややかで豊かな髪をしているのに、なぜうなじのあたりにもっさりとまとめているのか理解できない。

「君は、自分の魅力をちゃんと表現していない。隣で目覚めたときも、不器量だとか、女らしい魅力に欠けているとは思わなかった。われわれの間には意見の相違があるが、ベッドの中では相性もよかったと思うが」

「侵入者をベッドから蹴り出さなかったことで、私がどれほど自分を責めたか、あなたにはわかりっこないわ。それにしても、蹴り出すとはいい表現ね。そうしておけば、あとでみじめな思いをせずにすんだのに。自制心を失い、あなたに誘惑されるなんて。自分の愚かさを決して許せないわ」

グラントは引き締まった腰に両手を当て、アデリーンを冷淡に見つめた。「君がそれほど自分に厳しいとは」片方の眉を上げ、辛辣《しんらつ》に言う。

「それどころじゃないわ、ミスター・レイトン。ただ一度の過ちのせいで私は、ダイアナ・ウェイヴァリーのパーティーにやってくるほかの女性と変わらない空虚な人間に成り下がってしまったのよ。自分の主義を曲げ、純潔や誇り、モラルをも犠牲にしてしまったという恐ろしい事実を認めるしかないの」


「君は、自分が何をしているのかわかっていた」

「ええ……あなたとは違い、自分以外の誰をも責めてはいない。私が体を捧《ささ》げたのに、あなたは覚えてもいないなんて。どんな気持ちにさせられたかわかる？　辱しめを受け、汚されたとしか言いようがないわ。あなたのような薄情者に体を触れさせたなんて信じられない。死ぬまで一生、この恥を甘んじて受け入れなければならないのよ」

アデリーンは踵《きびす》を返してドアへ向かったが、ぱっと振り向いて最後の非難を浴びせた。

「もう一つだけ言っておくわ。あなたが心配しているといけないから。もっとも、傲慢《ごうまん》な頭にはこれっぽっちも思い浮かばないかもしれないけれど、妊娠はしていません。これで一つ、考慮すべき問題が片づいたわね。これが最後だといいけれど」

グラントはアデリーンがドアを閉めて出ていくのを見守った。まったく、彼女は男に強烈な印象を与える術《すべ》を心得ている。ちくしょう、いったいなぜ、こんな状況に陥ったんだ？　彼女を完全に悪者にすることも、許すこともできない。愚かで無責任な自分の行動のせいで、彼女が妊娠したかもしれないとずっと心配していたが、それはないと聞いてまずは安心だ。グラントはたった今起こったことに困惑し、その場に立ち尽くした。二度と会うこともないと思ったのに、ベッドの中で愛し合った美しい女性がふいに目の前に現れるとは、まったく信じられない。

あの夜からずっと、彼女に苦しめられてきた。すばらしい肢体のささいな特徴さえも忘れられずにいる。彼女なりの理由で自分に注目を集めまいとしているのか、あんなさえないドレスを着ているとはまったくもって謎《なぞ》だ。ミス・オズボーンほど勇気と度胸があり、熱いものをうちに秘めた女性は、それを隠さないはずなのに。

なぜか、この週末が色あせて見えた。ミス・アデリーン・オズボーンがこの屋敷にいるという事実を忘れ去るのは不可能だった。

アデリーンは閉めたドアの前でひと息つき、ほかの客人たちと顔を合わせる前に心を静めようとした。逃げ出すことはできないのだから、ここにいる間は調子を合わせておこう。この試練をくぐり抜けるには、グラント・レイトンの不可解な敵意をやり過ごし、そのつどなりゆきに任せるしかない。彼がどれほど冷酷に、あるいは無作法にふるまおうとも、それに左右されることなく、礼儀正しく落ち着いて行動しよう。

そう心に決めると、アデリーンはポールや父のところへ向かった。

オークランズは華やかな行事にぴったりの屋敷だった。六時をまわるころには、食堂の大きなテーブルの上には銀食器や王室御用達の陶磁器、精巧なクリスタル・グラスなどがずらりと並べられた。卓上の装飾はあっさりしているものの、明るく優美な効果を生んでいて、花瓶にはグラントの温室で育てられた花がいっぱいだった。

美しい盛りつけの料理がさまざまなワインとともに供される。オークランズでは、十分に満足せずにテーブルを離れる客人は一人もいなかった。

広々とした居間の高い天井からは、豪華なクリスタルのシャンデリアが二基下がっていた。一方の壁は全面がフランス窓になっており、格子状のガラスがはめ込まれた観音開きの窓の向こうには芳香を放つ庭園や、花の咲く低木の鉢がずらり並ぶ石造りの広大なテラスが続く。きれいに刈り込まれた芝生の眺めは息をのむほどで、湖や周辺の田園風景へと続くすばらしい庭園が広がっている。

全部で十二人いる客の間を歩きまわるグラントは、自分自身の価値と男らしさをよく自覚していて、その姿は自信に満ちあふれている。一人一人にしっかり向き合って愛想よく談笑しているように見えるが、その実、ひたすらドアに注意を向け、ミス・アデリーン・オズボーンが現れるのをじっと待っていた。

アデリーンが不安げに居間に入ると、屋敷の主人が堂々たる姿で正面からこちらを見つめていた。彼女は挑戦的に頭をそらして顎をつんと上げ、ポールと父ホレースの間に挟まれながら、前に進み出た。

グラントは数分ほど姿を消したかと思うと、ターコイズ・ブルーのシルクのドレスを着た年配のレディと腕を組んで戻ってきた。二人は客の間を談笑しながら、気難しい顔のポールや不安げなアデリーンと立っているホレースのところへやってきた。グラントから紹介されるとそのレディは、ホレースを見つめながら細い手を差し出した。

小柄で白髪のヘスター・レイトンは見た目こそ年配に思えるが、きらきらと輝く青い瞳とひとなつっこい笑顔は、まさに永遠の若さと言えた。

「お会いできて本当にうれしく思いますわ、ミスター・オズボーン。ミスター・マーロウに、魅力的なお嬢さんも」

ホレースはヘスターの手を取った。「私もです、ミセス・レイトン」

ヘスターは気遣うようにアデリーンにほほ笑みかけた。「あなたはお若いのね、ミス・オズボーン。この週末は、化石のような年寄りたちに囲まれておきの毒だわ。ここには四十歳未満の人間はいないようね。もちろん、グラントは別だけど」そう言うと、目を細めて息子を見つめた。

「あら、大丈夫ですわ、ミセス・レイトン」アデリーンはグラントから視線をそらしたまま答えた。

「ええ、私は化石ではありませんよ」グラントは冗談交じりにたしなめると、ホレースに話しかけた。

「母は四人の子供を育て上げたにもかかわらず、いまだに若々しいんです」

ホレースは驚いたように眉を上げた。「四人も？今夜は全員がおそろいなのかな？」

「いいえ」ヘスターが答えた。「グラントと……娘のレティもあとで来るはずですわ。末っ子のローランドはインドに駐留中です。先週手紙が来て、クリスマスには帰省すると申しておりました。娘のアンナとその家族もアイルランドからやってきます。とてもわくわくしますわ、忘れられないクリスマスになりそう。もう何年も、一家そろってクリスマスを過ごしたことはなかったから。ミスター・オズボーンはほかにお子さんは？」

ホレースは首を横に振った。「いや、残念ながら。妻は、アデリーンがまだ子供のころに亡くなりまして。以来、ずっと独り身です」

ヘスターはアデリーンにほほ笑んだ。「レティがここにいなくて残念よ。でも、じきに合流するはず。

少なくとも、私はそう思っているの。ロンドンから到着したばかりだから、ここでの晩餐《ばんさん》には間に合わないけれど」彼女の視線は再びホレースへと注がれた。「本当にお越しいただけてうれしいわ」そして、息子のほうを振り向いた。「晩餐の席では私をミスター・オズボーンの隣にしてくれたわね？」

グラントは鷹揚《おうよう》に笑った。「ご希望どおりに」

「よかった。話し合うことがたくさんあるから」

ホレースもほほ笑んだ。ヘスターの快活な魅力についつられてしまったのだ。「ローズヒルの売却を断ったのを恨んではおられないでしょうね？」

「とんでもない。落胆はしましたが、恨みになど思いませんわ」

「そう聞いて安心しました」

ミセス・レイトンは上品で穏やかで、ウイットに富む温かい人だった。父がすっかり虜《とりこ》になっているのを目の当たりにして、アデリーンは驚いた。しかも、珍しくおかしそうに顔を輝かせている。

ちょうどそのとき、晩餐会の準備が整ったことを執事が告げに来た。

ミセス・レイトンはホレースを振り返った。「エスコートしていただける、ミスター・オズボーン？」

ホレースは腕を差し出した。「喜んで、ミセス・レイトン」

「あら、ヘスターとお呼びにならなくてはだめよ。オークランズでは堅苦しいことは好みませんの」

ホレースの瞳が輝いた。「では、私のこともホレースとお呼びください」

ゆったりと打ち解けた雰囲気の中、時が過ぎていった。アデリーンは聞き手にまわり、話しかけられたときには返答をし、必要なときに笑顔を見せた。グラントのほうに視線を向けると決まって、熱のこもったまなざしでこちらを見ていた。まるで、アデリーンの人柄を探っているようだ。

食事が終わると、全員が居間に集まってさまざまな遊びにふけった。グラントはピアノに寄りかかり、ミセス・フォレスターの弾くショパンの夜想曲に耳を傾けている。彼女は銀行家の夫とロンドンからやってきた客だった。アデリーンも食事の席で会話を交わしたが、頭の回転が速く興味深い女性で、ピアノの腕はすばらしかった。

アデリーンはグラントのゆったりとした姿をそれとなく見つめた。頭を低く下げ、ピアノの音色に聞き入っている。だがふいに彼が振り向き、彼を見つめていたのを知られてしまった。アデリーンの瞳をじっととらえたかと思うと、グラントの唇の端に不可思議な笑みが浮かんだ。彼女は目をそらし、膝の上の本に視線を落とした。

グラントはアデリーンに話しかけたい気持ちを抑えきれなくなり、彼女が座るソファまで歩いてくると肘掛けに腰を下ろした。落ち着いた表情は驚くほど無防備で、悲しみをたたえていた。自分がどんな顔をしているか意識していたら、彼ももっと気をつけただろうに。アデリーンは眼鏡越しに、驚いた表情でグラントを見上げた。

「迷子になったようね、ミスター・レイトン。無理に話しかけてくださらなくても結構よ」

「そんなつもりはない。だが、最後までこの茶番劇を演じきらなければと思ってね」

グラントが少し態度を和らげたのを感じたアデリーンはプライドを捨て、このチャンスを生かそうとした。「ミスター・レイトン――」

「グラントと呼んでほしい。誰もがそうしているから、君だけが違うと、なんだか変な気がするんだ」

「わかりましたわ。では、あなたも私をアデリーンと呼んで」

「話を続けて、アデリーン。何か言おうとしただろう?」

「ええ。私たちの間に起こったことのせいで、互いに冷たい態度をとる必要はないでしょう?」

グラントは片方の眉を上げた。「ほう?」

「だって、どちらも傷ついていないもの」

「本当にそうか?」

「そうよ。だから、友好的にふるまってはいけない理由はないと思うの。さしあたって、私がここにいる間は」アデリーンは魅力的な微笑をちらっとグラントに向けると、眼鏡を外して彼の目をまっすぐ見つめた。「正直な話、できるものならここから出ていきたいわ。でも、それは無理。互いを避けることはできない」

「たしかにそのようだな。ところで、君は眼鏡なしのほうがずっといい」

「あなたもそうよ」皮肉のこもった口調だった。

グラントは声をあげて笑った。少しも気を悪くしてはいなかった。邪魔な眼鏡がないと、彼女の顔がよく見える。なんと美しい瞳だ。大きくて緑色で、ふさふさの黒いまつげで縁取られている。最初に見たときは見栄えのしない娘だと思った。彼女のベッドで目覚めたときも、魅力的だが際立った特徴はないと思ったが、あふれるような黄金色の明かりの中で見てみると、ふっくらとした唇は繊細でかわいらしく魅力的だ。穏やかな表情もやさしく、とても若く見える。グラントは最初の印象を訂正せざるを得なかった。

「無理やり乱入したわけではなく、ほかの方々と同じく招かれた客の一人なのだから、それ相応の扱いを受けてしかるべきよ。私に対するあなたの態度は、愛想がいいとはとても言いがたいわ」

グラントは首をかしげ、アデリーンをしげしげと観察した。そして、喧嘩《けんか》腰の態度を改めたほうが得だと考えてうなずいた。「よかろう。ここでの君の滞在が私たち双方にとって居心地よい時間になるよう、努力しよう。パーティーの出席者全員が楽しく過ごせる週末になるよう、できるだけ礼儀にかなったふるまいをするよ」

「本当に、そうできる？」

「やってみせるとも」グラントは急に笑顔を見せた。

雲の間から現れた太陽のようなまぶしい笑顔に、アデリーンの心は温かくなった。こんなにあっさりと魅力をふりまける人なのね。「ありがとう」

「そういえば、ミセス・フォレスターが君のことを褒めちぎっていた。君はいろいろな才能を隠しているようだな、アデリーン。どんな話題についても話すことができる知識豊富な令嬢だと言っていたよ。これほど聡明《そうめい》で知性のある女性に出会えてうれしいと、ことのほかお喜びだったよ」

「それはありがたいこと」アデリーンはグラントの言葉についてちょっと考え、いたずらっぽい笑顔を見せた。「聡明で知性のある女性？　そのわりにはたいしたことをしていないわ。ウエストウッド・ホールで私が起こしたごたごたを考えてみて。あれ以来、私の人生はがらりと変わってしまったわ」

「今さらもう手遅れだが、そのうち平穏な日々を取り戻すさ。そう、ポールと結婚すれば」

アデリーンはグラントの顔を見た。少しはうれしそうなふりをしようとしたが、できなかった。「あなたはポールが嫌いなようね」

「そのとおり」

「じゃあ、なぜ彼を招待したの？」

「君の父上に確実に来ていただくためだ」

「ローズヒルの売却を説得したいから？」

グラントはうなずいた。

「でも、父は売らないわ」

「わかっている。はっきりと心を決めておられるようだが、私の母にとっては大事なことなんだ」グラントは瞳をいたずらっぽく輝かせる。「それに、母が女性の魅力を使って君の父上を説得する機会を奪いたくなかったし」

「父はそんなものには屈しないわ」

「それに、一緒に暮らして楽しい人ではない」

「そうね。父は勤勉で、自分のやり方を譲らないの。いつだって自分が正しいと信じているのよ」アデリーンはほほ笑んだが、目をそらした。「ひどく厳格だけど、冷酷ではないわ。私にはどんなわがままも許すけれど、夫を自分で選ぶ自由だけは認めてくれなかった。でも、うちだけが特別なわけじゃない。父親というものは厳格で徳を重んじる人種で、娘の手綱はあまり緩めないものよ。たとえ、娘の見た目がどんなに地味でもね」

率直な物言いにグラントは驚いた。「自分が地味でさえないと思っているのか?」

「あら、もちろんよ」アデリーンは静かに笑った。「でも、知的で聡明だとミセス・フォレスターがおっしゃってくださったから、これ以上を望むのは贅沢ね。どれか一つを選ぶなら、私は何よりも知性を選ぶわ」

「では、妹のレティを紹介しなければならないな。君たちは共通点が多いと思う。こうしているうちに……」グラントはアデリーンの向こう側のドアのほうを見つめた。何やらざわめいている。様子を見ようと、彼は立ち上がった。

レティの出現は、さわやかな一陣の風が屋敷に吹き込んだようだった。アデリーンにも、薔薇色のサテン地のドレスを身にまとった若い女性の姿が見えた。通り過ぎる誰もに笑顔を振りまいている。さわやかでいきいきと輝く彼女は、兄のところへ一直線に向かってきた。

グラントは首にまわされた両腕できつく抱き締められながら、鷹揚に笑った。「おいおい、窒息させる気か、レティ」文句をいいながらも、口元にほほ笑みが浮かんでいる。彼は妹から体を離してじっと見つめた。「元気そうだな」

「まるまる一カ月、いろいろ懸命に活動してきたから、ひどい顔をしているでしょう？ でも、とりあえずはありがとう。会えてうれしいわ。そういえば、マージョリーもお兄さまによろしくって。寂しかったわ。お兄さまも私が恋しかった？」

「ひどい頭痛がするよ」態度とは裏腹な言葉だった。

アデリーンは少なからずレティに魅了された。常にほほ笑みを絶やさず、表情ばかりかしぐさまでもがいきいきとしている。黒い髪に深く青い瞳。透き通る肌に、両手でつかめそうなほど細いウエスト。グラントにとてもよく似ている。

「お騒がせしてごめんなさい。遅れたけど、許してくれるわね？」

「おまえはいつだって遅刻してくるな、レティ」

「だって、今夜ロンドンから戻ってきたばかりで、しなければならないことが山ほどあったの。でも、私のことを怒っていないわよね？」

グラントはにっこりすると、細いウエストに腕をまわして抱き締めた。妹がかわいくてたまらないようだ。

「晩餐の席に間に合わなかったのはいささか気に入らないが、二十三歳にもなる娘を膝の上でお仕置きするわけにはいかないからな」

「お兄さまはいつだって暴君なんだから」レティは陽気に笑いながらからかった。

声に愛情があふれているわ。アデリーンは思った。グラントとレティは、私の知らない、そしてこれからも決して知ることのない温かな関係で結ばれた兄妹なのね。

グラントが振り返った。「レティ、こちらはアデリーン・オズボーンだ。父上と、婚約者のポール・

マーロウと一緒にいらしたんだよ」

アデリーンは立ち上がり、グラントの妹にほほ笑みかけた。物怖《ものお》じしない瞳を輝かせ、好奇心いっぱいにこちらを見ていたかと思うと、愛らしい顔をほころばせ、アデリーンの手を握って歓迎してくれた。

「お会いできて本当にうれしいです。というか、年齢の近い話し相手が見つかってほっとしたわ。グラントがパーティーにお招きする人といったら、ひどくお年を召しているか、話していてもあまり面白くない方ばかりなの。でも、ここにいらした紳士淑女のみなさんは私が小さいころから知っていて、すばらしくいい方ばかりなんですよ」

「アデリーン、妹は反逆心旺盛《おうせい》なたちなんだ」グラントは冗談交じりに言った。「進歩的で自由な考え方を持ち、いろんなことに自分なりの揺るぎない意見がある。しきたりなどどこ吹く風という、自立した女性だよ。女性の権利について熱く語り、いつも不運な人の味方をしている」

「本当?」アデリーンは賞賛するようにレティを見た。「立派だわ」

「君はそう思うかもしれないな。寛大にも母はレティの熱心な考え方を受け入れているが、私はそれほどでもない。レティ、アデリーンを怒らせないよう、気をつけろ」グラントはまじめくさって警告した。「田舎に引きこもったまま育った深窓の令嬢で、女性運動や婦人参政権論者なんて言葉は聞いたことがないかもしれないから」

挑発するような言葉が気になり、アデリーンは彼をさっと見た。「とんでもない。田舎に引きこもって人生の大半を過ごしてきたからといって、ばかなわけじゃありませんわ。女性運動についても聞いたことはあるし、目的もすばらしいと思っています。私自身について言わせてもらえば、取り柄だっていろいろあるんです。本をたくさん読んでいるし、語学も得意よ。乗馬も、泳ぎや釣りもできるわ。フェンシングの腕前はちょっとしたものよ。ミスター・レイトン、いつかお手合わせ願いたいわね」

グラントは白い歯を輝かせてにんまりした。「考えてみよう」挑戦を受け入れつつ、彼はわざとアデリーンを焦《じ》らした。「だが、本当にそれほどの腕前なのかな？」

アデリーンは片眉を上げた。「それについては、ご自分の目で判断なさることね」

「では、君を負かすのを楽しみにしていよう」

レティは機嫌よく笑った。「グラントには気をつけたほうがいいわよ、アデリーン。なかなかの女好きだから」

グラントは妹をじろりとにらんだ。「おまえの唯一の気晴らしは、私を怒らせることなんだな。口に輪っかでもつけてやりたいよ。まったく、おまえの態度はなっていない。とはいえ、君たちが親しくなれるよう、私は退散しよう。ほかの客たちのところへ戻らなければ」

レティは兄の腕に手をかけた。「グラント、待って」彼は立ち止まって妹をちらっと見た。「明日の朝は乗馬に出かける？」兄がうなずいた。「よかった。じゃあ、七時に厩舎《きゆうしや》で」疑わしげにつり上がる彼の眉を見て、レティは笑った。「遅れないわ、約束する」

「この目で見るまでは信じられないな。おまえはいつだって遅れてくる」それから彼はアデリーンに視線を移した。「君はどうする？　フェンシングと同じくらい上手に馬に乗れるなら、一緒にどうだい？　客の大半も同行する。すばらしい馬もいるが」

「ありがとう。ぜひ、ご一緒したいわ」

グラントはうなずくと、ほかの客たちの間をまわるためにその場を離れた。

レティはすぐさまアデリーンをソファに引き寄せ、

勢い込んで話しはじめた。

話はすこぶる刺激的で、アデリーンは自分でも驚くほど引き込まれた。女性が抑圧される時代はいつか終わりを告げ、下級市民という不名誉を克服して完全に自由の身となる。明確なビジョンを持ったレティの考えにアデリーンは目を輝かせて聞き入った。むろん、現実のものになるかどうかはわからないが、レティの言うとおりだと信じたかった。

たいていの男性は暴君だというレティの言葉を聞き、アデリーンは思わず、部屋の向こう側にいるポールに目をやった。年配の紳士と話しているが、ひどく気難しい顔をしていた。視線に気づいたポールが、厳しくとがめるような顔でこちらを見た。素早く目をそらしながらアデリーンは思った。レティの言うとおりだわ。私の人生はお先真っ暗ね。

ふいに目の前にポールが現れた。アデリーンは彼が近づいてきたのに少しも気づかなかった。

「ポール……グラントの妹さんとは前にも会ったことがあるわね？」

ポールは丁重に頭を下げた。「ああ。ミス・レイトン、またお会いできて光栄です。アデリーン、私とペアを組んでブリッジをする約束を忘れたのかい？」

「ブリッジ？」レティの声は面白がっているようだった。「でも、アデリーンと私は出会ったばかりで、いろいろ話したいことがあるんです。パートナーはほかにもいらっしゃるでしょう？」

ポールが不快に思っているのが、アデリーンにもわかった。オークランズに到着してからずっと冷ややかでよそよそしく、どこか喧嘩腰だった。きっと、相手をしてくれる女性がいないからだわ。

ポールの視線が冷徹なものに変わった。目を細め、彼はとがめるような不愉快そうな視線を注いだ。

「アデリーン、一緒に来ないのか？」

「行かないわ、ポール。なんだか急にブリッジがいやになったの」

「そうか、まあいい。明朝は乗馬に出かけるか？」

「ええ。とても楽しみだわ。あなたは？」

「もちろんだとも」そう言い残すと、ポールはその場を去っていった。

「やれやれ」部屋の向こう側へ歩いていく姿を目で追いながらレティがつぶやいた。「いったい、どういうわけでポールと結婚するの？」

いつもなら、これほど的を射た発言はアデリーンは居心地が悪くなるのだが、レティの率直さのせいか、少しも不愉快にはならなかった。「あなたは彼が好きじゃないのね、レティ？」

「ええ、あまり」彼女は肩をすくめ、心配げにアデリーンをちらっと見た。「ずけずけとものを言っても気にしないでね。ふだんからこうなの。母には、短所の一つだと言われるんだけど」

「いいえ、全然気にしないわ。でも、どうして彼をいやな人間だと思ったの？　理由を聞かせて」

「そうね。まず、自分の優位を少しも疑っていないところかしら。腹に一物あるような態度もいやな感じだわ。それに、あなたには年上すぎるもの」

アデリーンはため息をついた。そう、レティの言うとおりだわ。だが、ポールよりも父に対する忠誠心と義務感から、あえて何も言わずにいたのだ。

「父はそう思っていないの。私たちはお似合いの二人だ、と」

「あなたもそう思っているの？」

「父と言い争うよりは楽だから」

「まったく、アデリーンったら！　あなたは、懸命に戦う人という第一印象を持ったのに。ちゃんと自立しなければだめよ」

アデリーンは楽しくなった。気の置けない親しみやすさを感じ、すっかりレティを好きになっていた。

「つまり、父に反抗すべきだと？」レティは少し考えてから答えた。「そうね。ええ、この件についてはそう思うわ」

不安と落胆で眠れなかった。読書好きなアデリーンは本を探したが、見つからなかった。居間のソファに置いてきてしまったのね。もう時間も遅いし、みんなとっくに寝室に下がったはずだわ。彼女はナイトガウンを羽織って部屋を出た。死んだように静まり返る屋敷の沈黙を破るのは、遠くで一時を告げる時計の音だけだ。アデリーンは真っ暗な周囲を見まわすと、階段を下りていった。

ランプの明かりがいくつか残っているだけの薄暗がりの居間で、グラントは寝る前のひとときを一人で過ごしていた。上着を脱ぎ、火が消えかけた暖炉の前で脚を伸ばし座っていた。そして開け放ったドアから廊下を見て、思わず彼は驚いた。アデリーンが滑るようにして階段を下りてきたのだ。白いリボンやレースをなびかせてたゆたう姿は幻想的ですらあった。

グラントはすぐさま立ち上がって戸口に向かった。目の前に突然現れた彼の姿にアデリーンは息をのんだ。銀白色の瞳が彼女に大胆な視線を走らせる。

「おや、宵《よい》っ張りがもう一人いたな」

最上級のシルクのようになめらかで柔らかな声がアデリーンの肌を愛撫《あいぶ》した。一心に見つめられ、衝撃が思わず顔に出てしまった。堂々たる男らしさにすっかり無防備になったようだ。

「ああ、ごめんなさい。お邪魔するつもりではなかったのよ」アデリーンは顔を真っ赤にした。「本を捜しに来たの。ソファに置き忘れたみたいだから」

グラントは後ろに下がり、彼女を中に招き入れるように無言で腕をさっと広げた。それに従うアデリーンを彼は息をのんで見守った。暖炉の炎が躍る様子がナイトガウン越しに見える。薄い生地の向こうに長くしなやかな体の線がほのかに浮かび上がる。彼の頭にあの夜の記憶がよみがえった。美しい肢体にすばらしく長い脚。クッションの後ろで落ちそうになっていた本を見つけ、彼女が再びこちらに戻ってきたとき、グラントはようやく現実に立ち戻った。

アデリーンはそわそわと落ち着かなかった。体から顔へと視線を移すグラントの瞳はひどく真剣で、どこか物思いにふけるようだ。あまりにも近すぎるわ。それに、彼の男らしさにむせ返りそうだ。アデリーンはほてった顔で困惑したまま目をそらした。

グラントにはよくわかっていた。アデリーンは私に厄介事をもたらす。だが、彼女には不思議とどこか挑発的なところがある。私の気持ちをかき立て、近づきたいと思わせる何かが。グラントは腕を伸ばし、彼女の頬に指をそっと走らせた。口元で一瞬動きを止めると、親指で柔らかな下唇をなぞった。

思いもよらぬ衝撃的な快感がアデリーンの体内で生まれた。思わず体を震わせると、グラントの脚の間で張りつめたものが触れそうになった。すべてを心得たような彼のまなざしに落ち着きを失う。今にもキスされそうなのを感じ取ったアデリーンは、理性を保つために一歩下がった。

「お願い、やめて」

「どうして？　触られたのが不愉快だったのか？」グラントは意味ありげにほほ笑んだ。「乙女《おとめ》のように抵抗しても無駄だ。私が覚えているかぎり、あのときはそうではなかったはずだが」

「そのことは二度と口にしない、と決めたはずよ」

「君の経験したことが本当にすばらしいものかどうか、もう一度確かめてみたいとは思わないか？　今までの人生で最高にすばらしい出来事だった、と言ったじゃないか」

「ぞくぞくしたのは、危険で……冒険しているという気持ちがあったからよ」なぜグラントにあんなことを言ってしまったのか言い訳をしようと、アデリーンはしどろもどろになった。

「とにかく私は、酒のせいで覚えていないことをちゃんと確かめたくてたまらないんだ」

グラントは自分がほのめかしている内容に驚き、正気を疑った。だが、実際に提案してみると、特に悪いことではないような気がしてきた。

アデリーンは彼の言葉に困惑しきっていた。なかば放心状態でグラントを見つめる。どぎまぎしながら、形のいい彼の唇にじっとまなざしを注ぐと、その端に浮かんでいたうっすらとした笑みが、やがて挑発的なものに変わっていった。

「どうだい？　怖いのか？」低くかすれた声が尋ねる。グラントは両腕を伸ばし、アデリーンのほっそりとした腰に両手をまわしてぐっと抱き寄せた。

「こんな遅い時間に私の屋敷をこんな格好でうろつくとは、挑発的すぎる」

ない交ぜになった寂しさとあこがれのせいで混乱していたアデリーンには、とても耐えきれなかった。頭を下げてキスをしようとするグラントに、彼女はなす術もなく身を任せた。羽根がそっと触れるような温かいキスが彼女を誘う。身動きできないまま、前にも彼によって引き出された欲望がアデリーンの体を焦がした。また、こんな気持ちになるなんて。完全に屈服して抱きすくめられながら、アデリーンはあの夜の無上の喜びを思い出した。

グラントは顔を上げ、自分のほうを向いたアデリーンの顔を見つめた。ランプの光に照らされて、柔らかな表情をしている。暗い中で瞳だけが輝いている。彼はゆっくりと唇を離した。「君が覚えているのはこんな感じだった？」

激しい情熱と優しさに包まれた秘めやかな記憶を、そう簡単には彼に教えたくない。アデリーンはグラントの唇に視線を落としたままつぶやいた。「そうね、こんな感じだったかも」

「もう一度やってみたい？」心地よいひとときにまた浸りたい――こんなものではなかったはずなのだから。「君が覚えているようにやってみせてくれないか？」グラントは唇を寄せ、アデリーンを焦らした。「さあ……」豊かな彼女の髪に両手を梳《す》き入れ、そそるような指使いでうなじを愛撫しながら、柔らかな頬とひどくみだらに誘うような唇を口で感じる。彼女は大きな矛盾をたたえた女性だ。

キスや愛撫に誘惑されたアデリーンはグラントに身を任せ、欲望の暗い淵《ふち》にゆっくり落ちていった。とろけるような快感が体の中を再び駆け抜ける。だが急に怖くなり、はっとして身を引いた。恐ろしいほど速い鼓動のせいで胸が痛いほどだ。

「あなたは自分を見失っているわ」アデリーンはささやいた。「だめよ……こんなことを二度もしては。私の父や婚約者もこの屋敷に招かれているのを忘れたの？　あの夜のウエストウッド・ホールでの言葉から察するに、あなたは場所も時も選ばずに、ある種の女性の好意を受け入れるのね。でも、私は違う。あの夜に起こったことはともかく、父は私をまっとうな娘として育てたの。あなたが付き合ってきた女性とは違うのよ。ダイアナ・ウェイヴァリーと私を一緒にしないで」

グラントはそそるような笑みを浮かべた。「いやにむきになって自己弁護をするね。だが、君は間違っている。君は、私がこれまで付き合ってきた女性と同じだよ。今さらそれは変えられないし、君の人柄も変えられないんだ、アデリーン」グラントは彼女を離すまいとして腕に抱いたまま、物憂げに言った。「まっとうに育てられた令嬢ならば、見知らぬ男がベッドに入り込もうとしたら憤慨するはずだ。助けを求めて屋敷じゅうを起こしてまわるさ。だが、君はそうしなかった。それが事実だ」

アデリーンは彼の一方的な言い草に息をのんだ。

「では、私は何?」苦い声で尋ねる。「すきあらばいつでも誘惑して構わない女だというの? 一度、あなたに体を捧げたから、あなたがその気になったらいつでも好きに誘惑できる安っぽい女だと?」グラントほど経験のある男性なら、きっと自分の意思を貫くだろう。私は今も彼に引かれているし、抵抗する気持ちもない。

「今、ここで君を奪うつもりはない。だが、私の身体的欲求を見くびらないでくれ」グラントはそっとつぶやき、アデリーンの体を引き寄せた。「それに、あの夜の出来事を繰り返したいという気持ちも。だが、ここではだめだ。こんなふうではいけない。暗がりでスカートをまくり上げてすませるようなやり方はいやだ。それはそれで、たしかに魅力的だが」

アデリーンは彼の言わんとすることを心に刻みながら、相手をじっと見つめた。ハンサムな顔立ちは暗がりに隠れ、厳しいまなざしだけがぎらついて見える。「私にそんな言い方をしないで」彼女はつぶやいた。こんなの間違っている。でも、ひどくみだらで興奮するわ。

グラントに愛された夜のことを思い出し、とろけるような快感がアデリーンの体に押し寄せた。柔肌に触れる指使い、胸をすっぽり包み込む両手の感触は魔法のようだった。彼女の瞳がかすかに潤んだ。

グラントが頭を下げて再び唇を封じようとしたとき、アデリーンは自分の気持ちを抑えはせず、熱いものが全身を駆け抜けるに任せた。彼のキスを無垢《むく》な気持ちで受け入れ、唇を差し出す。グラントは焼けつくほどの欲望に深まった激しい情熱を込め、彼女に口づけた。

欲望が彼の全身でうなりをあげた。大きく広げた手のひらでアデリーンの背中を包み、張りつめた自らの体にぴたりと添わせた。すかさず両手を彼女の腰にまわして、グラントは硬く目覚めた彼自身を押しつけたが、ふいに自分のしていることに気づいた。そして唇を引き離し、正気を取り戻そうとしながら彼女を見つめた。

「どうだ？　前にキスしたときと同じだったか？」

アデリーンはうなずいた。「ええ、でも、今のほうが激しかったわ」

二人は体を離し、立ったまま見つめ合った。アデリーンはまだ胸に本を抱えていた。もう一度キスをすべきか、それともほんの弾みだと言い繕うべきかとグラントが自問していると、ふいにドアのほうから男性の声が聞こえた。

4

「アデリーン！　何をしているんだ？」

うろたえながら振り向いたアデリーンの視界に入ったのは、ポールの姿だった。グラントの腕の中にいるところをもう少しで見られるところだったと思うと、いたたまれない気持ちだった。彼女はショックに身をこわばらせながらポールを見つめた。彼と目を合わせながら、どうにか心を静める。二人の男性が争うような事態は避けなければ。赤くほてった頬や、欲望に燃える瞳を見られてはならない。

猜疑《さいぎ》心に満ちたポールの鋭い視線が、ナイトガウン姿のアデリーンからグラントへと移された。

「ポール……あの、私はただ……」おろおろと訴えかけるような目でグラントを見ると、彼は恥じるどころか、面白がっている顔つきでポールを見ていた。しかしポールは表情をこわばらせ、とがめるような一瞥《いちべつ》をアデリーンに走らせた。どうしよう、事実を知られたら……。だが、ポールの頭をどんなことがよぎっていようと、いざこざだけは避けたいはずだ。彼はくだらないもめ事を嫌う人だ。言葉にしないかぎり、それは存在しないのと同じだ。

「アデリーンは居間に置き忘れた本を取りに来ただけだよ」グラントの声は、先ほど二人の間に起こったことを思えば、驚くほど冷静だった。「ちょうど、ベッドに戻ろうとしていたところだ」

ポールは険しい視線をグラントからアデリーンに移した。「それは理由にならない。ナイトガウン姿でうろうろすべきではないよ」

「眠れなかったの。こんな時間には誰もいないと思ったから」

「だとしたら、それは間違いだな」ポールはグラントをちらっと見ながら、ぶすっとした顔つきで答えた。「失礼する。アデリーンは私が部屋まで送っていこう」

グラントにおやすみの挨拶《あいさつ》をすると、アデリーンは一度も振り返らずに居間を出た。ポールに自室まで送ってもらい、閉めたドアにもたれる。つい先ほど起こったことが頭の中でぐるぐるまわっていた。

二人が去ったあとも、グラントはしばらくその場で思いを巡らせていた。アデリーン・オズボーン、彼女はなんという衝撃を私に与えるのだろう。いろいろな側面を持った女性だ。怜悧《れいり》な知性。驚くほど率直で礼儀正しいが、気取ったところは少しもない。挑発的なほどみだらな魅力と、深い感情にあふれている。

私を相手に処女を失ったとはいえ、めくるめくほどの官能の喜びはまだ知らない、無垢《むく》な乙女《おとめ》であることは間違いない。自分がどれほど魅力的で人を引きつける女性か、意識していないのだろう。アデリーンはダイアナのように、自分を崇拝する愛人たちが意のままに操られるのを見たいがために、自分の魅力を用いる術《すべ》など知らない。いや、彼女にはそんなことは思いもつかないだろう。

翌朝、アデリーンは早くに起き出した。よく晴れた気持ちのいい日になりそうだった。シルクのシャツにツイードの乗馬服を重ね、髪を赤いリボンでうなじのあたりにまとめた頭に山高帽をのせ、弾むような足取りで厩舎《きゅうしゃ》へ向かった。馬に鞍《くら》をつけている馬番たちのほかにレティがいた。母親と同居しているニューヒル・ロッジから馬でやってきたようだった。

「乗馬に一緒に来てくれてうれしいわ」レティが中庭を横切ってやってきた。濃紺色の乗馬服がほっそりした体を引き立てている。

「家にいるときは早朝の乗馬をよくするの。ねえ、レティ、ポールを見なかった？　彼も参加すると言っていたのだけれど」

「十分ほど前に見たわ。でも、もう馬に乗って出ていったわよ。一人でアシュフォードのほうへ。狩猟地を抜けて走るのと比べたら、全然つまらないのに」

アデリーンはさっと顔を上げた。「アシュフォードへ？　そう、なるほどね」疑惑と、そして突如わき起こった怒りを隠そうとして彼女は顔をそむけた。ウエストウッド・ホールはオークランズとアシュフォードのちょうど中間地点にある。ポールはきっと、ダイアナを訪ねたのに違いない。だが、この件はあとで考えようと、頭の隅に追いやった。ポールのために、せっかくの乗馬の機会を台なしにするものですか。これからの一時間を存分に楽しむのよ。

　馬番が馬房から引き連れてきたすばらしい栗毛《くりげ》の牡馬《ぼば》にアデリーンは目を輝かせた。黒いたてがみをしている。両手を広げながら近づいていくと、いななきながら親しげに鼻をすりつけ、頬に温かな息を吹きかけてきた。

「なんてすばらしいの」アデリーンは、手袋をした手でサテン地のような体毛をなでた。隠せない興奮に目をきらきらさせ、レティを振り向く。「お願い、この馬に乗ってもいいでしょう？」

「いいけど……神経質でなかなか乗りにくい馬よ。見たものすべてに噛《か》みつくわ。名前はクリスピンよ」

「私を噛んだりはしないわ。そうでしょう、クリスピン？」アデリーンはささやきながら、馬の鼻面を撫《な》でた。「怖くないもの。きっと仲よくできると思う」そして馬番のほうを向いた。「鞍をつけてくれる？　でも、私は片鞍では乗らないわよ」

　馬番はぎょっとした顔になりながら、レティに許可を求めた。

　アデリーンはすっかりその気だわ。クリスピンともうまくやっている。レティは笑いながらうなずいた。「ミス・オズボーンの言うとおりにして、テッド。落馬するようなことはないでしょうから」

　クリスピンに鞍をつけると、テッドはアデリーンのぴかぴかに磨かれたブーツを組んだ両手で支え、馬の背に上がるのを手伝った。彼女はすぐさま鐙《あぶみ》に足をかけたので、テッドが目を丸くした。スカートの下に膝丈《ブリーチズ》のズボンが見えたのだ。こんな光景は初めてだった。

「レティ、一人で遠乗りしても構わないかしら？　思いきり駆けたいの」はやるあまりアデリーンは、グラントが厩舎に入ってきたのにも気づかなかった。

彼は巨体を揺らす牡馬に乗っているアデリーンを見

て、あっけにとられて立ち止まった。

屋敷から離れたいという思いがあるだけで、特にどこへいくあてもなかった。厩舎が沈黙に包まれていることにも気づかず、アデリーンは馬の腹を蹴《け》って走り出した。

「私の見間違いだろうか、レティ?」妹の横に立ちながらグラントがつぶやいた。彼の目は、見る見るうちに小さくなっていく人馬に釘《くぎ》づけだった。

「いいえ。あれはミス・アデリーン・オズボーンよ。どうしても片鞍はいやだと言い張って……スカートの下にはブリーチズをはいていたわ」レティは賞賛を隠しきれずにほほ笑んだ。「あの方には月並みなところなど何一つないわね。少なくとも、通常の乗り方には従わなかったし。とにかく、ここから離れたいというふうだったわ。お兄さまもご覧になったでしょうけれど」

「馬番も連れずに?」

「あの馬を乗りこなすほどだから、すぐに置いてきぼりにしていくわよ」

「われらがミス・オズボーンは興味深い女性だな、レティ。それにとても魅力的だ。だが、自分の目で様子を確かめてくるよ」そう言うとグラントは、馬にすぐさま鞍をつけるよう馬番に申しつけた。

クリスピンは元気いっぱいの馬だった。アデリーンも最初の十分間はゆっくりとしたペースを保ったが、クリスピンが落ち着くと耳元でささやいた。

「さあ、本当の実力を見せてちょうだい」そして、彼に自由に走らせることにした。

鼻孔を大きくふくらませ、クリスピンはあっという間に全速力で走り出した。たしかな足取りで流れるように走る姿は夢のようだ。地面を跳ぶように走るうちに、木々はぼやけて消えていった。アデリーンは声をあげて笑った。クリスピンの脇腹《わきばら》でスカートは風船のように広がり、ブリーチズをはいた長い脚があらわになった。暗赤色の髪が背後にたなびき、赤いリボンが凧《たこ》のようにひらひらした。高揚した気分のまま丘の頂上に達すると、アデリーンはクリスピンの足取りを緩めた。

芝地のほうから聞こえる蹄《ひづめ》の音に彼女は動きを止め、後ろを振り返った。グラントだわ。見事な黒馬に乗って彼が近づいてくるのをアデリーンは待った。鞣革《なめしがわ》の上着に黄褐色のブリーチズとウエストコートという粋な姿だ。帽子をかぶっていないので、髪が眉にはらりとかかっている。アデリーンは、二人の間にゆうべ起こったことを思い出した。グラントの腕の中でキスをされ、私の体はウエストウッド・ホールでの夜のように反応した。憂いを秘めたハンサムな顔を見つめながら、アデリーンは気持ちが高ぶるのを覚えた。

「いやはや、君にはまったく驚かされる。見間違いでなければ、君はとてつもない馬の乗り手だな。生まれながらの乗り手は、ひと目見れば……」グラントは言葉を切ってほほ笑んだ。「すぐわかる。君の様子を見てすぐ、馬と会話できるのがわかったよ」

グラントのほうも、無意識のうちに馬をもの馴《な》れた様子で穏やかに操っている。それを見てアデリーンも、彼についてまったく同じ意見を抱いた。ほほ笑みかける彼に笑顔で応《こた》えると、つかの間、この世界に二人きりになったような感じがした。

「ありがとう。褒め言葉として受け取っておくわ。でも、クリスピンは本当にすばらしい馬ね。私の愛するモンティと同じくらい速く走れる」そっと伏せたまつげのすき間から、グラントをしげしげと眺めた。「ほかのお客さまと一緒にいなくていいの？」

「それはレティに任せてある。もっとも、昼まで起きてこない人々が大半だがね。クリスピンに乗って出かける君を見て、追いかけずにはいられなかったんだ」

「私、乗馬が大好きなの」

グラントは楽しげに片方の眉を上げた。「ああ、それはわかる。狩猟はするかい？」

「もちろんよ」

彼はにやりとした。「まさに好みのタイプだな」

アデリーンは横目でグラントを見た。「本当に？　私になど目をとめなければよかったと思っているんじゃないの？」

「君を最初に見たときのことを話そうか？」

「もう知っているわ。ウエストウッド・ホールへ行くために列車に乗ったときよ。あなたはセブンオークスで降りた。そして私が落とした本を拾ってくれた」

グラントは驚きに目を見開いた。「ああ、覚えている。あれは君だったのか？」

アデリーンはうなずきながら、困惑した視線を向けた。「あのときじゃないなら、あなたが私を最初に見たのはいったいいつなの？」

「学生時代の友人、フレデリック・バクスターの屋敷に滞在していたときだよ。ある早朝、君がまさにそれと同じ格好で馬に乗っているのを見かけた。今の今まで、誰かはわからなかった。君は葦毛《あしげ》に乗っていた。ひどく大きな馬だった。女性が乗るには大きくて元気がよすぎると思ったが、すぐにそれは誤りだと気づかされた。君ほど優れた馬の乗り手には出会ったことがない。まったく、並みの令嬢ではないな。見事な腕前には恐れ入ったよ」

「見られていたなんて少しも知らなかったわ」

グラントは少年のように屈託ない笑顔を見せた。「それはそうさ。君は風のように駆け抜けていったから」悠然とアデリーンを見つめながら、彼は口元を緩ませた。「ところで、なかなかすてきなブリーチズだね」

グラントの笑みをたたえた目がアデリーンの瞳をとらえて離さなかった。彼女は頬が熱くなった。

「馬に乗るときはいつもはいているの。実用的なのよ」

「そうだろうとも。だが、はいていないときの君の姿も、私ははっきり覚えている」

彼女はさらに頬を赤らめ、まぶたを伏せた。馬上に座るグラントのぴったりしたブリーチズの下で、腿の筋肉がぴんと張りつめた。「では、あの夜のことを何か覚えているの？」

「私のベッドで一糸まとわぬ姿になった女性がどんな様子だったたか、決して忘れたりはしないよ」

「失礼ね、私のベッドよ」瞳を茶目っ気たっぷりに躍らせ、アデリーンはすぐさま指摘した。

「そうだったな……君のベッドだ」低い声でくすくす笑いながらグラントも訂正した。「ところで、今朝は君の婚約者はいずこへ？　彼も乗馬に参加するものだと思っていたが」

「ポールは先に馬に乗って出ていったわ……アシュフォードのほうへ」ほんの一瞬、二人の視線が絡み合った。ポールとダイアナの間柄をグラントは知っているのかしら？　アデリーンは不思議に思ったが、まっすぐにこちらを見つめる瞳を見て悟った。ああ、ちゃんとわかっているのね。

「ほう……なるほど」

「ええ、そういうことよ」グラントが気にしているのかどうか疑問に思ったが、アデリーンはあえてきかないことにした。

グラントの馬の機嫌が悪くなってきた。「さあ……厩舎まで競争しながら戻ろう」いたずらっぽく瞳を輝かせ、ふざけるような笑みを浮かべる。「君を負かしてやる」

アデリーンは頭をつんとそらし、自信たっぷりの笑顔で応酬した。「それはどうかしら。二番目に甘んじなくてはならなくなると思うけど」

「いいや」グラントは笑いながら断言した。

「いやに大胆な挑戦をなさるのね」アデリーンの瞳にいたずらっぽい表情が浮かぶ。

「それが許される場合は、簡単には引き下がらない。勝てそうなときにはたいてい、先手を打つことにしているんだ」

「なるほど。では、これは真剣勝負ね」

瞳を輝かせてグラントは彼女にほほ笑みかけた。

「すべてを賭《か》けた戦いだよ」

アデリーンはあえて反論もせず、また、彼の言葉の意味を問いただすこともしなかった。「あなたが負けても、寛大な取り計らいをしてあげるわ」

グラントは楽しそうにやんわりと脅すような口調になる。「アデリーン、私が負けたら、君はすぐさま反対方向に走り出したほうがいいぞ」

「あなたには絶対に追いつかれないから」

グラントは笑い声をあげ、馬に拍車をかけた。

「何か企《たくら》んでいるなら、やってみるがいい。君の挑戦を受け入れるよ。前言を撤回させてやるからな」

二人は互いに主導権を握ろうと、固い芝生に蹄の音を轟《とどろ》かせながら駆け出した。低い生垣をやすやすと跳び越えたかと思うと、次はこれ見よがしに技術を見せつけ合う。一時はアデリーンが先を奪ったが、すぐにグラントも差をつめてきた。

二人は猛烈なスピードで走り続けた。前傾姿勢をとりながらアデリーンは、馬と一体になった喜びに震えた。結んでいたリボンが解け、つややかな巻き毛が細長い三角旗のようになびく。まったく同時に水路を跳び越えた二人は、開け放たれた厩舎の門へと猛スピードで馬を走らせた。

「ああ、なんて楽しい遠乗りだ！」グラントは感嘆するような笑いとともにクリスピンと並んでゴールした。さっと馬から降りてアデリーンのところへ行くと、彼女も両足をそろえて彼の目の前に飛び降りた。血色のいい頬は美しく、ふっくらした唇に満面の笑みを浮かべている。瞳は濡《ぬ》れたように輝いていた。アデリーンの姿に、グラントは息がつまりそうだった。

「ミス・オズボーン、君は、私が一緒に乗馬する機会を得た人々の中で、最も優れた乗り手だ。今日のところは、引きわけだな」

「いいえ、違うわ」アデリーンは愉快そうに笑って反論した。グラントをこのまま許してはあげないから。「頭一つの差で私の勝ちよ。あなただってわかっているくせに」

「鼻の差じゃないか?」彼は下手に出たような顔で泣きついた。

笑い声をあげるアデリーンの瞳がきらきらしている。「いいでしょう、鼻の差ね。でも、勝ったのはやはり私よ」

二人とも息を弾ませていた。遠乗りの興奮が今も全身を駆け巡っていた。山高帽を脱いだアデリーンが頭をさっと振ると、豊かな髪がさざ波のようにこぼれ、そよ風に揺れた。ピンクの唇にくっついたほつれ毛をそっと手で払い、グラントの顔を見つめる。その明るい銀白色の瞳をのぞき込んでいると、彼の腕の中で感じたような熱く甘いものを再び感じた。そんな思いに戸惑いながら、アデリーンはクリスピンの手綱を取った。

「もう行かなくちゃ」アデリーンは厩舎へと馬を引きはじめた。そこで馬番に引き渡そう。「朝食は父と約束しているの。その前に着替えなくては」

「私は、馬に乗っている客人たちのところへ行くよ。あとでまた会おう」その場を去ろうとする後ろ姿にグラントは声をかけた。「アデリーン?」

彼女は振り向いた。グラントの顔からは笑いが消え、ひどく真剣な表情をしていた。

「ありがとう。一緒に乗馬できて楽しかった。ぜひ、また遠乗りに出かけよう」

「ええ……そうしましょう」

ポールが戻ってきたのは昼も近い時刻だった。レティと組んでクロケットを楽しんだアデリーンは、馬に乗ったポールが玄関前を走り抜けて裏の厩舎へ消えていくのを見つめた。その十分後に、ポールはサンルームにいるアデリーンのところにやってきた。

ここは最近になって建て増しされたもので、ガラスの壁と高い天井があり、部屋の中には外来の珍しい植物があふれ、香り豊かな花々が色とりどりに咲き誇っている。まわりの白い籐椅子《とう》には、紅茶を飲みながら静かに談笑する客がほかにもいたが、アデリーンは一人離れて座り、庭園を眺めた。

やけに気取った軽快そうな足取りのポールを見て、彼女はむっとしながら立ち上がった。疑惑に神経がぴりぴりしていたせいか、頬に軽くキスをしようと彼が頭を下げてきたときに、思わず顔をそむけてしまった。心の中ではおののきながらも、アデリーンはポールの腕をつかむと人々の目を避けて脇へ引っ張っていった。とはいえ、彼らは自分たちの話に夢中で二人には無関心だったが。表面的には落ち着いた顔でポールに対応したが、アデリーンはこのとき初めて、いかに自分が彼を嫌っているかに気づいた。

私は、燃えるような情熱をこの体で味わってしまった。同じものをまた求めても、ポールがそれを与えてくれることはない。グラント・レイトンという男性が体にはっきり刻み込まれたのだから。しかし、彼と一緒にいるときに胸がいっぱいになるのは、抑えなければならなかった。結婚するなら、無条件の愛が欲しい。どうしても。私も、それに応えるように夫を愛していくから。それ以下のものは絶対に受け入れられない。

ようやくポールとちゃんと向き合うかと思うと、

不思議に心が晴れ晴れした。彼とダイアナ・ウェイヴァリーとの情事が婚約破棄に十分な理由となるわ。

「ここにいたのか。捜したよ」

「あら、本当に？　どうして？」ポールの態度はゆうべよりもずっと余裕のあるものに見えた。ふいに、邪《じゃ》異国情緒たっぷりの花の香りを押しのけるように麝香《こう》の匂《にお》いがした。アデリーンはとがめるような目で彼を見た。「やはり、疑っていたとおりなのね」

ポールは彼女をきっとにらんだ。

「ウエストウッド・ホールでいろいろお忙しかったんでしょう？」

顔がさっと青くなり、視線がそらされた。そして、大きなテラコッタの鉢からこぼれるように咲く花に興味を持ったふりをした。「ウエストウッド・ホールだって？」慎重な口調だ。「なぜ、そんなことを？」

「ダイアナ・ウェイヴァリーのところからまっすぐここへ来たわね」アデリーンは皮肉を込めてほほ笑んだ。「彼女の香水はすぐにわかるもの」

ポールの顔が怒りにこわばった。「そんな話はやめろ。ばかげているし、君は自分を見失っている」

「今ほど本当の自分を取り戻したことはないわ。私は薄のろでもばかでもないのよ。しばらく前から知っていたわ。しらばっくれるつもり？」

「この件は、旅行が終わったら話し合おう。どう折り合いをつけるか決める。だが、今はだめだ」

「いいえ、ポール」震える声でアデリーンは続けた。「どうすべきか、私が今ここで決めるわ。ウエストウッド・ホールを訪れたときも、あなたはダイアナと……。いずれ終わるものだと考えて無視しようとしたけれど、それはできない。私たちの婚約はおしまいよ。裏切られるのはいや。あなたとは結婚しません」

ポールの顔が急に青ざめ、こめかみのあたりがぴくぴくした。彼は自分の耳が信じられなかった。

「ばかなことを言うんじゃない。もちろん、私たちは結婚する。君の父上が望んでいることじゃないか。いや、私たち全員の望みだ」

「でも、私の望みではありません。いいえ、最初からそうじゃなかったわ。お父さまは厳格なモラルをお持ちだから、真っ先に理解してくださるはずよ。浮気な女たらしとは結婚しませんから」アデリーンは冷たい声で非難した。

ポールは怒りと恨みのこもった表情で彼女に食ってかかった。「では、君は何も欠点はないと言うのか？　鏡で自分の姿を見て、身の程をよくわきまえろ。愛の言葉をささやく崇拝者が殺到したことなどないじゃないか。私がいなかったら、君は死ぬまで独身で過ごすはずだったんだぞ。自分でもわかっているはずだ」

ひどい侮辱に怒りを覚えながらもなんとか冷静さを保ち、アデリーンはポールを見据えたまま近寄った。「だから、私はあなたに感謝すべきだと？　なんということかしら、ポール。あなたとは最初から結婚したくなかったけど、今も同じ気持ちよ。将来の妻に対して敬意を払わない男性と結婚するぐらいなら、独身でいたほうがよっぽどましだわ。あなたにそれほど否定的な目で見られていたとは。でも、あなたが思うほど哀れなわけではないのよ」

「どういう意味だ？」詰問するポールはそのとき初めて、アデリーンの瞳に何やら宿っているのに気づいた。仕返しを誓う炎だ。

「あなたは純潔な乙女を妻に望んでいるけれど、私と結婚してもそれはかなえられないってこと」

ポールが目をすうっと細め、アデリーンを見つめた。「なんだと？」にわかに険悪な声になった。

アデリーンは急に立ちすくんだ。激しい怒りのあまり、言うべきではないことまで言ってしまった。

ポールは、彼女の言葉や表情が言わんとするところを正しく読み取った。見る見る、顔がどす黒くなった。「この尻軽女め」

アデリーンがよけるすきもなく、紳士的な自制心を失ったポールが頰を平手打ちにした。あまりの衝撃に彼女は大きくよろめいたが、どうにかバランスを失わずにさっと振り返り、さらなる攻撃に身構えた。

ポールは再び殴るつもりだったが、突然現れたグラントが断固たる態度でそれを抑えた。怒りを込めた冷たい声が動きを阻止した。

グラントの表情には殺気すらあった。「マーロウ、彼女をまた殴ったら、今日という日を後悔することになるぞ」

ポールはあっけにとられたが、それはアデリーンも同じだった。振り向くと、ホレースとグラントがすぐ後ろに立っていたが、今までまったく気づかなかったのだ。ホレースの顔つきはひどく険悪なものであり、グラントが発する不穏な雰囲気に、ポールは恐怖でいたたまれなくなった。

「私もグラントに賛成だ」ホレースの低い声は、台風の目のように不気味なほど静かだった。

ホレースとグラントの前でアデリーンに怒りをぶつけられたポールは、理性すら忘れるほどに追いつめられ、猛《たけ》り狂って罵《ののし》った。「この売女《ばいた》め」

「言葉を慎め、マーロウ」語気を強めたグラントは、アデリーンに視線を投げた。「大丈夫か？」

彼女はうなずいた。いきなり殴られたせいで、うなじにまとめた髪がほつれて頰にかかっていた。胸にまで流れて丸まった髪先が、そそっているようだった。誇り高い姿勢は崩さなかったものの、アデリーンの瞳は涙で潤んでいた。

ホレースは娘からポールへと視線を移した。「今の話は本当か？　レディ・ウェイヴァリーと関係を持っているのか？」

窮地に追い込まれたポールは、ホレースの険しいまなざしに顔を真っ赤にしながら、気まずそうに体をもじもじさせた。怒りはすっかり鳴りをひそめていた。「とても、関係とは呼べないものだと思いますが」

「そんなことはどうでもいい。まったく……私の娘と婚約しながら、ほかの女とも関係を続けていたとは。君がそんなことをするとは信じられん。もっとましな男だと思っていた。きちんと分をわきまえ、自制心、それに思慮分別を備えていると……。君は、アデリーンの純潔を許しがたい形で恥にさらしたわけだ」

「ホレース、あなたにはお詫《わ》びしなければなりません」全神経をこの瞬間に注ごうとするポールの声に緊張感がにじんだ。「しかし、戯れの恋が死罪と同等だとは思えません」

だがホレースは頑《かたく》なだった。容赦のない顔つきに、口元をきっと結んでいる。「ことが私の娘に及ぶ場合、軽んじるわけにはいかないよ。君はアデリーンの名誉を傷つけた。私は寛大な人間でもあるが、愚か者ではない。今までも、そしてこれからもそうなるつもりはない。君のせいで愚か者と誹《そし》られるのもいやだ。われわれには家族ぐるみの長い歴史があり、君とは長年の友人だ。しかも取り引き相手でもあるが、君のしたことはとうてい受け入れがたい」

そう言うと、ホレースはグラントに向き直った。「とりあえず、これでおしまいにしよう。この件については、全員の気持ちが落ち着いてから話し合うことにする。不愉快な場面をお見せしたことをお詫びしよう。君にはなんの関係もないことに付き合わせて、申し訳なかった」

ポールの表情がいっそう曇った。アデリーンからグラントへ、再び彼女へと視線を移しながら、何ごとか思いあたったのか、かすかに震え出した。「君はゆうべ、寝室でしか許されないような格好でうろついていたが、捜していたのは本だけではなかったんだろう?」

アデリーンはグラントのほうを見ないよう用心しながら、そわそわと体を動かした。「いいえ! とんでもないわ。捜していたのは本だけよ」

ポールはグラントのほうを振り向いたが、相手の顔つきに思わず身震いした。御しやすい相手だとばかにしていたが、そんなグラントの硬くこわばった表情と冷淡な態度はこれまでに見たことのないものだった。ぎらぎらと険しい銀白色の瞳に浮かぶ奇妙な感情は、今にも爆発しそうだ。ぐっと抑えた怒りが、ポールを破滅させようと身構えていた。

「自分の身がかわいいなら、これ以上何も言うな」ポールの心の中を読み取り、無言の告発を承知のうえでグラントが告げた。ようやく聞こえるほど低い声だったが、ぞっとするほどのすごみにポールは口をつぐんだ。

ホレースは何が起こっているのかと聞き耳を立てていたが、ポールが言わんとするところは十分に理解できた。それがおそらく、アデリーンをこのうえなく傷つけたことも。事態がこれほど悪化してしまったとは信じられないが、実際にどんどんひどくなっている。娘の顔を正面から見据えると、彼女は黙ったまま見つめ返すだけだった。

アデリーンは怒りを込めたまなざしで見つめる父の瞳から鋭い稲光が飛び出し、それに打たれて死んでしまうかと思った。

ホレースはグラントに向き直った。二人は身動き一つせずにらみ合った。「君に問いたださなければならないのだが、ポールがほのめかしていることは本当なのかね?」

グラントは胸にわき上がる自己嫌悪を表に出さないようにしながら、うなずいた。アデリーンがどうなろうと関係ないし、私の知ったことではない。ポールという婚約者がありながら私を受け入れたのは、彼女自身が決めたことなのだから。だが、私がアデリーンの純潔を奪ったせいでこのごたごたが起きたという事実からは、逃れられない。「ええ、そうです」

ホレースは冷ややかな視線をアデリーンに向けた。「おまえにはがっかりさせられたよ。私は、実の娘のこともわかっていなかったらしい。自分のしたことを秘密にしていたばかりか、不誠実なまま結婚生活を始めようとしていたとは。何をしでかしたのか、詳しいことなど知りたくもない。聞いたら反吐《へど》が出るだろう」

ショックのあまりアデリーンの顔から血の気が引いていったが、どうにか自分を抑えた。「お父さま、本当にごめんなさい」

「まったくだ。おまえはまだ二十歳だ。結婚するまでは、父親である私に対して、自分の行動について説明する責任がある。娘としての義務を理解し、何があろうとそれを忠実に守り、正しい行いをするものと思っていたのに。娘の婚約を発表したと思ったら、別の男とみだらな関係を持っているのを見つけるなんて、どんなに恥ずかしいことかわかるか？　あれほど時間と手間をかけてポールとの婚約をまとめたというのに、こんな笑い者になろうとは。私やポールの家族に恥をかかせおって」

「それが問題なのよ」勇気をふるい起こし、アデリーンは訴えた。「もちろん、恥ずかしく思うのはお父さまでしょう。でも、私はどうなの？　ポールと結婚したいかどうか、なぜきいてくださらなかったの？　おとなしく命令に従うものと思い込んでいたくせに。お母さまが亡くなってから、私がずっとそうしてきたから。私とポールの結婚は……合併を話し合う仕事の話みたいなものだわ。冷たくて、なんの情もない。そんなの、私はいやなの」

「いったい何が言いたい？」

「最初にお父さまに言っておくべきだったことよ。私はポールとは結婚したくない。彼とは結婚しないわ。今だけじゃなく……これからも絶対に」

思わずほとばしり出た本心に、アデリーン本人も驚いた。でも、口に出せてよかった。

「アデリーンと私が特別な感情を互いに抱いているかどうかは、今は問題ではありません。それに、夜半過ぎに居間で本を探している彼女の姿をなぜポールが発見したのかも。彼がどんな解釈をしようと、彼女は単純に本を捜していただけなのですから」口元をぐいと引き締め、鋼鉄のように冷たいまなざしでアデリーンのほうを向くと、グラントは彼女の手を取って引き寄せた。真っ青な彼女の顔をちらと見てから、ホレースの顔に視線を定めた。「ポールとの婚約を破棄し、私の妻になってくれるよう彼女に申し込みました」

見えすいた嘘《うそ》に、アデリーンは困惑しながらグラントを見つめた。あまりのことに口も聞けなかった。優しく手を握って静かな口調で話してはいるものの、アデリーンにはちゃんとわかっていた。グラントの内心では、怒りが渦巻いているわ。

ややあってホレースが尋ねた。「で、彼女の答えは？」

「まだ、返事を待っているところです」

グラントの口から飛び出た意外な言葉は、ポールには耐えがたいものだった。恨みがましい目でグラントを見つめ、殺気立った声で言った。「やはり、思い違いではなかったんだな」

ポールを見下ろしながら話すグラントの声は氷のように冷たかった。「なんだ、ポール？　アデリーンはおまえなど求めていない。彼女がほかの男を選んだという事実が受け入れられないのか？　だとしたら、あきらめるんだな。それが世の習いだ。気に入らないなら、残念としか言いようがないな」

ホレースは娘に向き直った。「本当に、ポールとは結婚しないことに決めたんだな？」

アデリーンはうなずいた。「ええ」

父はそこに立ち尽くしていた。顔からは表情というものがすっかり失《う》せている。口を開いたときも、その声には感情がなかった。「そうか。だが、おまえがこんなことをするとは信じられん」

アデリーンはため息とともに顔をそむけた。「ええ、お父さま。きっとそうでしょうね。ごめんなさい、失礼させてください」

「どこへ行く？　話し合う必要があるぞ」

「何も言うことはありません。散歩に出かけます」

グラントはポールをじっと見た。「もはや、君はこの屋敷では歓迎されざる客となった。荷物をまとめてすぐに出ていってくれ。駅まで馬車で送らせよう。とにかく、ここにはいてほしくないんだ」

「だまれ。私だってとどまるつもりはない」

グラントは鷹揚《おうよう》な笑顔を見せた。「ウエストウッド・ホールでは、きっとダイアナが歓迎してくれる。君の傷を癒《いや》すのを手伝ってくれるだろうよ」

屋敷の中ではグラントがホレースと向かい合い、娘に対する許されざるふるまいに対する小言を辛辣《しんらつ》な言葉でとうとうと述べるのをじっと聞かされていた。

「君のしたことは容赦できない。言い訳も聞かないぞ。君のせいで娘は世間の非難の的となり、ポールとの婚約もだめになった」

「婚約破棄については、ポールにも原因があると思いますが」グラントはきっぱり指摘した。自分の行いをとがめられて怒りを覚えてはいたが、ホレースには感じ入った。どこまでが是でどこからが非なのか、はっきりとした主義を持っている。たしかに、娘を単なる便利な手蔓《てづる》としか見ていない頑固な人だが、高潔で誠実でもあり、同様にふるまうことを周囲の人間にも求めているのだ。

「アデリーンを誘惑したことは否定しないのか?」

「ええ」グラントは弁解しようともせずに認めた。

「妊娠の危険は考えなかったのかね?」

「アデリーンは妊娠していません」

その言葉を聞いたホレースの声から敵意が薄れた。

「それは何よりだ。だが、ポールと婚約中だった娘に、君はひどいまねをしたんだぞ。彼は節義のあるまっとうな一族の出だ」

「ポールは完全無欠な聖人ではありません」

「誰だってそうだが、少なくとも君はアデリーンへの義務を逃れようとはしなかったな。結婚の申し込みをした、と言ったね?」

グラントはホレースを用心深く見つめてうなずいた。「今のところ、彼女からの返事はまだですが」

「そのうち、うんと言うさ。結婚するのが当然だ」

「彼女が同意すればの話ですよ。アデリーンには別の考えがあるかもしれない」

「娘は、言われたとおりのことをする」ホレースはぶっきらぼうに答えた。「この状況では、君たち二人が結婚するのがしごく当然だ。こんなとんでもない事態では、アデリーンの立場はさぞ厄介なことになるだろう。世間の非難の目にさらされるのは、いつだって不愉快なものだ。下品な興味本位の人々にじろじろ見られ、こそこそ噂《うわさ》される」

「アデリーンは知性あふれる若い女性です。自分で物事を判断する権利があってしかるべきだ」

ホレースは遠慮のない目を向けた。「あの娘《こ》の願いなどものの数に入らん。そんなことはわしが許さない。時期になったら君は二人の婚約を発表し、適当な期間の後に結婚する。それまでは親しく密接な関係を持つのは厳禁だ。もし、身体的な満足を犠牲にするのが我慢できなかったら――」

「そんなことはありません」グラントはうなった。

「よかろう」ホレースの表情が急に和らぎ、威厳に満ちた父親のような笑顔すら見せた。「これで、すべて丸く収まったな」

こんな状況に自分を追い込むなんて、いったいどういうことだろう。ほんの一時間前は、アデリーンと生涯をともにするなど問題外だったのに。物思いからふとわれに返り、グラントはうなずいた。「アデリーンには私が話しましょう」

ホレースもうなずいた。物事が自分の思いどおりに片づいて満足しているようだった。

5

アデリーンは森の外れの太い倒木の上に座っていた。屋敷からはかなり離れたところで、グラントが近づいても、彼女は振り向かず背中をこわばらせただけだった。グラントは両手をズボンのポケットに突っ込んだまま木にもたれかかり、目を細めて彼女を見つめた。

グラントは、彼女が屋敷を出たときと同じ険しい表情をしていた。高ぶる感情にぴんと張りつめているけれど、少しずつ自分を取り戻そうとしているようだ。厳しい決断に肩を怒らせ、口元はぎゅっと結ばれている。こんなときでも、力強さと揺るぎない威厳に満ちている。今朝がた一緒に乗馬を楽しんだ屈託のない彼の姿は、どこにもなかった。それに、熱烈なキスをくれた情熱的なゆうべの姿も。

座って考えているうち、アデリーンは不思議なほど穏やかな気持ちになってきた。話し合いはグラントと父に任せて出てきたけれど、二人が何を決めようと、これからは私の好きなようにするわ。こうしろ、ああしろと男性に命令されるのは、もうまっぴら。

アデリーンは眉をつり上げ、皮肉な笑顔をグラントに向けた。「話が奇妙な方向にいったわね」感情のない、単調な声だった。彼をひと目見ただけで胸が躍り、二度と会えないと思うと心がちぎれそうだったが、そんなそぶりは少しも見せなかった。「そう思わない？」

「世界で最もロマンチックな状況とは言えないね」

「そうね」アデリーンはグラントの顔に視線を注いだ。実に見事に心の内を隠している。「罠《わな》にかかった兎《うさぎ》みたいな顔をしているかと思ったのに」

「そんなふうには言われたくないな」グラントは片手を上げ、首の後ろをさすった。これから自分がしようとしていることについて、心の中ではすさまじい葛藤《かっとう》が繰り広げられていた。結婚なんて、真綿で首を絞めるようにじわじわと自由を奪うだけなのに、アデリーンに求婚したと大声で発表するとは。私は気でも違ったのか？　だが、言ってしまったものはしかたない。自ら宣した言葉に従うべきだ。もうあと戻りはできない。「君の父上は、相手に肩身の狭い思いをさせる術《すべ》に長《た》けておられるな」

「お父さまがそうするのは、女性に対してだけだと思っていたわ」心が弱っていて従順な今の私なら、彼の提案をありがたく受け入れると思っているのね。でも、この件については、誰の言いなりにもならないから。「そういえば、お礼を言うわ。自分が何をしたのか包み隠さず告白するなんて、あなたはとても高潔な人なのね」

「自分が高潔だなんて、思ったこともないが」

「でも、そうしてほしいとは私は頼んでいないのに。旧来の倫理観からすると、純潔を失った私は破滅の一途をたどるわね」

グラントは顔をしかめた。「それについては、私がすべて責任を負う」

「どうして？　あなたは私の婚約者ではないし、ダイアナ・ウェイヴァリーと不適切な関係を持っていたわけでもない――いえ、その点は事実ではないかもしれないけれど、それはまた別の問題だわ。それに、私とはなんの関係もない話よ」

「ダイアナと私は、結婚していたかもしれない仲だった」グラントはぶっきらぼうに言った。「だが、彼女はほかの男の妻になった」

「で、今は？」

「今は……友人だ……少し変わった形の」

「少し変わった形というのは、未亡人の彼女が、今はミセス・レイトンになりたがっているという意味？」グラントのまなざしを見て、まさにそうなのだとアデリーンは悟った。「でも、あなたはそれを望んでいないのね？」

「ああ」グラントは苦虫を噛《か》みつぶしたような顔になった。「私は決して、二度目のチャンスなど与えない」そう言って冷淡なまなざしでアデリーンを見た。「彼女がポールと関係を持っていたことについては？」

「なんとも思わないよ。長続きはしないさ。ダイアナはすぐに飽きて愛人を取り替える。だが、彼女の話はこれでおしまいだ。話し合うべきは、君と私のことなんだから」

アデリーンは問いかけるように眉を上げた。「あなたと私について、ですって？」

「君の将来については心配しなくていい。何もかも手配ずみだ」

アデリーンの心が不安でずしりと重くなった。グラントの言葉が信じられなかった。彼の表情や口調はとても冷たく醒《さ》めている。「あら、本当？」

「この不愉快な状況が収まったら婚約を発表すべし、と君の父上がお決めになった。その後、しかるべき時期をおいて結婚することになっている」

「少し行きすぎだわ」アデリーンはいぶかしむようにグラントを見た。「なんだかわけがわからない。だいいち、あなたに求婚された覚えはないけど」

「それはそうだ。求婚などしていないから」

私を怒らせたいなら、やってごらんなさい。アデリーンはそう言わんばかりの表情だった。「なぜ、前にも同じようなことがあった気がするのかしら？」皮肉たっぷりにやり返す。

「そう見えたなら、謝罪するよ。私が酔っていたせいでこんな事態になったのが悔やしくてならない」

「あなたは、高潔でご立派な行いをしなければ気がすまないというたちなの？」

「立派でもなんでもない。私たちには選択肢はないんだ。君にもわかるだろう？」

「求婚の返事を待っている、とあなたが言っていたのは覚えているわ。だけど、私と結婚したいだなんて信じられない。ほとんど何も知らない女性で、愛情も尊敬の念も感じていない女性なのに」

もたれていた木から離れて黒っぽい髪に指を走らせながら、グラントはあたりをいらいらと歩きはじめた。「なぜ、それが君にわかる？」

「だって、ゆうべは娼婦《しょうふ》も同然だと私を罵《ののし》ったじゃないの」アデリーンは冷たく言い放った。

グラントは立ち止まり、彼女を見た。顔に深い後悔がにじみ出ている。「そう聞こえたのなら、すまなかった。だが、あれはゆうべのことだ」

「でも、あれから何も変わっていないわ。高潔な名誉を守るために結婚するなんて無意味よ。あなたには、私と結婚すべき義務などないのよ」

グラントは歩みを止め、アデリーンをにらんだ。

「なんということだ！　私は自分の行為の結果をしかと受け止め、君と結婚するのが私の義務だと折り合いをつけたんだぞ」

怒りを抑えきれなくなったアデリーンは、両手を拳《こぶし》に握って立ち上がった。「残酷にもポールが指摘したように、不器量できまじめなアデリーン・オズボーンと結婚したがるのは、目の見えない男性だけよ。ポールとの婚約が破談になった今、夫をつかまえたくてしかたのない私は、あなたの求婚を受け入れるはずだと、そう決めつけているわけ？」

「君は、自分を低く見積もりすぎている」

「そうかもしれない。さぞかし、意志の弱い愚か者に見えるでしょうね。ずっと慎み深く生きようと努力してきたのに、見知らぬ男性をベッドに迎え入れ、すばらしい一夜を体験させてもらった。すっかり泥酔したハンサムな人。しらふだったら、私になど目もくれないような男性をね」

「それは私に対する侮辱だ。自分のしでかしたことが恥ずかしいよ。君に憎まれても当然だが、私はその何倍も自分自身を軽蔑《けいべつ》している」グラントは、アデリーンにあんなことをした自分に愛想をつかしていた。あの一夜のせいで、彼女をこんな状況に陥れてしまった。なのに、意志の弱さに負けて再びあの行為を繰り返そうだなんて、今までには考えられなかったことだ。「まったく！　私が正しいことをしようとしているのがわからないのか？」

アデリーンの瞳に激しい怒りが燃え上がった。

「よくもそんなことを言えるわね？　私を哀れむのはやめて、グラント・レイトン」

「哀れんでなどいるものか。そんな気持ちはこれっぽっちもない。だが、この件や、ポールがすべてを暴露すれば、君は格好のスキャンダルの的になるんだ。君の評判はめちゃめちゃになる」

「あなたと結婚すれば批判もかわせて、世間からも受け入れられるということ?」アデリーンはなじった。「しばらくしてオークランズの跡取りを産めば、もうスキャンダルにはならない、と。あなたとの結婚で私の罪が許されると言うの?」

「まあ、そういうことだ」

アデリーンは胸をそらし、きっと顔を上げた。

「そんなことはどうでもいいの。世間にどう思われようが構わない。私はそれほど弱くないわ。侮辱や中傷にだって耐えられる。それに、夫を持てば問題が解決するとは思わない。あなたは、私と結婚する必要などないのよ。こんな見せかけだけの偽装に加担したら、あなたは一生私を憎むわ。私は死ぬまでみじめな気持ちになる。それは、ポールと結婚していたとしても同じだけれど。きっと、人生を早く終わらせたいと思うはずだわ」

「なんて大げさなことを」怒りといら立ちを含んだ辛辣《しんらつ》な口調だった。

「大げさなんかじゃないわ」アデリーンもやり返した。「たしかに私の評判は泥まみれだけれど、後ろめたくもないし、身の破滅だとも思っていない。将来どうなるかはわからないわ。たぶん、激しい非難にさらされるでしょう。でも、こんな穏やかな気持ちになったのは生まれて初めてなの。あなたがベッドに入ってきたとき、私は自分の求めているものを、はっきりわかったうえで手に入れた。あなたと結婚しなくても、事態は何も変わらない。少なくとも、今すぐには何も。どんなスキャンダルだって、時がたてば忘れ去られるわ」

アデリーンの言う意味がようやくわかってくると、グラントはあっけにとられた目で彼女を見た。「私がとは結婚したくないということか?」

「ええ。どんな男性の妻にもなるつもりはないわ」

グラントは両手を腰に当てると、開き直ったアデリーンをつかみかからんばかりにしてにらみつけた。

「少なくとも、君は私に感謝してしかるべきだ。なのに、人殺しでも持ちかけられたようにいやがるばかりじゃないか。私はむなしい未来から君を救い、逃げ道をつくり……この窮地から脱出させてあげようとしているのに」

「私がそれを望んでいると、どうしてあなたにわかるの? 求婚してくれたのは実に立派だけれど、あれはとっさの弾みでしかたがなく口にしたことだわ。口に出してしまった以上、撤回するわけにはいかないのでしょうけれど、約束を守れ、とあなたに迫るつもりもないから」

「だが、君は私を求めている」グラントは意味ありげに瞳を輝かせた。

「それは別の問題だし、結婚とは無関係だわ。父、ポール、それにあなた。男性なんて、私には悩みの種でしかない。ダンスのお相手にはいいけれど、それ以外には、私には必要ではないの。実際、考えれば考えるほど気が滅入《めい》るばかりだわ」

「今度はレティのような言い草だな」

「それは褒め言葉として受け取っておくわ。だって、彼女の言うことには筋が通っているから」アデリーンはグラントに近づいた。迫力を感じさせる体に圧倒される。彼の命令や父の言いつけに従えば、この男性は私のものになる。でも、今さら引き下がらないわ。アデリーンはグラントの目をまっすぐ見つめた。「こんな茶番劇はやめましょう。正直に言ってちょうだい、グラント。あなたも私と同じように、この結婚など望んでいない。そうよね?」

グラントは顔をぐっと近づけて無慈悲に彼女の目を見据えつつ、嚙みつくような声で言った。「ああ、まったくもって君の言うとおりだ」

「何もかもばかげた話だと思うでしょう?」

「そのとおりだ」

「よかった。意見が一致してうれしいわ。じゃあ、これで一件落着ね。私たちは結婚しない。あなたの義務というか、私に対する責任——まあ、呼び名は何でもいいけれど——とにかくそういったものはこれで消えたから」グラントから一歩離れると、アデリーンは傲慢《ごうまん》そうに顔を上げた。「では、これで失礼するわ。父に伝えてくるから」

去っていく彼女をグラントは見つめた。何がなんだかわからない。いいようにあしらわれた気がする。自分にも彼女にも腹が立つし、ひどく侮辱された気分だった。すばらしい結婚の申し出をしたのに、断られるとは。私やアデリーンの父親の計画にあっさり従うものと独りで決めていたのはたしかに傲慢だったが、それにしたって、この私が妻になってくれと頼んだのだ。ほかの女性にも一度しかしたことがないのに。彼女がありがたく受け入れると考えたとしても、それは決して私のうぬぼれではないはずだ。

怒りに任せて、グラントはウエストウッド・ホールで二人の間に起こったことはすべてアデリーンのせいだと思い込もうとした。いや、それは無理だ。彼女は無垢《むく》で、誇りと勇気を持った女性だ。誰とでも床をともにするような恥知らずな女性では決してない。それなのに、私はそうほのめかして彼女をいたぶった。彼女はそれに耐え、二度目のキスを許してくれた。

グラントは激しい自己嫌悪に襲われた。アデリーンは父親にないがしろにされ、ポールにはいちだん劣った存在として軽く扱われ、さらには、私と結婚すべきだと一方的に宣告された。男性とかかわるのはたくさんだ、と言いたくなるのも当然だろう。

とはいえ、私の体を駆け巡るこの怒りが静まるわけではない。アデリーンは二人で過ごした情熱の一夜を公にし、私の求婚をはねつけることで私に恥をかかせ、面目をつぶした。明日彼女がオークランズを去ったら、二度と会わずにすむことを願うばかりだ。

勇気をふるい、アデリーンは意を決して父の部屋を訪れた。中へ入るよう大声で言われて思わず身の毛がよだったが、見た目は平静を保ちつつ足を踏み入れた。グラント・レイトンとは結婚しないと告げたら、父にはいろいろ言われるに違いない。アデリーンのその予想は、裏切られることはなかった。激しい怒りを爆発させる父の剣幕に、本当にぶたれるのではないかと思うほどだった。

アデリーンは立ち尽くしたまま、鞭《むち》のように厳しい叱責《しっせき》の言葉に耐えた。もちろんみじめだったが、父もまた傷ついているのに彼女は気づいた。一人娘への期待がすべて泡と消えてしまった父をなぜか気の毒に思い、アデリーンは必死に自分を抑えて謝罪した。お父さま、本当にごめんなさい。でも、ポールともグラントとも結婚はできないの。わかってください。私はひどく愚かなふるまいをしてしまった。だけど、お父さまが私にしてくださったことを台なしにするような身勝手なまねはもう二度としません。

アデリーンが心からそう思っているのは明らかだった。自分で決めたことは二度と曲げないという思いも固いようだ。それを理解したホレースが娘に話しかけるころには、怒りは消えていた。がっくりと肩を落とし、ため息とともに彼は言った。予定どおり、明日はローズヒルへ戻る。この不幸な出来事がおまえの将来にどんな影響を及ぼすかは、そのうちわかるだろう。

しばらくの後、アデリーンは鏡の前で晩餐《ばんさん》のために身支度をしていた。向こう側からのぞき返す自分の姿は、初めて見る人のようだった。父の部屋を出たときは人生で初めて、人間らしく生きている気がしたが、こうして鏡に映る自分を見つめていると、新たに見つけた勇気をまた失いそうだった。

地味なベージュのドレスは高価だが、アデリーンの顔色を引き立てるものではなかった。今までにないほどくすんで見えるし、全然似合わないわ。今の流行は、パステルカラーのドレスに対照的な色合いのリボンやビーズ、フリルやレース、房飾りをつけたものだ。スカートの前面は簡素にして、プリーツやフリルをつけた後ろの部分にドレープをたっぷり入れるのがはやっているのに。

鏡の中を見つめたアデリーンは満足できないまま、ため息とともに顔をそむけた。

ノックに応《こた》えてメイドのエマがドアを開けると、レティがそよ風のように入ってきた。そして部屋を横切り、化粧台の端にもたれた。

「アデリーン？　浮かない様子ね。そのドレス、好きじゃないの？」

「質問されたから答えるけど、そう、嫌いなのよ。でも、いちばん高価なものの中の一着なの」

レティが着ているタフタのドレスは勿忘草《わすれなぐさ》の花のような薄青色で、スカートの後ろを長く引いた姿はまばゆいほどだった。「アデリーン、あなたには真剣に助言してくれる人が必要ね」

「本当？」

「ええ、絶対にそうよ。仕立て屋に行ってみるべきだわ。それに、もっと似合う髪型にしてくれる人も必要よ」

レティの言うとおりだわ。おしゃれな彼女の姿をアデリーンはこっそり見た。レティに教えを請うべきかしら？　もちろんよ。見た目を向上させるためのアドバイスなら、なんでも聞くべきだわ。

アデリーンの心を読んだのか、レティがそっと笑った。ずっと前からの友達のように、心が通じ合っているみたいね。「よければ、一緒にお店へ行きましょう。私と一緒にロンドンに来るべきだわ。すごく楽しいわよ。あなたは私のいい話し相手だし、お店巡りをしていないときは、友達にも紹介できる」

「男女同権論者の人たちは無駄のない簡素な服を着ているとばかり思っていたけど、あなたはそういうふうには見えないわね」

「私はいつも、できるだけ自分をよく見せたいと思っているの。美しい装飾品を愛《め》でる気持ちを否定しても無意味だし。艶《あで》やかな服を着るのも大好き。それをやましいことだとは思いたくないわ。すてきな服を着るのは、何も男性の目を楽しませるためだけではないもの。男女同権論者のあるべき姿を描いた風刺画に似せるために、粗布をかぶって灰だらけの顔になる必要はないわ」

「でも、そんなに魅力的なあなたの話を……人はまじめに聞いてくれる？」

「聞いてくれない人もいるわね。権力の座にある方々は特に。正直に言うと、魅力的な見た目を保つのは諸刃《もろは》の剣よ。必要なときには有利に使える武器だけれど、障害にもなりうる。女らしさとは浅はかで頭が空っぽなことだと考えられているし、それに私の場合は」レティはいたずらな瞳を躍らせた。「すごく意地悪になることもあるから」

「願わくば、私は見た目の美しさではなく、一個の人格として認められたいわ」

「あなたはとても魅力的よ、アデリーン。グラントもそう考えているはずだわ。絶対に、彼の目は節穴ではないもの」

「でも、私たちは……その……」耳のつけ根まで真っ赤になりながら、アデリーンは口ごもった。いったい誰がレティに話したのかしら。なんと答えるべ話が終わるころには、レティは喜びと驚きの入り交じった目でアデリーンを見つめた。「まあ！　言葉もないわ。あなたたちが、それもダイアナ・ウェイヴァリーの屋敷で。なんて興味深いの。じゃあ、グラントと結婚するんでしょう？」

「いいえ、彼とは結婚しないわ。あれは間違いだったと二人とも思っているの。グラントが私に求婚している、というのも事実じゃないのよ。彼は高潔なふるまいをしているだけよ」

「兄のために言わせてもらえば、ポールと婚約しているあなたとそんなことになったのを、グラントはひどく後悔しているはずよ」

「たしかに求婚はしてくれたわ。自分が何をしたのか、サンルームで公にしたあとでね。でも、私は断ったの。これからの人生は私の好きなように生きていく、と彼に告げたわ」

「なるほど。世間の目を気にしないで生きていくのかわからない。「私たちは……ベッドをともにはしていません」エマが更衣室に下がった機会に、アデリーンはやっとのことでささやいた。

レティは怪訝《けげん》そうに眉根を寄せた。「でも、ここから出ていくポールと話したとき……彼はひどく怒っていたけれど……まさにその件であなたを責めていたわ。それに、グラントがあなたに求婚した、と言っていたから、兄はあなたと……親しい関係にあるのだと思ったの」

「いいえ、それは違うわ」

「アデリーン、詮索《せんさく》するつもりはないけど、この件には隠れた事情があるんじゃない？」

「ああ、レティ、何がどうなっているのか、私にもわからないの」アデリーンはグラントと関係を持つにいたった事情をざっと説明した。ただし、自分自身とグラントのプライドのため、彼がひどく酔っていたことだけは割愛した。

は、思いのほか解放的よ。でも、あなたがグラントを拒絶したなんて残念ね。義理の姉になってくれたらよかったのに。とはいえ、彼を愛していないなら、断って正解だったわね」それとなくアデリーンを見つつ、レティは念を押した。「あなたはグラントを愛していないのよね？」

アデリーンはさらに顔を赤くしながら、目をそらした。「ええ、もちろんよ」

だが、レティは納得しなかった。「でも、グラントにまったく無関心でもいられない、そうなんでしょう？　ちゃんと顔に書いてあるわ」

「この厄介事がすぐ収まるよう願うばかりだわ。ポールの婚約破棄にグラントを巻き込むことだけはいやだったのに。どれほどひどい噂《うわさ》になるか」

レティはからかうような視線をアデリーンに向けた。「そんなこと、グラントはまったく意に介さないわよ。気にするとしたら、求婚を断られたことね。私が知るかぎり、兄が求婚したのは今までにたった一度だけ。その女性がほかの男性と結婚したとき、未来永劫《えいごう》誰にも求婚しないと誓ったのよ」

「その女性って、ダイアナ・ウェイヴァリー？」

レティはうなずいた。「グラントの受けたショックは大きかったみたい。頑《かたく》なな心のまま、彼女に対する感情をすべて閉ざして、打ち解けなくなった。二度と振り返ることなく、彼女を自分の人生から切り捨てたの。ダイアナのご主人のパトリック・ウェイヴァリー卿《きょう》が亡くなると、再び付き合うようになったけど、彼女と結婚することは絶対ないわ。爵位に目がくらんでグラントを袖《そで》にしたダイアナは、あと戻りできない状況を自分で作ってしまったのよ。グラントは誰に対しても、やり直す機会など与えない人だから」

アデリーンは、自分も彼にそう言われたことを思い出した。「ダイアナは彼をひどく傷つけたのね」

「そうね。でも、いちばん傷ついたのはプライドだと思う。そして、今回の件でもグラントはひどく憤慨しているはずよ。兄を怒らせると、なかなか厄介なことになるわ」

「じゃあ、ここを去るときまで、グラントの視界に入らないようにしなければ。そのあとはきっと、もう二度と会うことはないでしょう」

「結婚しなくても、男性は厄介なものね。ポールやグラントにかぎらず相手が誰であろうと、結婚を強制されるようなことはあってはならない。それを忘れないでね。女性の人生は、どんな小さな一歩でさえ、夫や兄弟、父親といった周囲の男性に導かれ、支配されている。家庭に関する事柄のほかは、女性は受け身で黙って耐えるべきだと言われているのよ」

レティのことはとても好きだけれど、この率直すぎる物言いに慣れることができるかしら。アデリーンはちょっと心配になった。

「驚かせてしまったようね。私は男女同権論者だけれど、現実主義者でもあるの。自立していたいけど、楽しく過ごすのも好き。すべてを手に入れたいわ。一生かかわっていける仕事に夫、いいえ……」レティの目が輝く。「恋人のほうがずっと刺激的だわ。それに子供たち。私の夫となる男性には、私のすることをすべて支持し、私の仕事が彼の仕事と同じくらい重要だと信じてほしい」

「誰か、意中の人はいるの？」

「ええ……でも、彼とは結婚しないわ」悲しみで瞳を曇らせながらレティは顔をそむけたが、アデリーンには隠しおおせなかった。「恋愛関係の先に必ず結婚があるわけではないと思うの。もちろん、私たちは互いにすっかり夢中で、幸せよ」そう言ってレティは笑ったが、アデリーンには無理をしているように見えた。「じゃあ、階下《した》で会いましょう」レティは立ち上がり、ドアへ向かった。

アデリーンと別れて十分後、まだ立腹していたグラントは、客人たちから離れて一人で小さな居間にいる母を見つけた。ポールが突然立ち去ったことに、母がどれほど心を痛めているだろう。

グラントが部屋に入るやいなや、ヘスターは心配そうに立ち上がり息子の顔を探った。彼が目を細めて口元を真一文字に引き結んでいる様子は、母親である彼女にさえ威圧的に映った。

「ホレースにすべて聞いたわ。まさか、本当にそんなことを？　嘘《うそ》よね？」ヘスターは単刀直入に言った。

「ご安心ください、ミス・アデリーン・オズボーンにはすげなく断られましたから」あたりを歩きまわりながら、グラントはそっけなく伝えた。

「あら、そうなの」

「ですが、彼女が断らなかったら、私は結婚するつもりでした」

「でも、どうして？」ヘスターがたたみかけた。「あなたは彼女をほとんど知らないし……ただし、ホレースの言っていることが本当で、あなたたちが通じ合った仲だというのなら、話は別だけど」

グラントにも、後ろめたそうな顔をするだけの分別はあった。「通じ合った仲、というわけではありません」

「でも……その、親密な間柄なのでしょう？」

「ええ」

「彼女がポールと婚約していたときにも？」

「そうです」

「ああ、なんてこと！」ヘスターは座り込み、膝の上に置いた両手を握り合わせた。「そういうことなら、あなたは彼女と結婚すべきだわ」

「先ほど言ったように、彼女に断られたんですよ」

「とても信じられないわね」

「信じてください。本当なんですから」

「なぜ、あなたは求婚したの?」

「彼女を哀れに思ったからです」残酷なほど正直にグラントは答えた。「それに、好むと好まざるとにかかわらず、起きてしまったことの責任は私にもあるわけです。単純な理由ですが」

ヘスターは眉根を寄せた。「私の聞いた話が本当なら、ポールも同罪なのではないかしら? 彼はダイアナ・ウェイヴァリーと関係を持っていたとか。彼女は……あなたの恋人でしょう?」母はいかにも訳ありな顔で眉を上げた。

「ええ」グラントは落ち着きを失うまいとしながら答えた。母は、今は考えたくもないことを私に思い出させて喜んでいる。

「驚きね」ヘスターはほほ笑んだ。「あなたが本当に怒っているなんて。でも、わからないわ。だって、アデリーンを気の毒に思ったから求婚したと言うなら、断られてほっとしているのではないかしら?」

明らかにグラントは機嫌を損ねているようだった。

「ほっとしていますよ。このうえなく」

「それならもう、何も言うことはないはず。あなたが自分を痛めつける必要もないと思うけれど」

「そんなことはしていません」

「ポールとアデリーンが婚約を破棄したのは、彼ら二人の責任よ。彼女があなたとの結婚を望んでいないのなら、それはしかたがないわね。とはいえ、あの令嬢は何か魅力があるわ。とても物静かで落ち着いた女性ね」

「人は見かけによらないものですよ」

「たしかにね。でもアデリーンに関しては、あなたもよくわかっていると思うけど」ヘスターは意味ありげに息子を見やった。「彼女がなぜあなたを拒絶したのか、本当にわからないわ……」彼女は言葉を切ると、疑わしげな目で息子を見た。「グラント、彼女にちゃんと求婚したの？　それとも、ただ一方的に申し出ただけ？　ホレースのことは好きだけど、彼もそういうことをしそうだから。ああ、やっぱりそうなのね？　それならば、アデリーンが頑としてはねつけたのも無理はないわ」ヘスターは軽く笑った。「彼女には、よくやったわ、としか言いようがないわね」

グラントは顔をしかめた。「実に楽しそうだが、母が面白がっているのが不愉快だった。「実に楽しそうだが、母上だけは私の味方をしてくださらないと」

「私は誰の味方もしませんよ。でも、アデリーンにはますます敬服するわ。彼女はきちんと求愛されてしかるべきですよ。結婚を命じたら唯々諾々と従うもの、と思ってはだめよ。きっと彼女は、ポールと婚約したときにそうしたのでしょうね」ヘスターは瞳を伏せた。「少なくとも、ホレースは涼しい顔でそういうことをやってのける人だわ」

「私と話し終えたときには、娘の結婚相手が変わったのも納得しているように見えましたが。ただ、私と結婚するつもりもない、とアデリーンに告げられて彼がどう反応したか、それは私にもわかりません」

サンルームでの出来事などなかったかのように、晩餐はくつろいで和やかな雰囲気だった。グラントはさりげなく優雅にホスト役を務めていたが、礼儀正しい表情の下では、レティが予見したように憤っていた。アデリーンのためを思い、心ならずも求婚したというのに。それを断るとはなんという女だ。

しばらくして、自室へ本を取りに行こうと居間を出ようとしたアデリーンは、父がミセス・レイトンをサンルームへ誘う姿を目にして驚いたが、ふいに気づいた。二人はかなり長い時間を一緒に過ごしていたわ。二人の間に、驚くほど強い親愛の情が芽生えはじめている。父がここでの滞在を切り上げようとしなかったのも、そのせいかもしれない。ホレースがミセス・レイトンの腰に手をまわした。笑いながら見上げる彼女の顔に、彼が頬を寄せた。二人の間に流れるものが単なる友情以上に発展する可能性を、アデリーンは感じた。

ふと右を向くと、二メートルも離れていないところにグラントが立っていた。サンルームへ向かう二人を見ていたのか、激しい怒りに全身をこわばらせている。アデリーンを見つめる彼の目は、燃えさかる気持ちを必死に抑えている様子だった。

グラントは、彼女の目を冷ややかに見つめながら近づいてきた。「なるほど、そういうわけだ」

「どういうこと？」

「君の父上と私の母は一緒に楽しく過ごしているようだな。かなりの時間をともに過ごしておられたのも、私はちゃんと知っている」

「それが何か？　二人ともれっきとした大人よ。そこから何かが生まれたら、あなたは反対だと言うの？」

「賛成だの反対だのと言う立場にはないが、わかっていることが一つある」

「それは何？」

「どうしても欲しいものがあるとき、母は必ずそれを手に入れる」

「必ず、ではないわ。ローズヒルは手に入れられなかったじゃないの」

「そうかい？」グラントはアデリーンを見つめ、秘密めいた笑みを浮かべた。「たしかに、今はまだだ。だが、まだ時間はある」

「そのうちわかるわ。明日になったら、私は父とローズヒルへ――現実へと戻る。私たちのことなど、あなたはすべて忘れてくださって結構よ」

グラントはせせら笑うような目でアデリーンを見た。た。「そのつもりだよ。明日、君がここを出ていったら、もう二度と会うことはない」彼は硬い目つきで続けた。「この不運な出来事は終わり、すっかりけりがついた。そもそも、起こるはずもなかったことだ。求婚したのはどうかしていたからだ。そんなことをした自分を悔いて、呪《のろ》ってやりたいよ」

「私の後悔に比べたら、たいしたことないわ」

「君のせいで私の人生は混乱続きだよ。君がどこへ行こうが、誰とベッドをともにしようが、私には無関係だ。ミス・オズボーン、君には生き延びるための優れた感覚が備わっている。どこへ行こうと、無事に窮地を脱することだろうよ」

アデリーンはグラントに平手打ちをされたような気分になったが、あえて顔をきっと上げた。「ええ、そのとおり」静かな誇りとともに宣言する。「そうするつもりよ」

中座することを断りもせぬままグラントに背を向け、アデリーンは階段を上った。ああ、なんてひどい人なの。どうしようもない怒りの中で彼女は思った。あんな男には二度と会いたくない、考えるのもいやよ。でも、彼のことを思わずにはいられない。心の動きまでは支配できないもの。こんな罠に落ちたのは私自身のせいよ。長いまつげに浮かんだ涙は、頬を伝うことなく揺らめいた。

ローズヒルに戻って三週間後、レティから手紙が届いた。ロンドンのアッパー・ベルグレーヴ・ストリートでスタンフィールド卿夫妻の屋敷に滞在していて、夫妻がアデリーンを招待しているという。彼女は胸を躍らせた。これこそ、袋小路に入り込んだような今の私に必要なものよ。

しかし、娘がロンドンで遊びまわることを懸念したのか、ホレースは乗り気ではなかった。父親として、アデリーンには尊敬と従属を常に求めてきたが、オークランズから戻ってからは、おとなしく父に従うという姿勢はなくなっていた。ポールがレディ・ウェイヴァリーと浮気をしていたのを知り、自尊心を傷つけられたままなのだろう。それも当然だ。大目に見てやらなければならない。とはいえ、アデリーン自身のふるまいも決して褒められたものではなかった。

だが、娘の意志が固いことを知ると、ホレースは折れた。ローズヒルに戻ってきても、父娘《おやこ》の関係はぎくしゃくしたままだった。こうするのが最善の策かもしれない。ただし、ロンドンではイートン・プレイスにあるオズボーン家の屋敷に滞在すること。それだけは譲れない。あそこなら、家政婦のミセス・ケルソールが目を光らせてくれるだろう。ホレースはロンドンでかなりの時間を過ごすので、屋敷はいつも使える状態だった。

レディ・スタンフィールドのことは私も知っている。しっかりした女性で、婦人運動を推進するという厄介な活動を応援している。自信や意欲、きっぱりとした強い意志を新たに得たアデリーンが引き込まれてしまうかもしれない。ホレースは、娘がさらに道を踏み外していくのではないかと不安になった。

6

首都ロンドンは去りゆく夏を惜しんでいた。公園の木々には枯れゆく葉がしがみつき、ザ・マルを行進する制服姿の衛兵たちは汗だくだった。レティはアデリーンとの再会を喜んだが、スタンフィールド卿《きょう》夫妻宅には滞在できないと聞いてがっかりした。しかし、オズボーン家の屋敷があるイートン・プレイスとはさほど離れていないので、特に不都合となることはなかった。

スタンフィールド・ハウスに入るとすぐに、アデリーンは気取らない温かさを感じた。そこでは互いに対する気遣いと愛情が溶け合っていた。レディ・スタンフィールドは幸せな結婚生活を送っているように見えた。彼女には娘マージョリーと、快活な二十歳の息子アンソニーがいるが、外務省に勤めはじめたばかりのアンソニーはフェンシングに夢中で、アデリーンと手合わせするのを楽しみにしていた。

マージョリーは小柄でぽっちゃりした二十二歳で、焦茶色の髪に明るく澄んだ青い瞳、薔薇《ばら》色の頬をしていた。静かでゆったりとした雰囲気が、理詰めでめまぐるしいレティと好対照だった。自分から出かけていくのではなく、何かが起こるのをじっと待つタイプだ。サリー州ウォーキングのヘンダーソン卿夫妻の長男ニコラスと相思相愛の仲で、一カ月後に開かれる婚約披露パーティーのことで屋敷中は舞い上がっていた。

まず、アデリーンを暗くさえない色合いのドレスから解放し、流行の先端をゆく優美な令嬢に変身させなくては。レティは厳しく批判的な目でそれを遂行しようとしたが、アデリーンは少しも驚いたり、いやな気分にはならなかった。レティは、私よりずっと世間のことを熟知した大人だもの。彼女とマージョリーに任せていれば間違いないわ。午後になるとほぼ毎日、リージェント・ストリートの高級店を出入りする三人の姿が見られた。レティが忙しいときはエマがアデリーンにつき従った。

新しく買った華やかなドレスを身にまとい、つややかな髪を優雅なシニョンに結ってもらった自分を見つめるアデリーンの目には、もう眼鏡をかけた地味で影の薄い娘の姿は映っていなかった。

「とてもきれいよ、アデリーン」息をのみながらマージョリーが熱っぽい口調で言った。夢見ごこちの瞳が急に悲しげに変わった。「それに、とても背が高いのね。私も、あなたみたいにほっそりした長身だとよかったのに」

リボンやふわふわのレースで飾り立てたパステルカラーのシルクやサテンがこれほどの変化をもたらすとは、アデリーンには信じられなかった。でもたしかに、私の肌の色や高い頬骨、それに緑の瞳を引き立てて、すごくきれいに見えるわ。

スタンフィールド・ハウスには常に人が集まり、出入りしていた。アデリーンはわくわくした。ロンドンにはよく来たが、今はまったく異なる町に見える。父による足枷《あしかせ》のない、活発な社交の場に変わったのだ。この楽しさは間違いなく、ポールとの婚約を破棄する前の鬱々《うつうつ》とした生活から離れた急激な解放感のおかげだった。彼女は生まれ変わったような心地がした。

週に二回はオペラや観劇に出かけた。昼間は歓楽街を散歩したり、トラファルガー広場で鳩《はと》にえさをやったり。ロットン・ロウ沿いの楡《にれ》の木々の間をシルクハットをかぶって片鞍《かたくら》の馬に乗ったかと思えば、テムズ川を越えてシドハムの水晶宮のコンサートへ行ったりもした。

女性解放運動を率いる著名人の自宅でのパーティーや、婦人参政権論者の会合にまで出席した。なかでも、エミリー・デイヴィスやミセス・フォーセットといった運動を代表する二人の話は興味深く、アデリーンは深い感銘を受けた。

作家、政界や宗教界の中心人物、新聞の社交欄に名前が載るような人物とも会った。スタンフィールド・ハウスの居間は天井が高く、波紋織りの絹が壁に美しい模様を描く優美な空間だった。彼らはここに集まっては、紅茶を飲みながら自由に語り合うのだ。女性のための高等教育やよりよい雇用の機会、性的搾取といった問題まで、女性は慎み深くあるべしという世間の目を気にする必要もなかった。

そういった集まりでレティはシャンパンを楽しみながら、いかに社交の世界が喜びを与えてくれるかを語った。「実は、気晴らしのために活動を中断することにしょっちゅう罪悪感を覚えるの」

これを聞いてアデリーンは眉根を寄せ、疑うような目を向けた。レティはしばしば、夜に一人で出かけていく。行き先も黙ったまま、翌朝になるまで戻ってこないとマージョリーが話してくれたわ。しかも、最近は妙なふるまいが見られるようになり、顔色も悪いという。

マージョリーがレティを案じているのはたしかだけれど、友人の私生活は詮索《せんさく》したくない。出かけているのはきっと、女性運動の活動に関係があるのよ。そう思い込んでいたアデリーンはずっと話を持ち出さずにいた。だけど、レティはどこかおかしいわ。快活さを装っている。

〝どうもレティは母の前で、イートン・プレイスのあなたのところに泊まっているふりをしているようなの〟マージョリーにそう言われたアデリーンはようやく、夜に外出しているのは女性運動の会合ではなく、前にオークランズで話してくれた男性と何か関係があるのではないかと思いいたった。一度、本人に話をしてみるときかもしれない。

「あなたの想い人には、いつ紹介してくれるの？」

アデリーンは思いきってきいてみた。

レティは体をこわばらせ、きっとした視線を向けてきた。「もちろんよ。気になるもの。あなたは彼のことを決して話題にしないし」

「彼に会いたいの？」

「それは彼が……あなたにはなじみのないタイプの男性だから」

雰囲気を和らげようとアデリーンは笑った。「なぜ？　頭が二つあるとか？」

レティもほほ笑んだ。「もちろん違うわ。ただ……」

「どうしたの？」レティが話しにくそうにしているのはわかったが、もっと詳しく知りたくて、アデリーンは先を促した。「名前は？」

「ジャックよ。ジャック・カニンガム。もちろん、人品卑しからぬ男性よ」いくらかむきになって言うレティの様子は、アデリーンよりもむしろ自分自身を納得させようとしているように見えた。

「何をしている方？」

「ウエストエンドで、ナイトクラブの経営を」

アデリーンは驚いた。そういう答えが返ってくるとは思わなかったのだ。なんだか胸騒ぎがする。

「なるほど、興味深いわね。知り合ったきっかけは？」

「ドルリー・レーン劇場でダイアナ・ウェイヴァリーに紹介されたのよ。彼女は大人数でお祝いをしていて、その中の一人がジャックだったの。彼を見てすぐ、好きになったわ」レティはため息をもらした。

「ショックを受けているのね、アデリーン。お母さまもきっと認めてはくださらない。グラントにもいろいろ言われるでしょうし。でも、ジャックは私のことを大事に思ってくれるの。本当にそうなんだから。できるものなら、あなたをジャックに紹介したいけれど……。でも、少し難しいと思うわ。彼はすごく忙しいから。それに、あんな場所にはとても連れていけないもの」

アデリーンはじっと彼女を見つめた。「何が？ ナイトクラブのこと？」レティがうなずいた。「でも、あなたは行っているんでしょう？」

彼女は首を横に振った。「いいえ、一度行ったきりよ。ジャックは私が行くのをいやがるから。彼が住んでいるのはチェルシーよ」

「あなたはひと晩じゅう、そこにいるのね？」

とがめるような口調に気づくと、レティはアデリーンをきっと見つめた。そして反抗するように、急に顎を上げる。「ええ。ジャックと一緒にいられるのはそのときだけだから。アデリーン……私は子供じゃないのよ。自分が何をしているか、ちゃんとわかっているわ」

レティの言葉も衝撃的だったが、それよりも口調の鋭さにアデリーンはショックを受けた。「もちろん、そうでしょうとも。決めつけて批判するつもりはないわ。でも……人目を忍ぶような関係を続けるなんて、柄にもないふるまいをしているように見えるわね。そう言えるほどには、私はあなたのことを知っているつもりだけれど」

レティは瞳を曇らせ、ため息をついた。「あなたにはそう見えるのね。でも、好きでたまらないという気持ちは……肉体的に引かれ合うというか、とにかく不思議な作用をもたらすのよ。一緒にいると、ジャックから離れたくなくなる。命を吹き込まれたような気持ちになるの。ときめきやスリル、情熱が一緒くたになったような感じ。あなたにもわかるでしょう？ グラントと一緒にいたときに……」

アデリーンは体をこわばらせた。不愉快な話だわ。

それに、こちらに矛先が向けられ、グラントにまつわる感情を蒸し返されるなんて。思い出さないよう、心にしまっていたのに。「やめて、レティ。私とグラントとの間に何があったにせよ、もう終わったことだわ。私たちのことを持ち出しても無駄よ」

「ごめんなさい。あなたを怒らせるつもりでは……。グラントがロンドンに来ていることは話したかしら？　フランスへ行く前にここで取り引きがあるらしくて。テムズ川の向こう側の土地を買って開発する予定があるとか。彼は今、チャリング・クロス・ホテルに滞在しているわ」

「いいえ、聞いていないわ、レティ。でも、彼がどこで何をしようと私には関係ないのよ」グラントがそれほど近くにいると聞いただけで胸がどきっとしたが、アデリーンは無視した。ジャック・カニンガムから話題をそらそうとしてもだめよ、レティ。

「ただ……夜は私のところに泊まっている、なんてレディ・スタンフィールドに言ってほしくなかったわ。嘘《うそ》はきらいなの。真実がわかったときに、不愉快になるから」

「そうね。それについては謝るわ」レティの声は心から悔いているようだった。「あなたを巻き込むつもりではなかったけど、ジャックと会うにはそうするしかなかったの」

「彼に会える？」ジャック・カニンガムがどんな男か確かめなければ。そう思うあまり、アデリーンはつい用心を欠いてしまった。

レティはきまりが悪そうにもぞもぞ体を動かした。警戒するような顔つきをしている。「わからないわ。さっきも言ったけど……彼はいつも働いているの」

「逃れようとしてもだめよ。彼だって四六時中働いているわけじゃないでしょう？　仕事が終わるまで待つか、私たちが出直せばいいわ」

はぐらかすことはできないと悟ったレティはしぶ

しぶ折れた。「なんとかしてみる」

明くる日の午後、二人は辻《つじ》馬車でウエストエンドの中心へ向かった。ダンスホールやきらびやかなレストラン、宿屋や娼館《しょうかん》が無秩序に並んでいる。大通りから狭い路地を一本入ると、通りに突き出たポーチのドアが暗闇《くらやみ》へ誘うように開いていた。三分の二が地下となっているのだ。上に出ている看板には、フェニックス・クラブとあった。階段を下りていくと地下の一室が現れた。正面には服をかけるフックがずらりと並んでいる。短いカウンターは帳場だろうか。壁では、数基のガス灯が光を放っていた。

両開きのスイングドアを押して、レティがアデリーンを促した。この時間はたいてい、ジャックは事務所のほうにいるらしい。アデリーンはあっけにとられながらあたりを見まわした。アーチ型の天井をした細長い部屋に、磨き上げられた板張りの床。壁のくぼみにはそれぞれカーテンがかけられている。今は巻き上げられているが、いったんカーテンを閉めれば、中にいる客は人目を気にせずにすむ。鏡や絵画が壁面を飾り、痰壺《たんつぼ》がいたるところに置いてある。室内の装飾は落ち着いた感じで、椅子はビロード張りだった。奥の一段高いステージには椅子と譜面台があり、その脇《わき》には螺旋《らせん》階段が上方の暗闇へと続いていた。

こちらから見られているのにまったく気づかないまま、一人の女性が階段最上部を上っていった。下半身しか見えなかったが、深紅の裾《すそ》飾りをつけた派手な鮮黄色のシルクのドレスを引きずりながら上っていく。その姿が消えるまで見つめていたアデリーンは、ふと麝香《じゃこう》の香りに気づいた。前にも嗅《か》いだことがある、ダイアナ・ウェイヴァリーだ。でも、今の女性がダイアナだとはかぎらない。珍しい香りではないし、ほかにもつけている人はたくさんいるわ。

そのときふいに、横の部屋から男が現れた。安い葉巻きをくわえ、ブランデー・グラスを手にしている。年のころは三十五くらいで、浅黒い肌にがっちりとした長身で、黒髪にはきついカールがかかっていた。きちんと手入れされた口ひげと頬ひげをたくわえ、顎はえらが張っていて、傲慢《ごうまん》そうな口元に笑みが浮かんでいた。

だがレティを見ると、彼は薄青色の瞳をすうっと細めた。一瞬むっとしたようだが、すぐにその痕跡《こんせき》を消し、わざとらしいほどの笑顔になった。

「やあ、私のプリンセス。これは驚きだ。あまりここに来てほしくないのはわかっているだろう？」ジャックはグラスをテーブルに置くと、レティを抱き寄せて唇に熱烈なキスをした。そして、少し離れたところに立って明らかに不安げな目であたりを見まわしているアデリーンを、レティの頭越しにじっと見つめた。「お客さまがいるとは知らなかったな」

アデリーンと目が合うと、ジャックは嘲笑《あざわら》うように見返してきた。その視線が、彼女の顔から胸へと移っていく。ずうずうしいほどの関心を向けられた不愉快さにアデリーンは思わずあとずさった。物欲しそうなまなざしに身震いが起こる。

「しかも、実にかわいらしい方だ」

「あの……気を悪くしないでね、ジャック。忙しいだろうとは思ったけど、近くに買い物に来たの。アデリーンにクラブを見てもらおうと思って。もちろん、あなたにも会ってもらいたかったのよ」

「うれしいね。プリンセス、君と会うのに忙しすぎるはずなどないよ。アデリーン、噂《うわさ》はレティから聞いている」魅力的で開けっぴろげな笑顔とともに、彼は手を差し出した。声はシルクのようになめらかだった。

アデリーンはそっけない態度で手を出すと、一瞬握っただけですぐに引っ込めた。手袋をしていてよかった。ジャックに寄りかかったレティはすっかりくつろいで幸せそうだ。その瞳を、彼がほほ笑みながらのぞき込んでいる。好印象を与えようとしているのが見え見えだけど、私はだまされないわ。

女性は彼を魅力的だと思うに違いない。明らかにレティはそうだった。作法どおりの物腰に一分のすきもない態度や言葉だが、上品ぶっているにもかかわらず、荒々しさが感じられた。アデリーンは不安を覚えた。なんだか気にいらない。この男はレティをどうしようというの？　彼女を見るジャックの目つきは親しげで、自分のものだと言わんばかりに得意そうだ。愛することなど知らない男の瞳だわ。

「フェニックス・クラブのドアをくぐったからには」ジャックはアデリーンにじっと視線を注いだ。「何も飲まずには帰れないよ。一緒に一杯やろう」

「いいわね」レティは息を弾ませながら言った。「ぜひともお願い、ジャック」

「よろしい。レディたちのお好みに合ったものを何か。シャンパンでいいかな」

「ありがとう」アデリーンは冷静に答えた。「でも、昼間は紅茶より強い飲み物はいただかないことにしていますから」

ジャックは乾杯するようにグラスを上げた。「非常に賢明だね。君もレティの婦人運動の……解放だの平等だのといった、くだらない戯《ざ》れ言《ごと》を触れてまわる仲間なのか？」

「いいえ。今のところはまだ」

「違う意見を持っているとか？」

「とんでもない。異論などありません。彼女たちの活動や、目指しているところには敬服しています」

「禁酒運動を展開する狂信的な輩《やから》とも違うだろうね？　ロンドンじゅうのクラブや酒場をすべて廃業させるまで満足できない、という連中だが」

「いいえ、それとも違うわ」

気づまりな雰囲気になってきた。レティはぴりぴりしているアデリーンに気づき、引きつった笑顔を見せた。「ねえ、ジャック、飲み物はなしで帰るわ。山ほどやることがあるし、お店も一日じゅう開いているわけじゃないから。またあとで会いましょう」

ジャックは肩をすくめた。「残念だな。レティ、チェルシーの家のほうにいつかアデリーンを連れておいで。そうすれば、もっとよく知り合える」

アデリーンは彼の視線を正面から受け止めた。「お誘いありがとう。ええ、喜んで」真っ赤な嘘を口にする。「さようなら、ミスター・カニンガム」

「こちらこそ楽しかったよ」

クラブから狭く暗い裏通りに出てみると、あたりは薄ら寒かった。ジャック・カニンガムにまた会うことを考えただけでますます寒々しい気持ちになった。そのとき、ふいに物陰から女が現れて二人の前を遮った。暗がりの中では、いくつぐらいなのかさっぱりわからない。彼女はやせた体を守るように、古びたショールをきつく巻きつけていた。

「ミス・レイトン？」レティに小声で呼びかけた。

クラブの戸口に始終、視線を走らせるその様子からも、女がびくびくしているのがわかった。

「ええ、そうだけど」レティが答えた。

「ちょっとお話が……ジャックのことなんです」女はアデリーンをちらっと見た。「できれば、二人だけで話したいのですが」

「アデリーン、いいかしら？　すぐに戻るから」

「ええ。私は突きあたりのところにいるわね」

アデリーンが振り返ると、女はレティを暗がりに引っ張っていき、興奮気味に話しはじめた。五分後に戻ってきたレティは、深刻な顔をしていた。

「彼女はどんな用事だったの？　それに、どうやってあなたのことを知ったのかしら？」

「彼女は……私がジャックと一緒にいるところを見

たみたい」レティは急に警戒するような口調になった。「私がかかわっている活動も知っていて、助けを求めに来たの。彼女、病気なのよ……よくわからないけど、結核だと思うわ。医者にかかるお金がないと言うから、慈善事業がやっている無料の診療所を教えてあげたわ。町角に立つ女性たちが病気になったり、けがをしたら行くところよ。きっと、彼女のことも助けてくれるでしょう」

「なるほど。用事はそれだけ？」

「もちろん」

辻馬車を呼ぶためにレティがその場を離れたとき、アデリーンは彼女の話を思い返してみた。何か隠している。だがどういうわけか、これ以上話すつもりもないようだわ。第六感がそう告げていた。

「ジャックのことが嫌いなのね？」イートン・プレイスへ戻る馬車の中でレティがきいた。さっきの女性の話題は、今は持ち出さないつもりらしい。「違うとは言わせないわ。否定しても無駄よ。私にはわかるから」突っかかるようなところはなく、しごく冷静で落ち着いた声だった。

「そうね。単刀直入にきかれたから言うけど、気に入ったとは言えないわ。私が引かれるようなタイプではない。でも、彼が付き合っているのはあなただから。私は彼を知らないけれど、あなたはよく知っているのでしょう？」

「さあ、どうかしら」レティは目をそらす。

「それなら、ちゃんと知るべきよ。自分が――」

レティが振り向き、遠慮のないまなざしでアデリーンを見た。「何？　ベッドをともにする男性のことは、と言いたいの？」

「付き合っている男性、と言うつもりだったけど。ベッドをともにする、でも同じ意味ね」

「私は不道徳な女だと思う？」

「とんでもないわ、レティ。お願いだから、そんな考えは捨てて。私にとってあなたは親しい友人よ。これほど親切によくしてくれた人はいない。でも、私はジャック・カニンガムを好きにはなれないわ。とにかく恐ろしい人だと思うの。彼には危険なところ、いえ、邪悪と言ってもいいぐらい、何かいやなところがある。十分、気をつけたほうがいいわ。彼とはこれからも付き合っていくの？」

レティはこくりとうなずいて、目をそらした。

「ええ。そうしなければ。彼のことが好きなの。一緒にいて楽しいし、私をわくわくさせてくれる……少なくとも今は」

「あなたはれっきとした大人だから……愚かなことをしていても、止めることはできない」アデリーンは初めて、レティの口元が反抗するように歪《ゆが》むのを目の当たりにした。

「ええ、それは誰にもできないわ」一瞬の沈黙の後に彼女は振り返り、アデリーンの手をしっかりと握った。「お願い、レディ・スタンフィールドには言わないで。黙っていると、約束してちょうだい」

「でも、こんなの間違っているわ」アデリーンはできるだけ落ち着いた声で答えた。

「約束して」レティは譲らなかった。瞳に険しい光が宿る。「これは私だけの問題よ、誰の干渉も受けない。わかった？」

アデリーンはうなずいた。「承知したわ。レディ・スタンフィールドには秘密にしておく」

その夜、アデリーンは心配のあまり眠れなかった。考えていると突飛な想像がどんどん浮かんでくる。混乱しているのか、頭は理路整然と働かず、レティがしていることの重大さに心も休まらなかった。聡《そう》明《めい》でいきいきとしたレティが、ジャック・カニンガムによって貶《おとし》められていく。彼は危険な男だ。レティのことも軽んじているし、すぐに捨てるかもしれない。彼の気持ちだって薄っぺらなものに見える。ジャックに捨てられたら、レティはどうなるの？　グラントに相談すればいいわ！　ロンドンへ出てきて、チャリング・クロス・ホテルに滞在しているとレティが言っていた。アデリーンはすぐさまベッドから起き上がった。こんな簡単なことをどうして今まで思いつかなかったのか不思議だったが、本当の理由は彼女自身にもわかっていた。もう二度と会いたくないというグラントの言葉に引っかかっていたのだ。でも、この問題は深刻だ。求婚を断って口汚く罵《ののし》られたからといって、彼を避けるわけにはいかないわ。

グラントなら、どうすればいいか知っている。レティがジャック・カニンガムに会うのをきっと止めてくれるわ。ああ、希望がわいてきた。彼に任せればすべて間違いはない。そうよ、グラントよ。彼ほどの適任者はいないわ。

心が決まると、アデリーンは肩の荷が下りた気分になった。あまりにほっとして脱力感すら覚えた。グラントのほうは私に会いたくないかもしれないけれど、レティに関する件だと知ったら、彼だってそうは言ってられないはずよ。

翌朝、アデリーンは一頭立て四輪箱馬車を呼んでチャリング・クロス・ホテルへと向かった。

アデリーンが思っていたとおり、ホテルは何から何まで贅沢《ぜいたく》ですばらしかった。深々とした絨毯《じゅうたん》が敷かれ、あふれんばかりの花が飾られている。ロビーを歩きながら、胸が痛くなるほど甘い空想に酔いしれ、淡い期待に鼓動が速まった。グラントは私を見て喜んでくれるかしら。アデリーンは、まわりにいる裕福な人々に目をやった。これほど自分に自信が持てなくなったのは初めてだ。思わず顔が赤くなり、必死に抑えてきた不安がいっきに押し寄せてきた。勢いだけでここまで来たけれど、とても強がってなどいられない。独りぼっちだと気づき、アデリーンはハンドバッグを抱き締めた。

だが、すぐにグラントの姿を見つけてほっとした。濃い色合いのフロックコートに細い縦縞《たてじま》のズボンという颯爽《さっそう》とした服装だ。整った顔立ちやつややかな黒っぽい髪、がっしりと広い肩幅が印象的だ。グラントはホテルの支配人と話していた。

アデリーンの視線を感じたのか、彼が振り向いた。こちらを見つめる顔は無慈悲で高圧的だった。額に豊かな巻き毛がはらりとかかる。二人の視線が絡み合い、銀白色の鋭いまなざしがアデリーンの胸を打ち抜いた。少し前には、あのまなざしが私の心を溶かしたのに。彼女がハンドバッグを握り締めていると、グラントは目を離さぬまま大股で近づいてきた。

彼はアデリーンを見つめた。「驚いたよ！」それは思わず自然に出てきた言葉だった。「信じられないな、アデリーン……」本当に彼女なのか？　あの地味できまじめな娘が、ファッション雑誌から抜け出たような優美でさっそうとしたこの長身の女神に変身したのか？　深く赤い色をした光り輝く髪をすっきりとシニョンにまとめ、かわいらしい帽子をちょこんとのせている。アーチを描く眉と黒く長いまつげが、まばゆいばかりの緑色をしたアーモンド形の瞳を引き立てている。私の知っているアデリーン・オズボーンとは別人だ。すぐにはわからなかったほど、すごく魅力的だ。

だが、そこでグラントはわれに返った。アデリーンと一緒にいると、挑発に乗りやすい愚かな自分の性格が思い起こされ、彼女のことを考えるだけで酒に逃げ込みたくなる。いや、皮肉なものだ。そもそも、私たちを最初に結びつけたのも酒だというのに。アデリーンがオークランズを去ったとき、これですべてけりがついたと考えたが、実際はそう簡単にはいかなかった。手ひどく求婚をはねつけたあと、彼女は姿こそ私の前からくらましたが、心の中にはいつまでもとどまっていた。そんな影響を私に及ぼす彼女が疎ましかったが、今こうして見ると、心が磔《はりつけ》にされたように痛む。アデリーンなど私には無意味な存在だと言い聞かせ、そう信じてきたのに。

　グラントの表情が一変した。その細めた目の冷たさにアデリーンはびくっとした。磨《す》りガラスに入ったひびのようだわ。自分を見てグラントが喜んでくれるという甘い幻想は今この瞬間に、淡く消えてなくなった。真一文字に結ばれたこの唇にキスされ、あの手で素肌を愛撫《あいぶ》されてすばらしい喜びを感じたことがあったなんて、嘘みたい。

「こんにちは、グラント。お元気？」心を乱しながらも落ち着いた声を出せた自分に、アデリーンは驚いた。彼女を見るグラントの険しい表情が、前途の多難さを物語っていた。

「ついさっきまでは上々の気分だった」木で鼻をくくったように答えると、彼は片眉を傲慢につり上げた。「いったい、君はここで何をしている？」

　容赦のない敵意にアデリーンの心は沈んだ。「あなたをいらいらさせるために来たんじゃないわ。少しでも私がかかわることには首を突っ込みたくない。そう思われているのはわかっている――」

「そのとおりだ。少なくとも、その点については意見の一致を見たな」グラントの表情がきつくなったが、声は気味悪いほどに穏やかだった。「ここにいるのがどうしてわかった？」

「レティが教えてくれたの。もう少しで来るのをやめようと思ったけれど、そういうわけにはいかなくて」ぐるぐるまわる頭でアデリーンは思った。グラントは私を冷たくあしらうつもりみたいだけれど、それは大間違いよ。「どこか、もっと人目のないところで話せない？」

「ちょうど出かけるところなんだが」グラントは言葉を濁した。

「一刻の猶予もならない、深刻な問題なの。ほんの数分でいいから」

焦《じ》れたようにため息をつくと、グラントは腕時計に目をやった。「君はどうでもいいことで大騒ぎをしようと決めているようだから、話を聞くしかなさそうだな」

抑えきれない激しい怒りがわいてきた。「私があなたに会いたくてわざわざここへやってきたのだと思っているなら、誤解もはなはだしいわ」アデリーンは冷ややかに言い放った。「あなたのそばにいるといらいらして気分が悪くなる。ここを早く去りたくてたまらないわ。あなたは私を侮辱して喜んでいるし、こうしていたら、いつまでもそれをやめないでしょう。私の話を聞く気があるの？」

グラントは奥歯を噛《か》み締め、恐ろしいほど首筋をぴくぴくさせながらうなずいた。「では、私の部屋で。三階だから、エレベーターに乗ろう」

「ありがとう。お手間は取らせないわ」

「よかろう」グラントはぴしゃりと言った。

二人は無言のまま、グラントが宿泊しているスイートの室内へ入った。贅沢な装飾が施された部屋で、開け放ってあるドアの向こうには寝心地のよさそうな大きなベッドがある。アデリーンは努めてそちらを見ないようにした。

「座らないか？」グラントはさりげなく、窓際にあるビロード張りの椅子を示した。

「いいえ、このままでいいわ。単刀直入に言うわね。ここに来たのはレティのことが心配だからよ。マージョリーも案じているわ」

「君がレティを心配している？」グラントはばかにしたような明るい声で繰り返した。テーブルの端に寄りかかり、腕組みをしている。銀白色の瞳がアデリーンを皮肉っぽく見つめた。「わからないな。レティは十分に大人で、周囲に面倒をかけることもなく自立している。もう長い間、自分の好きなようにやってきた。家にも寄りつかずにいろいろ活動しているようだが、母上もそれは受け入れているし、私も認めている」

「違うの。活動に関することだったら、どんなによかったか。もっと深刻な問題なのよ。彼女は……ある男性と付き合っていて……」

グラントは困惑したように首を横に振った。「レティが、誰かと付き合っているだって？　それのどこが悪いんだ？　ほかの人と同じような感情や衝動を妹も持っていると知って、むしろうれしいね。例の女性運動とやらにのめり込みすぎているから、実は心配していたくらいだよ」

アデリーンはグラントをにらんだ。これほど冷たくて思いやりのない男性の助けを得ようと思ったなんて、どうかしていたわ。くるりと踵《きびす》を返し、彼女はドアへ向かった。「あなたが私に敵意を抱くのは当然だけど、レティに対するその言い草はあまりにもひどいわ。ここへ来たのが間違いだった」苦々しい調子で吐き捨てる。「私がなぜ、あなたの妹をこれほど心配しているのか聞く気がないなら、これで帰るわ。お手間を取らせて悪かったわね。わざわざ来たのも無駄だった。さようなら」

アデリーンがドアを開けたとたんにグラントがやってきて、大きな音とともに無理やり閉めた。

「君はこうしてここにいるし、私もすでに約束の時間に遅れている。言わなければならないことは言ったほうがいいと思うが」

アデリーンはぱっと振り向き、グラントを正面から見据えた。眉をつり上げ、瞳をぎらぎらさせている。込み上げてくる怒りに、彼女の胸はナイフで切り裂かれそうだった。「こんなに無礼な男性に会ったのは初めて。どうでもいい問題なら、ここに来たりしないわ。レティのことが気にかかるの。話を聞いてくれたら、あなたもそう思うはずよ」

ズボンのポケットに両手を突っ込みながら、グラントはうなずいた。心の底では彼にもわかっていた。私に対するアデリーンの気持ちを考えれば、ここへ来たのはよほど重大なことがあるからだろう。彼女の瞳には勇気や熱い気持ち、心配そうな様子が映っている。レティを心配してくれているのか？

グラントは窓のそばへ歩いていき、肩を怒らせたまま外を眺めた。「話してくれ」

アデリーンは気持ちを引き締め、深く息を吸って事実を告げた。グラントは初めて聞く話に愕然《がくぜん》としながら硬い表情で耳を傾けていたが、納得しきれずに振り向き、アデリーンを見つめた。どうにか平静を保ってはいるものの、引きつった顔は淀《よど》んだ水のように無表情だった。怒ったりいらいらしているグラントはアデリーンも見たことがあったが、今のように抑えた怒りで真っ青な彼は初めてだった。

「妹がナイトクラブのオーナーと付き合っていると言うのか？」落ち着かないのか、グラントはあたりを行ったり来たりしはじめた。

「ええ」

彼の瞳に炎がぱっと燃え上がった。「なんたることだ！　天下国家を論じていないときにはそんなことを？　レティは気でも違ったのか？　彼は……ジャック・カニンガムとやらはどんな男なんだ？」

「見た目は紳士だけど、私は少しも好きになれなかった。危険なところがある男性で、恐ろしいほどの力ですべてを奪っていく人よ。彼の手にかかれば、レティは子猫みたいなものだわ」

「君はどうして彼と会ったんだ？」

「興味があったから、レティに言って引き合わせてもらったの」

グラントの瞳がふいに光った。「勇敢な行動だが、とても褒められないな。ジャック・カニンガムのような人物は、私の知るかぎり、危険な男だ。君の見立ては正しいよ。レティは、これからも彼と付き合うつもりなのか？」

「そうよ。彼女は強く彼に引かれている。気をつけたほうがいいという忠告をはねつけ、私の言葉を干渉だと言ってうるさがっているわ」

グラントは、アデリーンの言葉について一瞬考え込んだ。「うるさがっている？　レティが？」おもむろにそうつぶやく。「君の親切や思いやりを仇《あだ》で返すような行為だな」

「私に白状したよりもずっと頻繁に、彼女はひそかにジャックと会っているんじゃないかしら。誰に報告する義務も特にないから」

「自分ではそう思っているのだろうが……。レティは昔から向こう見ずで、自分の幸せなど気にしない自立した女性に見えたのだが。母上も私も、彼女を自由にさせすぎたのがいけなかったようだ」

「だまされて、軽々しい関係を持っているのよ。いつ捨てられて傷つくか、わからないわ。それも、ひどく痛手を負う。あなたは彼女と話さなくては。あなたが介入してあげなければ、レティは破滅よ」

「わかった」歩きまわっていたグラントは物思いに沈んだ様子でその場に立ち止まったかと思うと、振り向いてアデリーンを長い間見つめた。その顔は無表情で瞳も落ちくぼんでいた。ひと息ついて落ち着きを取り戻したが、顔には怒りが刻まれていた。妹という人間をよく知っているだけに、不安がじりじりと押し寄せていた。「カニンガムのナイトクラブの名は？」

「フェニックス・クラブよ。行ってみるの？」

一瞬、グラントはアデリーンを見つめたが、目を細めて首を横に振った。「いや、すぐには行かない。

まず、レティと話をするよ。そいつと会うのをやめると彼女が言えば、この関係は自然に消えるが、もしもの場合を考えて、カニンガムについてできるだけのことを調べてみるつもりだ」

アデリーンは頭を下げてまぶたを伏せ、目の前に立つ男性を視界から遮断した。容赦ないほど威圧的なのに、とても魅力的だわ。見ていると、息が止まりそう。なぜ、これほど彼に引かれてしまうの？知り合って以来ずっと、寛大な気持ちで接してくれたことなどないのに。今は心配そうな瞳をしているけれど、私を思っているわけではない。わかっているわ、彼は妹のレティを案じているのよ。

「ここに来るのが私にとってどれほど苦しかったか、あなたにはわからないわ。裏切り者みたいな気分がしてたまらなかった。でも、レティは自分の感情に振りまわされている。誰かがまっとうな道理を言い聞かせてあげないと。私もやってみたけど、聞いてくれなかった。レディ・スタンフィールドには黙っていてとレティに約束させられたわ。だから、あなたのところへ来たのよ。私、正しいことをしたのかしら？彼女を助けたの？それとも、信用してくれた友達を裏切ってしまった？」

「来てくれたのは正しかったよ。レティに関することには私も無関心ではいられない。妹の自立をどうこう言える立場ではないが、彼女の行動で母上やわが一族の名前が傷つくようなことは許せない。君は当然のことをしたまでだ。むしろ、この件で重荷を背負わせてしまって申し訳なかった」

その言葉に心動かされ、アデリーンの体を温かいものが駆け抜けた。グラントの険しい表情が和らぐのを見て、彼女自身も元気が出てきた。

「君もレディ・スタンフィールドのところに？」

「いいえ、イートン・プレイスにあるオズボーン家の屋敷にいるわ。ひと晩じゅう出かけているレティは、レディ・スタンフィールドに、イートン・プレイスで私と過ごしていると言い訳しているのよ。マージョリーがそれを教えてくれて、ひどく心配になったの」

「それは事実ではないんだな?」

「ええ、違うわ」

「レティは、不在の申し開きに君まで巻き込んだのか。本当にすまない」

「いいえ、いいの。レティは組織を立ち上げたり、キャンペーンのための打ち合わせに長い時間を費やしているけれど、マージョリーの話では最近、例会に現れなかったり、スタンフィールド・ハウスでも姿を見ないことが頻繁にあったそうよ。感づいたレディ・スタンフィールドが質問をするのも、時間の問題だわ」

「では、すぐにでもレティと話をしよう。さっきは無神経なまねをして悪かった。妹のためにしてくれたことに深く感謝する」

「彼女も同じように思ってくれれば……いえ、そうはならないわね。私がここに来たと知ったら、きっと怒るわ。お願い、レティには黙っていて」

グラントはつかの間、アデリーンを無言で見つめた。仕立てのいいコートが広い肩幅を強調している。彼の瞳に温かい光が宿った。「君が会いに来たことは、レティには黙っていよう。約束する」

「ありがとう」

銀白色の瞳がいたずらっぽく光った。「いや、感謝するのはまだ早いぞ。事態が悪化することも考えられる。ジャック・カニンガムと会うのをやめろと言ったら、レティは頭痛持ちの闘犬のように暴れるだろう。戦争状態に突入するかもしれない」

アデリーンは声をあげて笑った。「その場合、私は完璧《かんぺき》な中立を守り、決着をつけるのはあなたたち二人に任せるわ」

「ミス・オズボーン、君にはいろいろな面があるが、臆病《おくびょう》だとは知らなかったな」

「暴力に関しては世界一の臆病者かもしれないわ」

「では、そういう事態にならないよう気をつけよう。ところで妹はまだ、君を女性運動に引きずり込んでいないのか？」

「レティの活動は興味深いわ。もっとも彼女は、紹介してもらったほかの女性たちほど狂信的ではないけれど。今はまだ、深入りしたくないの」

「だが、いずれはかかわるのか？」

「わからないわ」

「なぜ？　結婚して家庭を作り、子供を育てるのが定めだと思っているからかい？」

「それも……ゆくゆくは手に入れたいし、愛情や思いやり、尊敬のある家庭を築きたい。でも、妻は夫に服従すべしと思うような男性とは結婚しないわ。贅沢三昧《ざんまい》であらゆる欲望を満足させてくれても、自分の意思をしっかり持って自立していたいという気持ちを無視するような人はいやよ」

「まるでレティが乗り移ったような口ぶりだな」

「きっと、ロンドンに来てからいつも一緒だったせいね。ショッピングもいろいろしたわ。到着するやいなや、見た目をもっと変えるべきだとレティに言われたから、お小遣いが底をつきそうよ」

アデリーンの服装を見ながら、グラントの口元が楽しそうに緩んだ。「私も気づいたよ。今着ているドレスは、君の本来の好みよりもずっとはっきりした色合いなのではないか？　しかし、よく似合っている。見違えるようだ」

「本当？」

グラントは眉をつり上げてアデリーンを見つめた。

「だが、世間によしと認められるような服を着て注目されるとは、君らしくもないな」

「それは誤解よ。最新流行の服を着るのは世間を喜ばせるのではなく、私自身を満足させるため。どうすればいいのか教えてくれたレティには感謝しているわ。それのどこがいけないの？」

「なるほど。君は……とてもエレガントで……美しい」グラントはつぶやいた。それに、とても溌剌《はつらつ》として若く見える。こんなアデリーンを見るのは初めてだった。地味な服を捨て、つまらない髪型をやめたのと同時に何歳か若返ったようだ。最初に会ったときは少なくとも二十代半ばかと思ったが、今はどう見ても二十歳前の乙女《おとめ》だ。

グラントの褒め言葉にアデリーンは頬を赤く染めた。その言葉や、少し震えているような口調にはもっと深い意味が込められている気がした。でも、勘違いしてはだめ。彼ほど気まぐれで予測できない男性はいない。愛を交わしていたかと思うとせっかちに求婚し、次の瞬間には私をとことん拒絶する。二度と会いたくないと言ったにもかかわらず、エレガントで美しいとお世辞を言う。いったい、何を信じればいいの？

「あなたにお世辞を言われるとは驚きね」

「アデリーン、私は誰にもお世辞など言わない。口にした言葉はすべて、心の底からの真実だ」グラントの瞳がゆっくりと彼女を眺めた。コバルトブルーのハイネックのジャケットはウエストをきゅっと絞ってあり、まっすぐなラインのスカートがその下にある長く美しい脚を思わせる。菫《すみれ》の香りに鼻をくすぐられると、彼女のうなじに唇を這《は》わせたくなった。グラントは、アデリーンの腰に腕を伸ばして抱き寄せたくなるのを必死に抑えた。「女性は、自分がなりたいと願う分だけ美しくなれる」

「正直言って、そんなふうに思ったこともなかったわ」アデリーンは堂々と、しかし、どこか恥じらうような目でグラントを見つめた。「きいてもいいかしら？　そして、怒らないと約束してくれる？」

「どうぞ。ちゃんと聞いているよ」

「あの夜……ベッドをともにして……目を覚ましたとき、私が誰にでも体を投げ出すような女に本当に見えた？」アデリーンはグラントの瞳を見上げ、表情を読み取ろうとした。

一瞬の沈黙があった。グラントは皮肉っぽく眉を上げたが、肩をすくめて顔をそらした。「白状しよう。そんなふうには思いもしなかった。君はとても美しくて……だが、目覚めたときに腕の中に全裸の女性がいたら、男はあらゆる思いを巡らすものだ。女性の顔を一見しただけでは、心の内は読めないから」

美しい服を新たにまとい、エレガントな髪型をしていると別人のようだが、ひと皮むけばやはり、そこには以前と同じアデリーンがいる。こんな魅力的な女性に出会ったのは初めてだ。

「グラント、レティのことを助けてくれるわね？」

探るような緑色の瞳を彼はじっと見つめ、ゆっくりうなずいた。ほっと笑みを浮かべた瞬間のアデリーンを、グラントは脳裏に深く焼きつけた。私はこの女性を求めている。彼女を再び自分のものにしたいという思いは何者にも邪魔できない。次の機会こそは完璧に自制し、ことを進めよう。

じっとこちらを見つめるアデリーンの瞳の深さや、白く輝く歯を見せてほほ笑む唇の柔らかさに引かれたグラントは、時のたつのも忘れたまま近づいていったが、彼女はキスの気配を恐れ、顔をそむけた。

そこで、魔法が解けてしまった。

「長く引きとめてしまったわ。これで失礼します」

「ああ、そうしたほうがいい。階下《した》まで送ろう」

「いいえ、一人でも帰れるから」

「送らせてくれ。私にも約束があるから」

「遅らせてしまったわね、本当にごめんなさい」

「ああ。だが、行かないよりはましだ」

エレベーターから降りた瞬間、アデリーンはロビーのざわめきに気づいた。一人の女性が外から入ってきた。深紅の裾飾りをつけた派手な鮮黄色のシルクのドレスをまとい、ピンで美しくまとめた黒い巻き毛の上にすばらしい羽根飾りのついた最新流行のヘッドドレスをあしらっている。ものすごい美女だ。周囲にいる人々と同様、アデリーンも彼女から目を離せずにいた。人込みの中に視線をさまよわせていた彼女がグラントを見つけたとき、アデリーンは不安に眉根を寄せた。

入ってきたのはダイアナ・ウェイヴァリー――フェニックス・クラブでアデリーンが目撃した女性だった。

7

まばゆいほどの笑顔を張りつけ、ダイアナはこちらへやってきた。

彼女を見るとグラントは警戒するように動きを止めた。鉄のような自制心ですべての感情を顔からぬぐい去ったが、隣にいるアデリーンに見つめられているのを意識してか、彼は物憂げで皮肉めいた笑みとともに前へ進み出てダイアナの手を取り、さっと唇を押しあてた。

彼女は眉根を寄せ、問いかけるようにグラントを見上げた。「どうしたの？　私がこちらに出向くはめになるとは思わなかったわ。約束を忘れたんじゃないでしょうね」

「ダイアナ！　すまない。重大な事件が起こってね」

　ダイアナは、どうでもいいことだと言いたげな一瞥《いちべつ》をアデリーンにくれると、再びグラントに視線を注いだ。「ああ、そうなの」しかし次の瞬間、彼女はアデリーンに向き直って息をのんだ。「まあ、驚いた、ミス・オズボーン！　またお会いできてうれしいわ」しかし、言葉とは裏腹の口調と冷たい視線だ。「お詫《わ》びするわ。あなただとはわからなくて。ずいぶん変わったのね」ダイアナは不機嫌そうな顔になった。そしていら立ちのため息を吐くとともに、詰問するようにグラントを見上げた。

「謝罪には及びませんわ」アデリーンが言った。「私のほうこそお詫びしなければ。こんなに長くグラントを引き止めてしまって」

「あら、そうなの？」ダイアナはほほ笑み、アデリーンに視線を走らせた。愛想のかけらもなく、悪意が感じられるような笑顔だった。ほかの女性が何を考えているのか不思議とわかってしまう女性特有の勘で、アデリーンは思った。ダイアナはグラントを自分のものだと思っている。手を出すな、と言いたいのね。

「グラントと私は――」

「やめろ、アデリーン」すぐさまグラントが厳しい声で止めた。「ダイアナへの説明は無用だ」

「あなたたちがエレベーターから降りる姿をちょうど見たところだったから、グラントは部屋でおもてなししていたものだとばかり」アデリーンを見つめるダイアナの顔には、嫉妬《しっと》と反感があからさまに現れていた。「私がとやかく言うべきではないかもしれないけれど、そういったことは人前では無造作に口にしないほうがいいのでは？」

「そのとおりだ、ダイアナ。君には関係ない。言葉には気をつけたほうがいいぞ」グラントがぴしゃりと釘《くぎ》を刺した。「せっかく来てくれたから、ここで一緒に昼食をとろう。アデリーンはちょうど帰るところだから、馬車のところまで送ってくる」

そのときちょうどホテルの支配人がやってきて、グラントを脇《わき》に連れていって何やらささやいた。アデリーンとダイアナは二人きりになった。

「あなたの姿をここで見るとは思わなかったわ、アデリーン」

ダイアナの両耳や首を飾るルビーは血の色のようだわ。アデリーンはぼんやり思ったが、相手の視線に思わず頬が冷たくなった。自分に向けられた憎悪があまりにも明白だったのだ。

「私は、家族の問題でグラントに話があってここへ来たの。それをどう解釈しようとご自由に。あなたとの約束に間に合わないほど彼を引き止めたのは申し訳なかったけれど、本当に重要で一刻の猶予もならない問題だったのよ」

「それは私の約束も同じよ。でも、まだ遅すぎるわけではないわ。私の屋敷ではなく、ここでも事業の話はできるから。あなたとは違って、私は自分の評判を気にするのはとうの昔にやめたの。グラントとは長い付き合いだし、ほかの女性よりもずっとよく彼を知っているから」

アデリーンはダイアナの目を見据えた。「では、私たちは似ているわね。期間こそ短いけど、私だって彼のことをよく知っているのよ」そして意味ありげにほほ笑んだ。〝ほら、緋《ひ》色のリボンをあなたが寝室のドアに結んだあの夜のことよ〟

企《たくら》みを見破られていたことを知り、ダイアナは唇を震わせてアデリーンをにらみつけた。取りすましたお上品な箱入り娘なら当然、招かれざるグラントがベッドに入り込んできたのを屋敷じゅうに知らせて恥をかくと思ったのに。あろうことかその状況に便乗し、存分に楽しんだのね。

アデリーンは冷ややかに言い添えた。「ところでポールは元気？　彼のこともよく知っているはずよね？　あなたには感謝してもしきれないわ。だって、彼のことを厄介払いできたんだから。あなたがグラントを誘惑するチャンスは消えたかもしれないけど、ポールならしやすいでしょう？　お二人ともお幸せに。では、これで失礼。グラントには、一人で帰ると伝えておいて」

ダイアナは敗北の痛みに頬が赤くなるのを感じた。グラントに求婚されるという夢は潰《つい》え、苦々しさだけが残った。アデリーンのほっそりとした姿がホテルを出ていくのを、ダイアナはじっと見送った。あの小娘、私の運命を笑っているに違いないわ。

ダイアナとグラントを残してホテルをあとにしてからアデリーンの心には妄想が渦巻き、あまりの混乱に息がつまりそうになった。否定と非難、苦い思いが入り交じる。二人で昼食をとるとグラントは言ったけれど、どこで？　ホテルのレストラン、それとも彼のスイートかしら？　恋人たちが心ゆくまで愛し合える、大きくて寝心地のよさそうなベッドが彼女の頭に浮かんだ。横たわったダイアナとグラントの姿を想像すると血も凍る思いがした。その衝撃にアデリーンの中で眠っていた思いが目覚め、頭をもたげた。心の底に淀《よど》む思いを突きつけられたようだった。

やり直す機会は与えない、私とダイアナの仲は終わっている、ですって？　グラントには呆《あき》れるわ。どう見ても、あの女性の好意をポールと分け合っているのが明白じゃないの。グラントはこんな状況を楽しんでいるのかもしれない。べつに誰が傷つくわけでもないし。でも、彼のしていることはひどく不道徳だ。結局、グラントもほかの人と一緒で、戯れの恋や情事を楽しんでいるだけなのね。だけど、私はその仲間には入らないから。

レティのことを相談してしまった今、グラントとまた会わない訳にはいかないだろう。でも、何があろうと以前の過ちは決して繰り返さないわ。彼に惑わされて、善悪の区別がつかなくなるほど冷静さを失っては絶対にだめよ。今までとは違うの。節度を保って動揺などしない。私はもう、彼が面白半分に誘惑したり傷つけたりできる世間知らずのお嬢さまじゃないんだから。

ホテルから戻ると、アデリーンはイートン・プレイスの屋敷で誰にも邪魔されずに過ごした。この屋敷は堂々たる大邸宅で、ローズヒルと同様、父の趣味が色濃く反映されている。

翌朝、レティに会えるのを期待してスタンフィールド・ハウスへ行くべきか、それとも公園を散歩しようか考えているとアンソニーがやってきて、フェンシングの手合わせをと言った。最初、アデリーンは困惑したが、たしかに誘ったのは自分だったことを思い出した。

「都合が悪かったり、そんな気分じゃないというなら、僕は帰ります」だがアンソニーの顔には、がっかりした様子が見て取れた。

アデリーンは声をたてて笑うと、彼を大広間へ連れていった。この家の静けさに新しい気を吹き込んでくれるなら、なんでも歓迎よ。「そんなことはありません。フェンシングこそ、私を憂鬱《ゆううつ》から引きずり出すのに必要なものよ。剣の保管場所にご案内したら、着替えてくるわね」

十一時少し前、グラントはアデリーンに面会するためイートン・プレイスに到着した。ドアを開けて応対した家政婦のミセス・ケルソールは、ミス・オズボーンに面会したいという言葉に驚いて、眉を上げた。旦那《だんな》さまがご不在のときは訪れる方もほぼ皆無だというのに、今日はミス・アデリーンへの面会を求めていきなり紳士が二人、それもほぼ同時にいらっしゃるとは。お嬢さまがお一人のときに若い紳士が約束もなしにいらっしゃるのはあまり感心しないけれど、ミス・アデリーンはロンドンにいらしてから、どこか変わられた。今まで見たことのないような自信や落ち着きを身につけられたわ。

「ミス・オズボーンはご在宅かな？」

「はい、大広間に……フェンシングをなさっていらっしゃいます」お嬢さまのことは大好きだけど、妙齢の女性が女だてらに剣を振りまわすのはどうかしら。しかも、ミス・アデリーンは絶対に譲らないけれど、ズボンをおはきになるなんて問題外だわ。

「では、そちらへ案内していただきたい」

ドアを開けると、大広間の絨毯《じゅうたん》は巻き上げられていた。グラントは静かに中へ入ったが、剣を手に戦っている二人には気づかれなかった。マスクを着けているのでわからないが、片方は明らかに女性だ。体の線もあらわな灰色のズボンと白いシルクのシャツを身につけ、敏捷《びんしょう》な動きを見せている。いかにも経験豊富な技術と並外れて優雅な身のこなしは、こうして体を動かしているのが楽しくてたまらないといった感じだ。それに比べると、対戦相手の若い紳士の腕前はかなり劣っていた。

グラントは壁にもたれて、二人を興味深く見守った。二人は互いに剣をいなしたり突いたりしながら、ぴかぴかに磨き上げられた寄木張りの床を縦横無尽に動きまわっていた。

グラントは腕組みをしたまま、口元に笑みを浮かべてアデリーンの動きにひたと視線を注ぎ、ほっそりとした腰から長い脚にかけた線に見とれた。全身の動きがはっきりとわかる。完璧《かんぺき》なタイミングと驚くほど正確な身のこなし。アデリーンはすばらしい剣の使い手だ。自信と豪胆さをまとった雰囲気に、グラントは目を離せずにいた。

なおもグラントの存在に気づかぬまま、アデリーンはふいに声をあげると、マスクをぱっと外して輝くばかりの笑みを見せた。「とてもいいわ、アンソニー。ずいぶん上達したわね。よかったら、明日ももう少しやりましょう」

赤い頬をして息を弾ませ、緑の瞳が躍っている。頭のてっぺんで緩く結ばれただけの豊かな髪があちこちに広がる。その瞬間のアデリーンは、山賊を率いるプリンセスのように見えた。健康的で生気に満ちあふれていた。何よりも恋しかった彼女の姿を、グラントは食い入るように見つめた。

最初に気づいたのはアンソニーだった。レティの兄がいるとわかると、彼はぱっと歓迎するような笑みを見せた。そして胸当てを取って汗びっしょりの額を袖《そで》で拭《ふ》き、部屋を横切ってきてグラントと握手した。「ミスター・レイトン、いらっしゃっていたとは気づきませんでした。お会いできてうれしいです」

「ゆっくり見させてもらったよ。すばらしい剣さばきを邪魔したくなくてね」

「おわかりだとは思いますが」アンソニーは魅力的な対戦相手を振り向く。崇拝するようなまなざしやすっかり虜《とりこ》になっている様子を、グラントは見逃さなかった。「アデリーンは、僕なんかの手には負えない。いろいろ教えてもらわなくては」

グラントの声に気づき、部屋の向こう側にいたアデリーンもぱっと振り向いた。心臓がふいに締めつけられる。「あら、失礼。あなたがいたとは知らなかったわ」

グラントはほほ笑んだ。「よかった。君はすばらしい剣の使い手だな。私に気づいていたら、あれほどの腕前は披露できていなかったかもしれない」

アデリーンは笑みを浮かべた。窓から差し込む太陽の光にも負けないほど温かな笑顔だ。「それは大間違いよ。観客がいようがいまいが、私のフェンシングに変わりはないわ。どうしてイートン・プレイスへいらしたの？」

「君と話し合いたい大事な問題があって。約束なしにやってきたが、許してほしい」

「では、僕は失礼するよ、アデリーン」アンソニーは上着を肩にかけた。「そろそろ戻らなくては」

「わかったわ。ひと勝負できてよかったわ。レティがお屋敷にいたら、あとでうかがうと伝えて」

グラントと二人きりになると、アデリーンは疑うように彼を見つめた。「なぜ笑っているの？」

「あの若者は君にすっかり夢中だ。今はそうでなくとも、すぐにそうなる」

アデリーンはぎこちなく笑った。そんなことを言われて、どぎまぎしたのだ。「グラントったら、想像力がたくましいわね。アンソニーと私は友達よ、仲のいい友達。フェンシングを一緒にやったというだけであまり深読みしないでちょうだい」

グラントは面白そうに目を細めた。「見ようとしなければ、何も見えない。時がたてばわかるよ」

「ばかげているわ。彼はまだ若い青年よ」

「そのとおり！　アンソニーは若い青年、そしてアデリーン、君は若くて魅力的な女性だ。彼は君から目を離せずにいた」

アデリーンは自分の服装を意識して困惑した。

「差し支えなければ、着替えてくるわ。ミセス・ケルソールにお茶を用意させるから、それから話しましょう」

「そんなに急がなくていい」グラントは素早く上着とウエストコートを脱ぐと、シャツの袖をまくってたくましい二の腕《クラバット》をあらわにした。そして自由に動けるように幅広のネクタイとシャツの飾りボタンを外し、アンソニーが置いていった胸当てを着けはじめた。「お手合わせを願いたい。君がよければ、の話だが」

「フェンシングはよくするの？」彼の腕前がどれほどのものか、アデリーンも興味がわいてきた。

グラントは部屋の真ん中へ歩いていき、すばらしい剣が多数飾られたガラス扉のキャビネットを調べはじめた。「なかなか時間が取れないでいるが」

「じゃあ、腕も少々なまっているのね？」アデリーンは無邪気な笑みを浮かべて挑発した。

グラントはいたずらっぽく目を光らせ、ほっそりとしているがしっかりした剣の柄を握った。「なんとでも言うがいい」剣を両手でしなわせ、しゅっと振って空を切る。「練習不足だからといって、惰性に流されているとか下手だとか、一から習わなければならないわけではない」

「そうかもしれないわね。でも、勝負はあっさりつくような気がするわ」

「私を打ちのめすつもりだな？」グラントは傲慢《ごうまん》に眉を上げながら、物憂げな声できいた。

「こてんぱんにね」

マスクを着けると、グラントはアデリーンに近づいていった。「一つきいておきたいんだが、君は眼鏡がなくても、ちゃんと見えているのか？」

「眼鏡が必要なのは文字を読むときだけなの。それ以外はまったく問題なしよ」

「よかった。だが、あとで言い訳しないでくれよ」グラントは愉快そうに言い添えた。「マスクを着けて準備してくれ、ミス・オズボーン。でないと、君を壁に追いつめるぞ」

乗馬と同じくらい楽しいフェンシングへの誘いを断ることなどとてもできないわ。アデリーンは陽気な笑い声とともにマスクを着け、自分の剣を手に取った。そして素早い動きで部屋の真ん中へ移ると、グラントに相対した。彼の目には見えなかったが、マスクの下でアデリーンの頬は熱を帯びて赤く染まり、断固たる決意に瞳を輝かせていた。必ずグラントをひれ伏させてみせる。でも、彼の腕前をあまり見くびらないように気をつけなくては。

グラントはすばらしいスポーツマンで見事に剣を操っていたが、じきに、手に負えない相手と戦っていることに気づいた。細い体で矢のようにすばやく突いてくるアデリーンは防御にもすきがない。しなやかな手首の動きから繰り出される攻撃は、一度に百カ所を突かれているようだった。

最初の何突きかでアデリーンは、グラントに勝つのは容易ではないと覚悟した。彼は巧みな攻撃で常に先にまわり込み、防御態勢をいく度となく変える。アデリーンも身をかわしながら鋭く突き続けた。

グラントには、マスクの下の彼女の表情が目に浮かぶようだった。剣を交える興奮で頬を赤く染め、瞳はきらきらと輝き、ふっくらした唇が薔薇《ばら》色になる。それを想像すると、ものすごい速さでぶつかり合う剣が音をたてるたびに、欲望がグラントの全身を駆け抜けた。シルクのシャツは汗ぐっしょりで彼女の体に張りつき、胸の膨らみがあらわになった。

圧倒的な迫力に押され、アデリーンは力尽きてきた。それに気づいたグラントが、低い笑い声とともにさらに機敏な動きで攻撃をしかけた。勝ち誇った雄叫《おたけ》びとともに蛇のような動きで彼女の剣の下に入り込むと、彼は決定的な一打を見舞った。

敗北を認めたアデリーンはマスクをさっと外し、声をたてて笑った。「ミスター・レイトン、宣言どおり、あなたの勝ちよ。こんな弱い相手と戦って、時間の無駄だったのでは？」

「とんでもない。君はすでにアンソニーと一戦交えて疲れていた」グラントもマスクを外した。あられもない格好なのに、アデリーンはなんと愛らしいのだろう。

「ご親切な言葉をどうも。でも、負けは負けよ。あなたの腕には恐れ入ったわ」

グラントは笑みをもらした。「潔い負けっぷりだな。またの機会を楽しみにしているよ」

「次はそううまくはいかないわよ」皮肉に冗談めかす彼女がグラントの目にはひどく爽快《そうかい》に映った。

「今から楽しみでしょうがないよ。フェンシングは誰に教わった？」

「マックスおじさま……母の弟よ。軍人で、クリミア戦争で戦った人なの。残念ながら去年、亡くなったけれど」アデリーンは剣をキャビネットに戻し、グラントのほうを振り向いた。ズボンをはいている自分の姿がひどく恥ずかしい。「私、ひどい格好ね。着替えてくるわ」

女らしい胸の膨らみを見つめていた顔を上げ、グラントはアデリーンの瞳をのぞき込んだ。彼の目には隠しきれないほどの賞賛の色が浮かんでいた。面白がっていた様子は消え、何かを期待するような雰囲気が二人を取り巻いた。はっきりとわかる官能的な空気を痛いほど感じたアデリーンは目を大きく見開き、唇をちょっと開いた。

グラントの引き結んでいた唇にも、そそるような笑みが浮かんでいた。「いや、君の格好には悪いところなど何もないよ、アデリーン」

近くにいる彼の体にアデリーンの五感が鋭く反応した。彼女は頬を染め、おずおずと笑った。額に髪がはらりとかかったグラントはすごくハンサムだ。

「あなたにはそうかもしれないけど、こんな格好では昼食の席に座れないわ。ただでさえ、ミセス・ケルソールはレディにふさわしくない服装だと言ってうるさいのに。着替えなかったら、私たちに昼食を用意してくれないわよ」

グラントは汗に濡《ぬ》れた眉をちらっと上げた。「私たち？　昼食に招いてくれるのか？」

　アデリーンは、いたずらっぽいグラントの灰色の瞳から目をそらし、ドアのほうに視線を走らせた。

「ええ……あなたがよければ。どのみち、もうじきお昼だし、こんなに体を動かしたら、おなかがぺこぺこでしょう？」

　彼を居間へ案内すると、アデリーンは自分の部屋へ逃げ込み、燃えるような肌をした顔を冷たい水でざぶざぶ洗った。

　ミセス・ケルソールが軽い昼食を用意してくれた食堂に、二人は差し向かいに座った。

「ご自由に召し上がれ」アデリーンは冷菜を指し示した。「私はあまり食べ過ぎないようにしなくちゃ。午後はピクニックに出かけるから」

「ピクニック？」

「そうよ。勝手気ままに楽しく過ごしているの。今日はすばらしいお天気だから、エマと一緒にエンバンクメント沿いに馬車を走らせて、チェルシーの庭園まで行こうかと」

　その後二人はじっくり味わいながら食べることに集中した。おいしい料理について感想を述べ合ったあとは、食事の最後まで口数も少ないままだった。

　アデリーンは、ルビー色のタフタで作った飾りのないシンプルなドレスを着ていた。ボディスがぴったり体に合っている。すっきり後ろにまとめた髪やアーモンド形の瞳、高い頬骨が、えも言われぬほどいきいきとした東洋的な美を生み出していた。

　食事を終えると、二人は居間で大きな袖椅子に座って向き合った。グラントは、小首をかしげるアデリーンの横顔をじっと見つめた。顔の輪郭からふさふさとしたまつげ、さらには首のつけ根の小さなくぼみへと視線を走らせる。長く垂らしたひと房の巻き毛が、赤い渦巻きのように、白い肌に浮かんでいる。

「レティと話した？」アデリーンはだまってこちらを見つめているグラントのほうを見た。

彼は首を横に振った。「残念ながら、まだ機会がなくて。ここへ来る前にスタンフィールド卿《きょう》夫妻を訪問したが、レティは例の会合とやらでケンジントンかどこかに出かけていて留守だった。君は？」

「いいえ。たぶんあとで会えるわ。私に話があるというのは、いったいなんの件についてかしら？」

「カニンガムについて少し調べてみた」

「本当？　何かわかった？」

グラントは険しい表情でゆっくりうなずいた。

「それほど難しいことではなかった。不道徳な世界にどっぷり染まった悪名高いやつだ。彼の仕事はやましいものばかりで、君の予想どおり、とても危険な人物だ。余計な手出しをしてはいけない。一度逆らったら、次は切り捨てられる。そういう男だよ」

グラントはすごみのある笑みを浮かべた。「彼の選んだ危ない裏家業で成功するには、誰も逆らえないほどの男だと思われる必要があるようだな」

「ジャックはどこの生まれ？」

「ホワイトチャペルだ。八人兄弟で、父親は波止場で働いていた。やつは貪欲《どんよく》に成り上がってきたんだ。執拗《しつよう》で悪どい男で、大勢の人間を思いのままに操っている。友人と呼べる人間はほとんどいない。たいていは彼を憎んでいるか恐れているか、あるいは……その両方だ。女性には人気があるようだが、やつの仕打ちはひどい。レティと付き合っているのは、自分が決して手に入れられない何かを彼女が象徴しているからではないだろうか」

「それは何？」

「品格だよ。悪徳と腐敗がはびこる裏の世界では、彼は並ぶもののいない帝王だ。どんな悪辣《あくらつ》なことも容認される。フェニックス・クラブは酒が飲める賭《と》博《ばく》場で、密会や売春の場でもある。そういった搾取でかなりの利益を上げているようだ。実際、ウエストエンド一帯に散らばるいかがわしいナイトクラブや売春宿からかなりの上がりを得ているんだ」

「あのクラブを訪れたあとでは、そう聞いても驚かないわ」アデリーンは思い出してぞっとした。

「やつは自分の手を汚すようなことはしない。ほかの人間……大勢いる手下を使って暴力をふるう。頭の中で、連中をチェスの駒《こま》のように自由自在に動かすんだ。高利貸しもやっているが、危険はほとんどない。貸した金の担保として、それ以上に高い価値を持つ不動産を召し上げているからだよ。自分の欲しいものは必ず手に入れる。敵対するような人間が出てきたら、決して容赦はしない」

おぞましい話に、アデリーンは見る見る青ざめていった。「そんな男にレティが夢中だなんて」

グラントは彼女を厳しい目で見た。「やつとはどうやって知り合ったんだろう？　知っているか？」

「ええ。ドルリー・レーン劇場だそうよ。ダイアナ・ウェイヴァリーが二人を引き合わせたの」

驚きのあまり、グラントは口もきけなかった。なぜか、ひどくいやな気持ちがした。「ダイアナはカニンガムと知り合いなのか？」

「そうみたい。実はレティとフェニックス・クラブに行ったときにも、あの場にダイアナがいたと思うの。螺旋《らせん》階段を上がっていく女性の姿を見かけたけど、顔まではわからなかった。でも、ホテルで見たダイアナと同じドレスだったわ」アデリーンはグラントをじっと見つめ、裏に隠された感情を読み取ろうとした。「ダイアナと彼の関係を……あなたは知らなかったの？」

「ああ」グラントはダイアナに裏切られた気がしていた。カニンガムのことなどひと言も言っていなかった。むろん、そうする理由もないわけだが。アデリーンに聞かされるまで、グラントはカニンガムの名前など聞いたこともなかったのだ。

「二人が知り合いだったとしても、それはダイアナの問題ね。だけど、彼は骨の髄まで悪党みたい」

「それは間違いない。レティは自立した二十三歳かもしれないが、ジャック・カニンガムほどの男から見れば、人を信じて疑わない世間知らずだ。私はできるかぎりのことをして、二人の関係を終わらせるつもりだ。できれば、やつとは接触せずに」

「それは賢明ね。彼が本当にあなたの話どおりの人間なら、厄介なことになるだけだから。レティがひそかに関係を終わらせるのがいちばんだわ。ジャックを愛するあまり、彼をかばって、あなたに抵抗したりしないことを願うわ。レティは、アイルランドに住んでいる妹さんと似ている？」アデリーンはふいに、グラントのほかのきょうだいのことを知りたくなった。

「アンナのことか？」グラントの表情が明るくなり、口元に笑みが浮かんだ。「いや、まったく違う。アンナは穏やかで利他的な人間で、人の苦労を自分のことのように引き受ける。母は一年半前に彼女とその家族を訪問したきりだ。当然のことながら、クリスマスに妹一家がこちらへやってきて滞在するのを楽しみにしているようだ」

「そうでしょうね。あなたの弟さんもクリスマスには帰国されるのかしら？」

「そのとおり。ローランドは何週間か休暇で戻ってくる。彼は小さいころからずっと、軍人になりたがっていた。インドが大好きで、休暇が終わったらすぐに自分の連隊へ戻るだろう」グラントは立ち上がった。「すっかり長居をしてしまった。ピクニックに出かけるんだろう？　私は、レティが戻ってきたかどうか、スタンフィールド・ハウスへ行って確かめてみよう」

アデリーンは彼と一緒に玄関ホールへ来ると立ち止まって言った。「レティのこと、すべてうまくいくよう、心の底から願っているわ。ジャック・カニンガムのせいで彼女が傷つくようなことがないといいんだけれど」

ひたむきな顔をグラントはじっと見つめた。アデリーンの寛容さや、レティを思う気持ちには頭の下がる思いだ。誘っているようなふっくらとした柔らかな唇、澄みきった瞳が私を惑わせる。なめらかな頬が薔薇色に染まっている。わざとらしさや気取りもなく、内側から光を放つように輝いている。これほど興味深い女性に出会ったのは初めてだ。長い漆黒のまつげがはためき、瞳が伏せられた。私のまなざしに少し当惑しているようだな。

グラントはほほ笑んだ。灰色の瞳には、隠しきれないアデリーンに対する賞賛が浮かんでいた。「私もだ」

「あなたとフェンシングで対戦できて……楽しかったわ」アデリーンは急に胸の鼓動を感じながら、いつもどおりの声を出そうとした。「あなたのような剣の名手と戦えて本当によかった。こんな機会はめったにないから。その……なんとお礼を言ったらいいか」

グラントは物憂げなまなざしをアデリーンの唇に注いだ。「何か方法を考えよう」彼はつぶやいた。

そのとき、ミセス・ケルソールが急ぎ足でやってきた。「どうしたの？　何か問題でも？」

「いいえ、ミス・アデリーン。ピクニック用のバスケットはすべて準備が整いました。ただ、エマが具合が悪くて、ご一緒できないようです」

「あら、それは残念だわ。さっきも頭が痛いと言っていたから。エマのところへ行ってみましょうか」アデリーンはメイドのことを気遣いつつ、グラントのほうを向いて弱々しくほほ笑んだ。「ピクニックはまたの機会に、ということみたい」

グラントの瞳がきらりと光った。「いや、それには及ばない。私に同行させてくれないか？」

灰色の瞳と目が合い、アデリーンは頬が赤くなるのを感じた。「まあ……でも、そんな。あなたに時間を取らせるわけにはいかないわ」

グラントの顔に笑みが広がる。「大丈夫だ。今日は一日、なんの約束もないから」

「でも、ピクニックは嫌いでしょう？」

彼は片方の眉をつり上げた。「なんだって？」

「その……そういうタイプには見えないわ」

「ところが、ピクニックは大好きなんだ」

「本当に？」

「もちろんだとも。ただし、バスケットにワインを一本入れておいてくれ」

「すぐに用意いたしますわ」ミセス・ケルソールは即座に従った。せっかく準備したバスケットが無駄にならずにすんで、ほっとしていたのだ。

「本当に気を使わなくていいのに」アデリーンはなおもグラントに抵抗したが、胸にわき起こる喜びを静めることはできなかった。

「私がそうしたいんだ。よく気がつく付き添い役《シャペロン》を務めるようにするよ。それに……」

「それに、何？」

「食べものを無駄にするのはもったいない」

「でも、レティに会いに行く予定だったんでしょう？」

「あとにする。そのほうが会える確率が高い」

アデリーンは、日に焼けた横顔を探った。グラントの大胆さにはもう慣れっこだ。「あなたの頑固さには恐れ入るわ。本当は、二人きりで出かけてはいけないのだけれど」

グラントはよこしまな笑みを浮かべた。「なぜ？　楽しい外出になるかもしれないのに。アデリーン、私は君と一緒にいるのが好きなんだ。ふるまいに気をつけて、君の機嫌を損ねないようにするから」

アデリーンは疑わしげに彼を見つめた。「まあ、どうなることかしら。いずれにせよ、興味深い午後になりそうね」

「それは私たちしだいだ。さあ、準備をして」

灰色の内部装飾を施されたオズボーン家の幌《ほろ》付き四輪客馬車でグラントと差し向かいに座りながら、アデリーンは奇妙な興奮状態を味わっていた。馬車の幌は下ろしてある。エンバンクメントへ行ってちょうだいと御者に告げながら、何年かぶりのときめきを覚えていた。シャペロン役を務めるこのハンサムな男性には人を引きつけるところがあるわ。私の神経を敏感にさせ、不思議なほど刺激する。

「ひときわ美しく見えるよ、アデリーン。まばゆいほどに輝いている。こうして同行できて光栄だ」

自分によく似合っているのを承知しながら、アデリーンは深緑色のウールのスカートのしわを伸ばした。おそろいの七分丈のぴったりしたコートに、茶色の小さな羽がついた帽子をかぶっていて、趣味のいい贅沢《ぜいたく》な格好だった。

「ロンドンにはしょっちゅう来るから、行ったことのないところはほとんどないわ。エンバンクメント以外に行きたいところはない？」

「今日はすべて君の仰せに従うよ。エンバンクメントで文句はないが」

目的地に到着すると二人は馬車を降り、そよ風を顔に感じながらそぞろ歩いた。初秋の太陽は雲に覆われていたが、十分暖かかった。二人のほかにも散歩を楽しむ人々が行き交い、無蓋《むがい》の馬車に乗った女性たちは最新のファッションを見せびらかしている。飲み物やパイ、甘いお菓子などが路傍で売られ、遠くではブラスバンドが、流行のダンス曲を演奏する手回しオルガンと競い合っていた。

銀色に輝く川では、連なるようにして上流に向かうフェリーや荷船のおかげで水かさが増しているようだった。客を大勢乗せた遊覧船からは楽しそうな笑い声がした。女性の帽子が風に飛ばされて川へ落ち、いっそう陽気な歓声があがる。川岸から見守る人々に手を振る者もあり、アデリーンも笑いながら手を振り返した。

二人は眼前の光景にしばらく心を奪われていたが、やがてチェルシーへ歩いて向かうため馬車に戻った。帰る時間になったら辻《つじ》馬車を拾うことにして、御者にはイートン・プレイスへ戻るよう伝えた。

ピクニックのバスケットを持って腕にラグをかけたグラントは臆《おく》した様子も見せずに、もう一方の腕をアデリーンに差し出した。それと同時に、彼女の手をつかんで自分の肘にかけさせ、断るすきも与えなかった。アデリーンは手を引っ込めようとしたが、いたずら好きな部分が顔をのぞかせた。彼に触れるのが好きなのだ。

川を見下ろす庭園がにぎわうのは夏のそぞろ歩きや音楽会の時期で、秋にはやはり、ぐっと静かになる。さわやかだが冷たくはない風が、木々の枯れかけた葉っぱをなで、地面で木漏れ日が揺れる。アデリーンは、木々の立ち並ぶ小道や晩夏の花が咲く花壇の間をグラントにゆったりと導かれながら歩いた。彼は約束どおり、このうえなく紳士らしいふるまいを続け、この世で唯一の女性に接するように丁重にアデリーンを扱った。

巨木の下の人目につかない場所を見つけると、アデリーンはラグを広げ、グラントは上着を脱いでバスケットからワインを取り出した。すっかり打ち解けながら、二人はたわいのない話をいろいろしたり、冗談を言い合って笑ったりした。アデリーンはその間ずっと、上気した自分の顔に注がれるグラントの熱い視線に気づいていた。まったく申し分のない魅惑的な午後だった。終わってしまうのがとても悲しいと彼女は思った。

グラントは肘枕《ひじまくら》をしてラグに寝そべると、半ば閉じたまぶたの下からアデリーンの横顔をじっと探った。もう何百回となく思ったことだが、あの穏やかな表情の下にどんな感情が渦巻いているのだろう。

「君は不思議な女性だな」彼女の頬にかかるひと房の髪に目をやりながら、グラントはつぶやいた。

無意識のうちに手を伸ばしてその髪を耳にかけた彼の指が、ビロードのような柔らかな肌に触れた。顎先から喉へ、そして鎖骨から喉元のカメオのブローチへと彼が指先を走らせる間、アデリーンは身動きせずに座っていた。

「なんだか急に、君について知っておかなければならないことをすべて知りたくなった。君が何を考えているか、何を感じているのか。私にとって君は、今も謎《なぞ》のままだ」

「親しくなってまだ間もないとはいえ、私のことを何も知らないの？」

「少しは知っている。君は、自分で言うほどお固い令嬢ではない。それに、酔っぱらった紳士とベッドで愛し合うのが好きだ。その行為の結果をちゃんとわかっていたはずなのに。そして――」

「グラント！」くつろいでいたアデリーンはあぜんとし、真っ赤な顔で抗議した。「もうやめて。そうじゃなかったの。わかっているくせに」

「そうかい？　では、私と愛し合ったあの一夜が不満だと？」グラントはバスケットに手を伸ばしてサンドウィッチをつかみ、ゆっくり食べはじめた。

「いいえ……じゃなくて、ええ……。もう、お行儀よくするって約束したのに」

しかしグラントには、これで終わりにするつもりはさらさらなかった。「あんなことを、誰かほかの人間ともしたことがあるのか？」

アデリーンの頬が憤懣《ふんまん》で赤くなった。「いいえ……それはもう、あなたにも言ったはずだわ」

グラントはにやりとした。「そうだったか？　忘れていたようだ、許してくれ」

「私をいたぶるのはやめてもらえない？　その……慎み深さをふと忘れただけだわ」

戸惑うアデリーンの様子にグラントの笑みが広まったかと思うと、とうとう声をあげて笑い出した。

「君に思い出してもらいたいだけだ。赤くなっておろおろし、興奮するさまを見るのがたまらない」

アデリーンは彼をにらみつけた。「私を笑い物にしているのね」

「たしかに」

ずっと怒っているわけにはいかない。どのみち、彼は少しからかっているだけ。アデリーンも大きな声で笑った。

グラントは彼女の横で仰向けになると、組んだ両手を頭の後ろにやって木々の間を見上げた。「もっと声をあげて笑いたまえ。明るくていい笑い声だ」

グラントが目を閉じるとアデリーンは、眉にかかるふさふさとしたつややかな黒っぽい髪や、憂いを帯びたハンサムな顔の傲慢そうでいて凛《りん》とした輪郭に視線を走らせた。そして、自分の隣に横たわるすらりとした筋肉質の体を頭のほうから順に見つめていった。前にもこんなふうに彼は横たわっていた。眠っているときでさえ生々しいほど野性的な魅力を全身から発散させ、私を虜にしてやまなかった。

アデリーンの視線に気づいたのか、グラントは両目を閉じたまま笑みを浮かべた。「君の見ているものが気に入るといいんだが」そして、ため息をもらす。「キスしたいなら、してもいいんだよ」

アデリーンはあっけにとられて両目を見開き、声をたてて笑った。この人はどうしようもない自信家ね。「そんなつもりはまったくないわ」ふざけて、ナプキンでグラントの胸を軽く叩《たた》いた。

雷に撃たれたように彼は頭をもたげた。そして両手を突き出してアデリーンの腕をつかむと引き寄せてラグに押し倒し、その上に身を乗り出した。「君がキスをしてくれないなら、私がしてもいいか？」低く官能的な声でささやく。「このキスが、オークランズでのキスと同じくらいすばらしいか確かめたくはないか？　ナイトガウンを着た美しい幽霊のように、君が私の屋敷をさまよっていたあのときのことだよ」口元はほほ笑んでいたが、半ば閉じた瞳は、ふっくらと誘うようなアデリーンの唇をひたと見据えたままだった。

ビロードのようになめらかな声と魅惑的な銀白色の瞳に魔法をかけられたみたい。アデリーンは不安と興奮の入り交じった気持ちでグラントを見上げた。体の力を抜こうとしたが、二人の間の張りつめた沈黙の前ではとても無理だった。次の瞬間、彼に引き寄せられてラグに組み敷かれたのと同時に、アデリーンは彼から素早く体を離して膝をついた。

グラントは驚いて彼女を見つめた。キスする機会を奪われたのが気に入らない。「今度はなんだ？」

「そろそろ戻らなくては」

「私が我慢できないものがあるとしたら、それは頑固な女性だよ」

「きっと、たいていの女性は喜んであなたの命令に従うのでしょうね」

「そういう女性も中にはいた。私の決定的な魅力も通用しないとは、まったくもって解せないな」

「私には免疫があるのよ」

グラントは両目を細めた。「いや、違う。そう簡単に私から逃れられると思っているのか？」

「逃れる？　不可思議な言葉を使うのね、ミスター・レイトン。私はあなたのとらわれ人？」

「いや。私のほうが君にとらわれている」

アデリーンは笑いながら、バスケットにものをしまいはじめた。「そうだったら、どれほどいいか」

「君は残酷な女性だな、ミス・オズボーン」グラントは立ち上がり、ズボンを軽くはたいた。

「あなたという人間がわかってきたわ」

「というと？」

「簡単になびく女性がお望みなら、時間の無駄よ。もっと簡単な標的がたくさんいるはずだわ」

「そうか？」

「ええ、いつもその気満々の女性が一人、思い浮かぶわ。ダイアナ・ウェイヴァリーは、蝶《ちょう》の標本でも集めるように男性を収集するのね」

「彼女が？」

「あなたも気づいているくせに。ダイアナとは、かなり長いこと一緒に過ごしているようだけど」

「そんな印象を与えたとしたら残念だが、それは違う。君の誤解だ」

「まあ、とんでもない」アデリーンは笑った。「私はあなたという人間をよくわかっているわ。一緒にピクニックに来られたのは楽しかったけれど、それに特別な意味を見いだそうとは思わないから」

グラントは真剣なふりをしてため息をついた。

「私が君に引かれていると信じさせるのは、すごく難しそうだな」

「そんなことないわ。さっきも言ったけど……私はあなたをよくわかっているの。さあ、ラグをたたんで、雨が降り出す前に戻りましょう」

「この木の下で、やむまで待つことだってできる」

「だめよ」

グラントは肩をすくめ、ラグに手を伸ばした。

「君の勝ちだ」

イートン・プレイスに戻ると、グラントはバスケットを持って馬車から降り、玄関の階段を上ったが、去り際にふとある考えが頭に浮かんだ。「ロンドンにいるときも乗馬をするかい？」

「ええ、しょっちゅう」

「朝早くに？」

「乗馬をするにはもってこいの時間だわ」

「まったく同感だ。私は六時にハイド・パークにいる」グラントはもったいぶって片眉を上げながらアデリーンの目を見た。「会ってくれるか？」

そんな早い時間に二人きりで乗馬をしていたら、人々は眉をひそめ、噂《うわさ》をするわ。それはわかってはいたが、アデリーンはまっすぐグラントを見つめてうなずいた。「どこで？」

「パーク・レーンの角で」彼はにっこりした。「楽しみにしているよ」

グラントが行ってしまうと、アデリーンは自分の身に起こったことにひどく戸惑いながら、ほとんど無意識のうちに居間に向かっていた。今日は喜びをわけ合った一日だったけど、グラントに引かれるのは危険だ。私たちの間に起こったことや、彼とダイアナとの密接な関係を思うと、何も報われないような気がする。こんなことはおしまいにしなくては。でも、魅惑的な銀白色の瞳で私を見つめるグラントを思うと、不実な私の心は、ベッドで彼に愛されたすばらしかったあの一夜を思い出し、危険だということを忘れてしまう。アデリーンは自分に言い聞かせた。なんでもないわ。私たちはただ、レティとジャック・カニンガムとの関係が心配で、顔を合わせただけ。グラントはきっと、自分が何をしているかわかっていないのよ。

8

自分が何をしているのか、グラントは百も承知だった。しかも、これで終わりにするつもりなどさらさらなかった。ジャック・カニンガムがあれほどの悪党でなかったら、レティが彼と付き合っているのも歓迎したいくらいだった。彼のおかげで、大手を振ってアデリーンと会うことができる。

スタンフィールド・ハウスに着いたものの、レティは遅くまで戻らないと聞かされると、グラントはホテルに戻って着替えをしてから〈ブードルズ〉へ向かった。友人たちと酒を飲みながら二時間ほど談笑を楽しんだあと、彼は席を辞した。クラブのロビーではウエイターが飛び出してきて、手にしたシルクハットにさっとブラシをかけてから渡してくれた。

「ありがとう、ジョージ」

「お早いお帰りですね、ミスター・レイトン」

「約束があってね」スタンフィールド家を再び訪問するつもりだったのだ。レティがいるといいんだが。

すると、クラブに入ってきたばかりの男性が立ち止まり、グラントをじっと見つめた。名前を聞いてすぐにわかったらしい。「レイトン？」

グラントは彼を冷ややかな目で見た。「いかにも。君は？」

「カニンガム、ジャック・カニンガムだ」男は高価なシガーを吸い込み、あたりに紫煙をくゆらせた。「われわれには共通の知り合いがいるようですな、レディ・ダイアナ・ウェイヴァリーだが」

「たしかに」グラントは無表情のままで答えた。取るに足らない人物を相手にしている、と言わんばかりの態度だ。ジャックより背の高い彼はにこりともせず、手も差し出さなかった。「レディ・ウェイヴァリーと私は知り合いだ。君は、私の妹のレティとも面識があるようだな」

「光栄にも、レティとは……親密な仲で」

グラントは仮面のような無表情になった。「ああ、そう聞いている」

「レティがどこまで話したか知らないが」ジャックは驚くほど冷静に告げた。「私の彼女に対する気持ちには、やましいところなど何もない」

「そう信じたいものだな」

嫌悪感を隠そうともせずにこちらをじっと見つめるグラントの瞳に、ジャックは敵意と不快感を覚えた。口の端にシガーをくわえたまま、ステッキを手のひらに軽く叩《たた》きつける。レティの兄はビロードの襟がついた濃い赤紫色の燕尾《えんび》服にぱりっと白いシャツとストックタイ、紫がかった灰色のズボンという王族のような着こなしをしていた。そして、仕立てのよさや金では与えられない優美さにあふれていた。たとえ粗末な古着を着ていても生まれ育ちのよさがにじみ出てしまう――グラント・レイトンはそういう種類の人間だった。

自分との違いをまざまざと見せつけられた。おれは商才で世を渡ってきた男だ。法の目から見れば、人の道に外れた金を稼いできた。いっぽうレイトンはといえば、桁外《けたはず》れの広大な土地や不動産に立派な馬車を所有し、使用人が大勢いるカントリーハウスに住んで、自前の牧場で育成したすばらしい馬を自分の土地で乗りまわしている。彼の将来には一点の曇りも不安もないのだ。

「まだ知らないといけないので言っておくが、われわれはそのうち隣人同士になる」ジャックは、向き合っている男のよそよそしさや、かろうじて表に現さずにいる侮蔑《ぶべつ》などものともせずに告げた。

グラントは関心無さげに眉をあげた。「ほう?」

「オークランズにとても近い屋敷を買おうと思っているんだ……ウエストウッド・ホールをね」

グラントはとたんに関心を持ったが、警戒は緩めなかった。「ダイアナが屋敷を売るつもりだと?」

ジャックはうなずいたが、なかば閉じた瞳の奥には勝ち誇ったような光があった。借金のために近づいてきたダイアナの財政状態を知って彼は、返済は不可能だと確信した。そして、ウエストウッド・ホールの獲得を視野に入れ、彼女に求められるがままにふんだんに金を貸してやった。これだけ寛大に接してやったんだ、いつかは借りを返してもらう。どうやら、そのときがきたようだ。

イーストエンドの貧民街から抜け出して以来ずっと、ジャックは莫大《ばくだい》な財産と権威が欲しくてたまらなかった。どんなことをしても手に入れると誓ったものの一つが、大きなカントリーハウスとそれに伴う生活だった。上品で尊敬を集める若いレティと結婚して子供が生まれれば、おれの社交界での地位は万全になる。

「レイトン、ここだけの話だが、ダイアナは危機的な状況にある。彼女への融資に対して銀行が担保権を行使したが、金貸し業者もこぞってそれに倣った。借金を精算する術《すべ》のない彼女は、屋敷を手放すよりほかにないんだ。田舎に住むのが楽しみだよ。私が引っ越したら、ぜひ遊びにきてくれ」

「取り引きはもう終わったのか?」

「いや。まだだが、ほぼ決まりさ。必要な書類を作成してあるし、あと数日の間にダイアナが署名することになっている」

「なるほど。約束があるのでこれで失礼するが、一つ言っておきたいことがある」グラントはジャックの目を正面から見据えた。「君と妹との付き合いは終わりだ。もう二度と会うな」

「私が従わなかったら?」

「後悔することになるだろう」

「私が？　とんでもない、レイトン。口出ししたのを後悔するのは君のほうだぞ」ジャックは歪《ゆが》んだ笑みを浮かべた。「私を敵にまわす人間はよほど肝が座っているか、ひどい愚か者かのどちらかだ」

グラントもほほ笑み返した。硬い表情だが、ひそかに何か情報をつかんでいるという顔つきをしていた。

その表情を見て何やら気づいたのか、ジャックの顔つきがかすかに変わった。レイトンの目には計り知れない何かがある。ふいに、ジャックは不安を覚えた。「興味深いな。いったい、私の何を知っていると言うんだ？」

「いろいろだ。レティと付き合っていると聞き、すべて調べ上げた。君という人間、人柄が気に入らない。君の心づもり……いや、言い分と言うべきかもしれないが、いずれにせよ、妹に結婚を申し込むつもりなら無駄だ。絶対にありえないよ」

そう言うと、グラントはクラブをあとにした。厄介なことになった。ひと目見るなり、ジャック・カニンガムには反感を覚えた。想像に違《たが》わず、ぞっとするような輩《やから》だ。すぐさまレティに会って、交際をやめろと言えたら、少しは気も楽になるのに。だが、まずはダイアナと話をしなければ。彼女はいったい、何をするつもりなんだ？

「あることで助言を仰ぎたいの」その夜、レティがアデリーンを訪問した。

玄関ホールでのレティは動揺して不安げだったが、居間のガス灯の明かりで見ると、その印象がますます強まった。青白くやつれきった姿に、アデリーンはいやな予感がした。もしや、話し相手が欲しいのかしら。そう思ったアデリーンはすぐに現実に立ち返り、口を開いた。

「レティ」ソファで横に座らせた彼女の顔を見ながら言った。「あなたが欲しいのは助言だけじゃない。助けが必要だわ。私にできることを言ってちょうだい。なんでもいいから。こんな状態のあなたを見るのは忍びないわ」

レティはどうしようもなく取り乱していた。もう気持ちは定まっているのに、それをアデリーンに相談したいと思う自分にも腹が立つ。でも、こんな苦しい状況の中では誰かと一緒にいたい。レティは小さいがはっきりした声で話しはじめた。「これから言うことはきっと、あなたには衝撃的だと思う。あることが起こったのよ。あなたの常識で、私はどうしたらいいのか教えて。テムズ川に身を投げろと言われても、私は従うから」

「それでは解決にならないわ」アデリーンは落ち着きとさりげなさを保とうとした。「なんなのか話してちょうだい」

レティは懸命に涙をこらえたが、今にも泣きそうな顔だった。「とてもおぞましい話なの。先に警告しておくわ。もう二度と口もききたくないと言われるかもしれない」

アデリーンにはすでにわかっていた。ジャックにかかわることなのね。レティの額には不安そうなしわが刻まれ、悲しげな顔をしている。「ばかなことを言わないで、大げさね。もちろん、二度と会いたくなくなるなんてことはないわ。さあ、なんなのか教えて。あなたの手助けをさせてちょうだい」

顔面蒼白《そうはく》のレティはアデリーンの両手を固く握り締めてつぶやいた。「私……妊娠したの。ジャックの赤ちゃんがおなかにいるのよ」

アデリーンは呆然《ぼうぜん》と彼女を見つめた。レティの手を握って座ったまま、憶測と衝撃で真っ白になった頭にどうにか落ち着きを取り戻そうとした。一瞬、レくだらない冗談を言われているのかと思ったが、ティの瞳は真剣そのものだった。

「そう」このとんでもない状況に対処するには細心の注意が必要だわ。アデリーンは慎重に言葉を継いだ。「いつ、わかったの？」

「数週間前から……そうじゃないかと思っていたの」レティは不安そうにささやいた。

「間違いないの？」

レティはうなずいた。大きい雨粒のような涙が頬を伝う。「お医者さまが今朝……間違いないって。あなたしかいないのよ、アデリーン。こんなこと、ほかの人には相談できない。あなただけなの」

「ジャックはどうしたの？ 彼には話した？」

レティはうなずいた。「ええ、喜んでいたわ」

苦々しげな口調にアデリーンは戸惑った。「父親になると告げられたら、喜んで当然でしょう。でも、それだけじゃないのね？ でなければ、あなたがこれほど動揺するわけがないもの。ジャックは……あなたを傷つけようとしたの？ 何か言われたのね？ 結婚の……申し込みは？」

レティはアデリーンをにらんだ。「もちろん、ジャックは私と結婚したがっているわ、あのろくでなし！ でも、あいつとは絶対に結婚しないわ。たしかに最初は楽しかったけど、あのころは彼がどういう人間なのか知らずにいた。すべてを知ってしまった今となっては、もうかかわりたくないわ。彼は私を支配し、思いどおりに動かしたがっている……私を自分の所有物にしようとしているのよ」

「でも、そんなに考えが変わるなんて、いったいジャックに何をされたの？」

レティはむせび泣いた。「いろいろよ。お金に対する貪欲《どんよく》さや金儲《かねもう》けの手段……彼は犯罪に手を染めているの。あんな男とはかかわりたくない。ほかにも、それとは無関係だけれど、もっとひどいことがあるの」

アデリーンは感づいた。「フェニックス・クラブの外で話しかけてきた女性と、何か関係が？」

レティはこくりとうなずいた。「ええ」かろうじて聞き取れるほど小さな声でささやく。「あの人はジャックの妹よ。あれからまた、会ったわ。いろんな話を聞いたけど、ここではとても話せない。本当に……おぞましくて……残酷でむごい話なの。ジャックとは縁を切りたい。あんな男の子供なんていらないわ」レティは顔を両手で覆って泣き出した。

「ああ、アデリーン、どうにかしなくては。このままではだめよ。ジャックの血を引く子供を産むなんて耐えられない。それなら、私が命を絶つわ」

アデリーンは愕然《がくぜん》としながら、無言でレティを見つめた。レティの話は、温室で守られるようにして育った頭では理解できないほど衝撃的だった。アデリーンは哀れなほど身を震わせているレティの体を強く引き寄せると、彼女がすっかり泣き疲れるまで抱き締めていた。

おぞましい話だけど、最後まで続けなければならない。そう決意するようにレティはアデリーンから体を離すと、両手で顔を覆った。「友達がいるの――処置してくれるお医者さまを知っているって。ちゃんとした資格のある開業医よ。きっと、安全だわ。裏通りで行われる、非合法の残忍な中絶手術ではないから、たぶん大丈夫」

そんなのだめよ。あまりの恐ろしさに理解できなかった。恐怖に襲われたアデリーンは手を伸ばしてレティの腕をつかむと、自分のほうを向かせた。友を不憫《ふびん》に思う同情の涙で自分の頬が濡《ぬ》れているのも気づかなかった。「レティ、あなたは大事な友達よ。私の話をよく聞いて」レティの瞳に映る痛みは、見ていて怖いほどだった。「そんなことはしないと約束して。ひどく……間違っているわ。それに……死ぬかもしれない。私があなたを助けるわ。誓って助けてあげるから、堕胎はだめ。ああ、レティ、そんなの考えられない」

「いやよ」レティは激しく反応した。「そんなふうには考えられないの。私の中で育っているのは怪物よ。素手でおなかから引き出したいぐらいだわ」自暴自棄になりながら部屋の中を見まわし、何か身ぶりをした。「薬物があれば……キニーネとか水銀とか……口から飲める何かがありさえすれば」

「だめよ、レティ。そんなものはないし……いずれにせよ、私が許さないわ」

レティはうなだれた。「どうやってお母さまに話せばいいの？　どんなふうに思われる？　ねえ、グラントはなんと思うかしら？　私、お兄さまに殺されるわ。自分が恥ずかしい。もう、死んでしまいたい」つぶやくように彼女は言った。

「レティ！　そんなことを言ってはだめ。お願いよ。この状況を乗りきる手立てがきっと見つかるから。私が協力する。こうなってしまった以上、最後までしっかりしなくては」

「そんなことができるかどうか」

「できるわよ、レティ。怖がらないで。さあ」アデリーンは立ち上がった。「今夜はここに泊まっていくほうがいいと思うの。ミセス・ケルソールに部屋を用意させるわ。レディ・スタンフィールドが心配なさらないよう、使いをやるから」

レティも素早く立ち上がった。「いいえ、戻らなくては。外に馬車を待たせてあるの」そう言って弱々しい笑顔でアデリーンを見つめた。「心配しないで。あなたに話したら、少し気分もよくなったから。頭痛がすると言って早めに休むわ」アデリーンの瞳を見ながらレティは思った。これほど衝撃的で信じがたい話を聞かせたあとだというのに、なぜこれほど温かく誠実な目を向けてくれるの？「こんな重荷を負わせてごめんなさい。私のこと嫌いになった？」

「嫌いになる、ですって？」アデリーンは涙でびしょ濡れのレティの頬に手をやり、慰めた。「そんなふうに考えてはだめよ。絶対にだめ。私たちの友情は変わらないわ。あなたがジャックに受けた仕打ちを聞いても、なんら揺らぐことはないのよ。どうすべきか、一緒に考えましょう」

アデリーンはレティの手を取りながら、誰もいない玄関ホールまで送った。両腕を体にまわして抱き締め、頬にそっとキスをした。「明日の朝、会いに来て。軽率なことはしないと約束してくれるわね」

「ええ」レティはかすれた声で答えた。「この話は誰にもしないで。あなたを信用しているわ」

レティの置かれた状況のおぞましさを思うと、アデリーンの気分はますます暗くなった。友を気遣うあまり眠れず、気もそぞろだった。ジャック・カニンガムと付き合っていると聞いただけでもショックだったのに。これほど重大な状況になるなんて、どう対処したらいいのかわからない。

レティは私を信頼して、ここへ来てくれた。だから、グラントにはこの話はできない。どうにかしてレティを支え、助けていこう。家族に話すかどうかは、彼女が決めることだわ。心構えができたと思ったときにそうすればいい。でも、たった二日間でジャックに対する気持ちが百八十度変わるとは、レティの身にいったい何が起こったのかしら？

馬に乗ってハイド・パークへギャロップで駆けていくと、ようやく太陽が顔を出した。どんよりと雲に覆われた空は今にも雨が降り出しそうだったが、アデリーンの気分まで変えることはできなかった。パーク・レーンの角に着くと、グラントの姿を見つけてわくわくした。彼は体高のある鹿毛《かげ》の去勢馬に乗り、筋肉質の腿で脇腹《わきばら》をしっかり押さえながら待っていた。

アデリーンは、瞳と同じ緑色をしたビロードの乗馬服に身を包んでいた。豊かな髪をまとめ、ドレスとおそろいの小粋《こいき》な帽子をかぶっている。馬に乗って近づいてくる姿を見つめながらグラントは、今やおなじみとなった鼓動の高まりを感じた。片鞍《かたくら》で乗っているのを見ても驚きはしなかった。スカートの下の膝丈《ブリーチズ》のズボンも見えない。ロンドンにいる間はアデリーンも、ブリーチズをはいて女だてらに馬にまたがって噂《うわさ》になるより、慣習に従うべきだと考えたのだろう。鹿毛がそわそわと動いたのを感じて、グラントは手綱を握る手に力を込めた。

ついてきた馬番に待つよう伝えると、アデリーンはグラントのところへやってきた。彼は帽子はかぶらず、型通りのフロックコートに明るい色のズボン、鞣革《なめしがわ》の乗馬ブーツといったいでたちだ。彼のまなざしはどきっとするほど情熱的だった。

「おはよう」グラントは挨拶《あいさつ》の言葉を口にしたが、アデリーンの青白く緊張した表情や目の下の隈《くま》に気づいて眉根を寄せ、探るように目を見つめた。「変わりはないか?」

「ええ、すべて順調よ」彼女は無理に笑みを作ったが、探るようなグラントのまなざしから目をそらした。「ちょっと疲れているだけ。よく眠れなくて」

「では、乗馬で頭をすっきりさせるといい」

「そうね」言葉を交わす気にはなれず、アデリーンは公園のほうを指差した。「行きましょうか?」

「ロットン・ロウへ行こう。あそこは思いきり馬を走らせることができるよう整備されている」

誰もいない公園の柔らかな緑の芝生に、二人は馬で乗り入れた。

「お父上は、ロンドンにいらっしゃるときは乗馬をされるのか?」沈黙を破ろうと、グラントが尋ねた。

「いいえ。乗馬には関心がないみたい」

「娘とは大違いだな。これほど長い間君がロンドンにいるのを彼が許しているとは、驚きだ」

「私もそう思う。いつもは甘いことはおっしゃらないのに。ロンドンへ誘うレティの手紙が届いたとき、あっさり許してくださったからびっくりしたわ」

「もしかしたら、私の母をローズヒルに何日か招待なさっているからかもしれない」

アデリーンはぽかんとしてグラントを見た。「そうなの？　いつ？」

「今だよ」

「まあ！　全然知らなかったわ。でも、なんだか変ね。お客さまがあるときはいつだって、準備のために私を必要とするのに」

「それは有能な家政婦が完璧《かんぺき》にやってくれると思うよ。たぶん、母と二人きりで過ごしたかったんじゃないかな」

アデリーンは鋭い視線をグラントに投げかけた。

「あなたは気にしていないの？　オークランズでは、二人が親しくなりすぎるのには賛成できないと言っていたようだけど」

「気が変わったんだよ。母の幸せがいちばん大事だ」

ロットン・ロウの乗馬道に着くと二人は、ぐいと頭を上げて走る馬を思う存分に駆けさせた。ずしりと重い蹄《ひづめ》の音を感じながら肩を並べて走り、聖ジョージ病院やウェリントン公の銅像を木立の間に置き去りにしていく。空には目覚めた小鳥たちがさえずっていたが、走るのに夢中の二人は気づく暇もなかった。アデリーンは気分がうきうきしてきた。熱い血が全身を駆け巡り、胸がときめき、肌がぞくぞくする。レティの置かれた状況を思って重苦しかった心が、一瞬、ぱっと晴れた。グラントの言うとおりだわ。乗馬こそ、今の私に必要なものだ。

グラントは馬に軽く鞭《むち》を当てて足取りを速めると、

いっきにアデリーンを数馬身離した。振り返る彼は髪も乱れ、フロックコートの裾《すそ》が後ろにたなびいている。曲げた両腕が上下するさまは鳥の翼のようだ。グラントが笑いかけると、アデリーンも声をあげて笑い返した。薔薇《ばら》色の頬に白い歯が輝いた。

「すぐに追いつくわ、今に見ていなさい」

「何を賭《か》ける？　キスを一回？」

アデリーンの頬の赤みが深まったが、面白がるようなグラントの口調につい挑戦を受けてしまった。

「ええ、いいわ」

だが、キスが待っているとあっては、グラントは手加減はしなかった。馬車道の端の近くまで行ってようやく手綱を緩め、一馬身差をつけて勝利した。

負けたわ、報いを受けなければ。アデリーンは速度を落とし、彼が待っているところまで行った。

アデリーンが唇を差し出してくれるという期待に、グラントは彼女から目を離せずにいた。乗馬を終えた頬は繊細なピンク色をしている。あの唇に触れたら、きっと肌を流れる熱い血潮が感じられるはずだ。

「私の勝ちだ」グラントは高らかに告げた。

「公平な競争とは言えないわ。私に挑戦したとき、あなたはずいぶん先を走っていたから」

「これほどお粗末な言い訳は聞いたことがないな。賭《かけ》を反故《ほご》にするのか？」

「いいえ」アデリーンは用心深い目で彼を見た。

「それを聞いて安心した」後ろを振り返って木立を見つめたグラントはよこしまな笑みを浮かべると、目を細めて再びアデリーンを見た。「さあ、約束を守ってもらおう。ついてきてくれ。褒美をもらうのに、ロンドンじゅうの人に見られたくはないからね」

人目につかない木立に到着した。逃げ場所はないと観念したアデリーンは、胸をどきどきさせながら、馬を彼のほうへ寄せた。挨拶程度のキスを頬に許すつもりだったが、グラント・レイトンともあろう男性がそんなもので満足するはずもなかった。

上体を傾けてくる彼を、アデリーンはおずおずと迎え入れた。今にも顔が触れそうになったところで、グラントは彼女の瞳を見据えた。顎にそっと指を添え、視線を唇へと移す。ゆっくりと顔を近づけ唇を重ねた。アデリーンが受け入れてくれたのを確信すると、彼は最大限の巧みさで唇を味わい尽くした。

グラントの馬がわずかに動いたせいで二人は離れざるをえなくなり、キスはそこで終わった。アデリーンは彼の顔をじっと見た。険しい表情だ。やっとのことで欲望を抑えつけているのがわかる。前にも見たことがなかった？　アデリーンは激しいキスに意識を失いそうになりながら、欲望にくすぶるグラントの瞳が自分の唇から瞳へ、そしてまた唇へと移るのを見つめた。固く引き結ばれた口元に笑みが浮かび、彼は体を離した。

「あのままキスを続けていたら、私は君を引きずり下ろして藪《やぶ》の中へ連れていき、愛を交わしていただろう。君と最初に会ったときからずっとそうしたかった。私が覚えていないものを再確認するために。もっと味わいたいが、無理強いするつもりはないし、今はまずい。そろそろ公園にも人がやってきて、われわれの姿を見られてしまう。アデリーン、君をもっと強く、長い間抱き締めていたい。だが、今は馬車道をのんびり走って戻り、馬番に君を引き渡すことにしよう」

「レティとはいつ話をするの？」アデリーンはやましい思いが映る瞳を見られないようグラントの目を避けながら、あえて尋ねた。

「ホテルへ戻って朝食をとったら、彼女がまた会合へ出かけてしまう前にスタンフィールド邸を訪問するつもりだ」

その日の午前中、レティはイートン・プレイスには来なかった。ひどく心配になったアデリーンはグラントとの話し合いがどうなったのか気になり、アッパー・ベルグレーヴ・ストリートへ行ってみたが、レティは病気の友人を訪問していて夕方まで帰ってこないとレディ・スタンフィールドに告げられた。グラントが妹に会いにやってこなかったかと尋ねたアデリーンは、いいえという答えに落胆し、怒りさえ覚えた。

間近に迫ったマージョリーの婚約パーティーの準備がいろいろ進んでいた。アデリーンは彼女と話してからイートン・プレイスへ戻ったが、やはり、レティの姿が見えないせいで落ち着かなかった。まるで、噴火口の上に座っているみたい。何かが起こるのをはらはらしながら待っているような感じだわ。

夜の九時過ぎ、レティは辻《つじ》馬車に乗ってイートン・プレイスに現れた。ミセス・ケルソールがドアを開け、アデリーンは玄関ホールで彼女を迎えた。

レティはその場に立ったまま、アデリーンを見つめていた。ぞっとするほど青白い顔……まるで死人のようだわ。落ちくぼんだ瞳はどんより曇った日の海の色だ。一瞬の後、これ以上は恥ずかしくて顔を向けていられない、というようにレティが目をそらした。

その瞬間、アデリーンは彼女のしたことを悟った。恐ろしさのあまり、心の中で何かが揺らいだ。知らなかった、最悪の事態が起こったのね？　吐き気がしてくる。ああ、神さま、どうしよう。レティは何をされたの？　友を思う気持ちに押され、アデリーンはレティに近づいた。

「レティ」つぶやきながら冷たく震える手を取り、彼女の腕を自分の肩にまわした。

そして、どうしたらよいかとうろうろしながらこちらをうかがっている家政婦に目をやった。「ミセス・ケルソール、このとおり、ミス・レイトンは具合が悪いの。彼女のために部屋を用意してくれない？　そして、レディ・スタンフィールドのところへ使いをやって、今夜はここへ泊まらせるとお知らせして。でも、心配はいらないと言い添えてね。お茶をいれてもらえるかしら。私たちは居間にいるから」そう言ってレティのほうを向く。「さあ、居間で暖炉のそばに座りましょう。ミセス・ケルソールがお部屋を準備してくれたら、私が二階へ運んであげる」

レティの動きはぎこちなかった。アデリーンにされるがままに居間へ連れていかれて暖炉近くの椅子に座ると、彼女は激しく震えはじめた。お茶道具ののったトレイをメイドから受け取ると、アデリーンは熱いお茶を入れたカップをレティの凍える唇にそっと運んだ。しかし、レティは首を横に振って押しのけた。アデリーンはそばにひざまずき、膝にだらりと垂れた手を取った。

「レティ、お願いだから話してちょうだい。何をしてきたのかわかるわ……私は怒っていないわよ。ただ、心配なの。痛みはあるの？」

あふれそうな涙をこらえながら、レティはうなずいた。返事をしようと唇を動かしたが、アデリーンには聞き取れなかった。

「何？」近くに寄る。「なんて言ったの？」

「赤ちゃんが……」絞り出すような声だった。

同情に押しつぶされそうになるのを必死でこらえながら、アデリーンは大きく息を吸って続けた。

「本当に残念だわ、レティ、こんな手段を取らなければならなかったなんて」両目いっぱいに涙をため、レティの手を握ってやることしかできなかった。

「どうか許して、アデリーン」

「私に許しを請う必要はないのよ。大丈夫、なんとかなるから。心配しないで。でも、ひどく具合が悪そうだわ。お医者さまに診てもらわなくては」

レティはひどく取り乱し、信じられないほど強くアデリーンの手を握った。「いやよ……お願い……やめて」痛々しい声でつぶやく。「処置をしたのは医者なの。もう、これ以上はいや。やめて、耐えられない。もう終わった……すんだことなのよ。やっと、やっと終わったのよ」

ドアが開いてミセス・ケルソールが現れた。「お部屋の準備ができました、ミス・アデリーン。暖炉の火もおこしてあります」

「ありがとう。レティは私が連れていくわ」

「何か……お手伝いできることはありませんか？」

「大丈夫、一人で平気よ」

アデリーンはなんとかレティを二階へ連れていって寝室へ入ると、エマとともに服を脱がせ、自分の刺繍《ししゅう》入りのキャンブリック地のナイトガウンを着せてやった。レティは子供のようになすがままにされていた。アデリーンが髪からピンを外し、濡らしたスポンジで顔を拭《ふ》いてからベッドに寝かしつけてやると、彼女はすぐさまこちらに背を向けた。そして目を閉じて膝を抱え、さめざめと泣き出した。

あとは大丈夫と言ってエマを下がらせると、アデリーンはベッドのそばに座り、静かに祈りを捧《ささ》げた。レティが無事に回復しますように。彼女は息づかいも荒く、肌には玉のような汗を浮かべていた。

夜の間にレティの痛みは悪化したらしく、暑そうに寝具をはぐようになった。アデリーンは水を浸した布を絞って額にのせてやった。数時間もすると、今度はがたがた震えながら首を左右に振り、意味もなくうめき声をあげはじめた。両手の指がベッドカバーの端をぐいと引っ張っている。

いても立ってもいられなくなったアデリーンはグラントに助けを求めた。メッセージを使用人にもたせてチャリング・クロス・ホテルへ馬車を走らせ、すぐに来てほしいと頼んだのだ。レティが知ったら怒られるのは承知で、医者の手配も彼に頼んだ。

革の鞄《かばん》を持った男性を連れてすぐに駆けつけたグラントは、アデリーンの白い顔に激しい苦悩が浮かんでいるのに気づいた。じっと見つめられ、彼の心が緊張でぴんと張りつめた。

居間のドアが閉まると、グラントは口を開いた。「アデリーン、大丈夫か?」彼女の顎の下にそっと指を添え、自分のほうを向かせる。腕の中に抱き締めたくなるのを抑えるのが精いっぱいだった。愛らしい表情は消え、瞳が激しくおびえている。「どうしたというんだ? 話しておくれ」

「ああ、グラント……レティのことなの」

アデリーンはありのままの真実を告げるしかなかった。レティのしたことを手短に話したが、子供を堕胎する決断は彼女が一人で下したということだけは、彼には言えなかった。

グラントは信じられない思いで、無言のままアデリーンの一言一句に聞き入った。生まれてこのかた、どんな事態にも呆然となったことなど一度もなかった。緊張や重荷を強いられるほどに、それをばねにしてきた。だが、このときばかりは、話が理解できないという顔でアデリーンを見つめることしかできなかった。唇を真一文字に結んだ険しい表情が浮かんでいる。彼はやっとのことで怒りを抑えていた。

アデリーンは、話し終えると気を静めるように大きく息を吸い、グラントが口を開くのを待った。

こんな試練を一人でくぐり抜けなければならなかったレティのことを思うと、グラントの心は痛みと怒りに焼き尽くされそうだった。「レティがカニンガムと付き合っていることを君から聞いていたが、私が言えば、妹は交際をやめると思っていた。こんなことになろうとは」グラントは後ろにいた中年の男性を振り返った。深い懸念を表すように、顔にしわが刻まれている。

「アデリーン、こちらはドクター・ハワード・レノックス、私の友人だ。レティを診てくれる。大丈夫、口の堅さは信用していい」

ドクター・レノックスは冷静な声でそっけなく言った。「グラント、患者の個人的な健康問題をぺらぺらしゃべるようなことはしないよ。友人の前でも絶対にね。ミス・オズボーン、こんな形ではありますが、お力になれて光栄です。ミス・レイトンのところへ案内していただけますか？　こういう場合にできることはかぎられるが、とりあえず診てみましょう」そして、グラントに目を向けた。「診察が終わるまで、君はここで待っていてくれ」

一人残されたグラントは一瞬、心を落ち着けようとした。だが、レティがジャック・カニンガムの手にかかり、彼の雇った医者によって命を脅かされるような非合法の中絶手術を受けるはめになったことを思うと、とても耐えられなかった。無理強いされたのでなければ、レティがこんなことをするはずがない。怒りや憎しみ、悔しさ、妹に対する愛情、そして彼女を救ってやれなかったという思いで魂がえぐられそうになり、激しい怒りに大声で叫びたかった。誰かを殴りたい、殺してやりたい。願わくば、その相手はジャック・カニンガムであってほしい。だが、レティに会う前に、まず自分の心を落ち着けなければ。

ようやくレティが静かに眠ったので、エマを起こして看病を頼むとアデリーンはドクター・レノックスとともに居間へ戻り、二人にブランデーを注《つ》いで出した。

「レティの具合は？」グラントは尋ねたが、やっとのことで現実とつながっているような気分だった。

ドクター・レノックスは頭を左右に振り、ブランデーをいっきに飲み干した。アデリーンにもう一杯すすめられたが、彼は首を振って断った。「きわめて重篤だと言わざるをえない」

「死ぬなんていや」アデリーンはつぶやいた。

「取り乱してはいけませんよ、ミス・オズボーン。命があるかぎり、希望はあります」ドクター・レノックスがグラントを見た。「感染症を起こしていて、高熱がある。しかもひどいショック状態だ。しかし、彼女は君の妹だ。きっと乗り越えてくれる」

「ああ、そうであることを祈ろう」険しかったグラントの表情が和らぎ、明らかにほっとしたようだった。

「できるだけ子細に診察したつもりだ。堕胎の処置を行ったのが医者だと聞いて、少し安心したよ」ドクター・レノックスは言葉を続けた。「そう珍しい話ではないが……べらぼうに金がかかるからね」

「カニンガムにはまったく問題ないはずだ」グラントは低くうなった。「レティに処置をした医者はおそらく、彼に借りがあったに違いない。違法な行為に手を染めるよりほかに選択肢がなかったのさ」

「それはどうかな、グラント。医師が行う堕胎は合法だ。君はカニンガムの素性を調べてみたのか？」

グラントはうなずいた。「下は物乞《ものご》いから上は専門知識を持った弁護士まで、カニンガムは自分に借りのある人間を序列化し、思いのままに支配している。ひと言つぶやけば、実現不可能なことなどほとんどない。レティに関しては、どうすればいい？」

「しばらくの間は絶対安静だ」

「それは大丈夫よ」アデリーンは間髪入れずに答えたが、レティがこんな状況になったのはジャック・カニンガムのせいだとグラントが勘違いしていることにうろたえていた。だけど、ドクター・レノックスが帰るまでは待たなければ。「必要なだけここを使ってちょうだい。私が看病します」

グラントは感謝を込めたまなざしを送った。「ありがとう、アデリーン。それほど長くならないといいのだが」

「レティは追いつめられて自暴自棄になったのだろう。将来を悲観し、あんなことをしたに違いない」ドクター・レノックスが言った。「回復には時間がかかる。それに、自分のしたことを受け入れて生活を立て直すには、辛抱とちゃんとした理解力が必要だ」彼は診察鞄を持ってドアのほうへ歩くと、振り返ってグラントを見た。「君はまもなく、ロンドンを離れて欧州へ行くんだろう？」

「ああ……実は一週間後に」

「取り引きの話か？」

グラントはくたびれた様子で肩をすくめた。「ほかに何がある？　数週間、留守にする予定だよ」

「明朝、もう一度レティを診察しよう。だが、それまでに何かあったら、遠慮なく呼び出してくれ」

9

ドクター・レノックスが去ると、アデリーンはグラントのそばに行った。彼は暖炉の炉格子に脚をのせ、険しい表情で残り火を見つめていた。ポケットから右手を出して髪に指を突っ込むと、上着の下で筋肉がぴくりと動いた。櫛目《くしめ》も鮮やかな髪を指で梳《す》くと、巻き毛がくるりと丸まるのがわかった。

「二階へ行って、レティの様子をご覧になる？」

グラントは不安のあふれる瞳で振り向き、うなずいた。「ああ、そうしよう」

アデリーンが部屋のドアを開けると、エマはベッドのそばの腰掛けから立ち上がって静かに出ていった。彼女もほかの使用人同様、ミス・アデリーンの友人に大変なことが起こったことを知っていた。ミス・レイトンの到着した直後に、兄のミスター・レイトンが医師を伴って駆けつける騒ぎになったのだから、気づかないわけがない。アデリーンは何も言わずにいたが、使用人たちは好奇心でうずうずしていた。しかし、エマはこの家の令嬢より世慣れていたので、レティの着替えを手伝ったときに、何があったのか気づいていた。

グラントはベッドへ近づいた。縮こまっている姿は以前の妹のようには見えなかったが、枕《まくら》に広がる髪や丸みを帯びた頬の線が陽気な笑顔を思い出させた。瞳はぎゅっと閉じられ、まつげが頬に影を落としていた。

グラントは体を屈《かが》め、頬に触れた。「なぜこんなことに？　私のせいだ。なんとしてでも彼女に会うべきだったのに」

〝今さらそれを言ってもしかたがないわ〟アデリーンは心の中でつぶやいた。あなたがそうしていたら、こんな悲劇は防げたかもしれない。「もう、起きてしまったことは取り消せない。ドクター・レノックスがアヘンチンキをのませたわ。レティは少し眠らなければ。エマに看病を頼んで、私と交代でそばについていてもらうわ。私もどうせ眠れないから」アデリーンはグラントを見た。「あなたも泊まっていく？」

「ぜひ、そうさせてくれ」

「では、部屋を準備させましょう」

「その必要はないよ。とても眠る気になれないから」

「じゃあ、一緒にレティを見守りましょうか」

エマにもう少し看病を頼み、二人は居間へ戻った。グラントは無言で両手をズボンのポケットに突っ込んで立ったまま、厳しい目で暖炉の残り火を見つめた。マントルピースの上の金時計が時を刻む音を聞き、勢いを取り戻した炎が揺らめくさまを眺める。

腕にそっと手が触れるまで、グラントはアデリーンがそばに来たことすら気づかなかった。振り向くと、彼女の瞳には不安と苦悩が映っていた。

「今夜ここへ来たとき、レティは君に何か言っていたかい？」

「いいえ。そんな状態ではなかったから。これからどうするの？」アデリーンは静かに尋ねた。

「私は実業の世界に入って以来ずっと、黒を白と言いくるめようとする男たちをこの目で見てきた。カニンガムがどれほど悪辣《あくらつ》でずる賢い人間だとしても、妹を傷つけるなど断じて許さない」

「報復を考えている、ということ？」

「そのとおり。あの悪党が人殺し同然のことを見逃してもらえると思っているなら、大間違いだ」

「だめよ」アデリーンはつぶやいた。「レティに聞いたけど、こうすると決めたのは彼女なの。ジャックは赤ちゃんを欲しがっていた。おそらく、彼女が何をしたのかジャックは知らないと思うわ」

グラントは疑うような顔になった。「なんだって。レティがみずから子供を殺したというのか？」

「ええ。ジャックが彼女に何かをして、大変なことが起こったせいだとは思うけど、レティはいきなり彼を憎み、嫌うようになったのよ。あまりの激しさに、見ていて愕然《がくぜん》としたわ」

「妹に指一本でも上げたのなら、やつを殺してやる。とにかく、私はそのつもりだ」

「待って、グラント。報復は傷つけられたプライドの埋め合わせにしかならない。拳銃《けんじゅう》で対決するなんてしないで。たしかにレティだってそんなことは望んでいないわ。赤ちゃんを堕胎する処置をしたのは医師で、レティを妊娠させたのはジャックだけれど、それ以外に、彼女をこんなひどい状況に陥れた人物は一人しかいない」

グラントは緊張で肩をこわばらせたまま、ゆっくり振り返ってアデリーンを見つめた。「それは誰だ?」

「レティ自身よ」銀白色の瞳がぱっと燃え上がるのを見てアデリーンは口をつぐんだが、断固たる調子で言葉を継いだ。「彼女は自分の意思でジャックと付き合っていた。一緒にいて楽しく、魅力的な人物だと思っていた。最初から彼に引かれていたのよ――本人からそう聞いたわ。理屈じゃなく、どうしようもなかったんだわ」

グラントの瞳がぎらぎら光った。「あの卑劣なろくでなしをこのまま見逃せと言うのか?」

激しい怒りと冷酷さを目の当たりにしながらも、アデリーンは勇気をふるい起こした。「そうよ。「表沙汰《ざた》にする前に、事情やなりゆきをよくよく調べたほうがいいわ」

「君には事の重大さがわかっていないようだな。これは社交界で繰り広げられるお遊びじゃない。レティの幸せがかかっているんだ。カニンガムに遠慮する必要などどこにもない」

「それは関係ないわ。大事なのは、この件を、レティが永遠に貶《おとし》められるようなスキャンダルに発展させないことよ」グラントの視線に骨の髄まで怖くなったが、アデリーンはひるまなかった。「ドクター・レノックスによれば、レティが死ぬことはない」そしてグラントの顔を見上げた。「打撃を受けたのは彼女の心と体よ」

「だが、私には見過ごすことはできない。レティの兄として、何もしないわけにはいかない」

「お母さまやほかの方々に何を話すのか、それはあなたしだいよ。でも、今のレティにはあなたが必要なの。これからしばらくの間、彼女には私たちの力が必要なのよ」

グラントも納得したようにうなずいた。「では、何もするまい……少なくともレティが危機を脱するまでは。よからぬ噂《うわさ》が広まらないほうがいいからな。だが、一つだけはっきりしている。今後、カニンガムがレティの行方を捜す必要はない」

「でも、彼は必ずそうするわ。まだレティのおなかに赤ちゃんがいると思っている……彼の子供なのよ。ジャックはなんらかの要求をしてくるかも」

グラントは目を細め、アデリーンを不思議そうに見つめた。「なぜ、そんなに詳しく知っているんだ？　さっき君は、レティは話せるような状態ではなかったと……」彼はその瞬間、アデリーンの言葉の重大さにようやく思いいたった。顔から血の気が引いていく。非難のまなざしで彼女を憎々しげに見据えた。「これはレティが決めたことだ、とも言ったな？　彼女がここに着いたとき、少しは会話があったわけだ……いや、少しどころではなく」

罪の意識に苛《さいな》まれるアデリーンの表情をグラントのまなざしが探った。疑惑がやがて怒りに変わり、まさに憤怒《ふんぬ》の表情になるのを、アデリーンは苦悩とともに見つめた。

彼を凝視しながら困惑するアデリーンの様子を見て、グラントの怒りがさらに募った。「お願い、説明させて」

「知っていたんだな？　レティが妊娠しているのを君は前から知っていた」グラントの腹の奥でどす黒い怒りが膨らんだ。「レティが回復したら真実を聞き出すが……それまで黙っているつもりなのか？」

「だって、レティがそう望んだから。あのときはそれがいちばんいいと思って」

「なんだと？　いつから君は、レティにとって何がいちばんいいか決められるほど偉くなったんだ？　君は知っていた。たっぷり一時間も一緒にいたのに、何も話してくれなかった。これほど重要なことを黙っている権利など、君にはないはずだ」

「たしかに知っていたわ……でも、何もしないとレティが約束したから」アデリーンもつい自分を弁護した。そして冷静さを保とうと、抑えた声で言葉を続けた。「ジャックと付き合っていると告白されてからの二日間は辛《つら》かった。いえ、本当に大変だったわ。レティがいきなり思いきった手段は取らないと約束してくれたから、私はそれを信じたのよ」

「だが、子供を始末することは話していたんだろう？」

「ええ、でも――」

「わからないのか？」グラントは非難がましく声を荒らげた。「少しでも知っていたら、レティを止められた。こんな状況にはならずにすんだはずだ」

「そうは思わないわ。今となってみれば、レティは私に会いに来たときすでに、計画を強行するつもりでいたのよ」

「本当にそう思っているのか？　私はそうは思わないよ。カニンガムに無理強いされたのでなければ、レティがこんな恐ろしいことをするはずはない」

アデリーンは怒りを爆発させたくなる気持ちを必死に抑えつけた。突っかかるように詰問してくるグラントに我慢ならない。自分だけ被害者みたいなふりをするのはやめてちょうだい。

「少なくともレティは無事よ。きっと回復するとドクター・レノックスもおっしゃった。そのことに感謝しましょう」

「たしかにそうだが、君のおかげではない」グラントはにべもなく言い放った。

アデリーンは冷や水を頭から浴びせられたような気がした。「ずいぶんひどいことを言うのね。でも、こうなったのは私のせいじゃないわ」

「それは一目瞭然《りょうぜん》だ」

理不尽な責め言葉に頬を真っ赤に染め、アデリーンもグラントに負けず劣らず怒りを爆発させた。

「レティがここに来たのは、信頼できる誰かに打ち明けたかったからよ。でも、私はホテルにあなたを訪ねて相談し、彼女の信頼を裏切ったから、それを繰り返すことはできなかった」アデリーンはきっと顔を上げた。「レティが勝手に堕胎をしないよう、できるだけのことをしたわ。なのにあなたは、私が秘密にしていたと一方的になじるのね。乗馬を終えて今朝別れたときは、レティに会って話すというあなたの言葉を信じていた。それなら、彼女が自分で打ち明けるかもしれないと思ったのよ。だけど、あなたにはほかにもっと重要な問題があったようね」

「そんなつもりではなかった。だが、ホテルに戻ったとき、ダイ――」グラントは急に口をつぐんだ。その名前を聞くと必ずアデリーンが不機嫌になるのがわかっていたからだ。

アデリーンは背筋をぴんと伸ばし、したりげな顔でグラントを見つめてうなずいた。「ダイアナ・ウエイヴァリーが現れたから？」嘲《あざけ》るような声だった。「説明しなくても結構よ、私には興味はないから。レティの問題よりもダイアナとの情事が優先されるなら、私には無関係のはずだわ」

「なんということを……ダイアナと密会などしていない」グラントは冷たく言い放った。

「あら、そう？　いかにもそう見えたけど……いずれにせよ、あなたの言葉なんて信じない。どう過ごそうと、ご自由になさって。でも、あの女のせいで私はさんざんな目に遭ったの。彼女の名前はもう、二度と私の前で口にしないでほしいわ。私がどれほどレティの状況を重く受け止めていたか、これでわかったでしょう？　あなたを信じていたのに……本当にばかみたい」

「それでも、私に黙っている権利など君にはなかったはずだ」

アデリーンはゆっくり相手に近づくと、鋭いまなざしで見据えた。「よくも私をなじるようなことが言えるわね？　良心の痛みを和らげるために責任転嫁するとは、あきれたものだわ。面倒な状況から逃れるにはもってこいの方法ですものね……この意気地なし。あなたがそんなことをするとは思わなかったわ」

グラントも優位を保とうと、冷ややかな瞳で言い放った。「いい加減にしろ。レイトン家の問題に首を突っ込むとは何さまのつもりだ？」

「レティの友達よ」アデリーンはすげなく答えた。「余計な首を突っ込んでいると思われているようだから言わせてもらうけれど、あなたたち一家の問題ではひどく迷惑をこうむったわ」

「ならば、明朝いちばんでレティを引き取らせてもらおう」

「そうね」アデリーンは怒りに燃える目でうなずいた。「レティの身に起こったことはあなたが一人で心配すればいいわ。どうすべきかはお任せします。でも、必要と思われることはなんでもすればいい。ドクター・レノックスの助言にそむくことになるわよ。彼女がここにいる間は私が看病しますけど、それに対して何か異論でもある？」

二人は無言のままにらみ合った。激しい感情がぶつかり合う。

「いや、感謝する」ぶっきらぼうに言った。

「それはどうも」アデリーンはできるだけ毅然《きぜん》と答えた。「今のあなたは私を侮辱するだけだし、明日以降は私の助けも必要ないようだから、もう帰ったら？　目を覚ましたレティがこんな状態のあなたを見たら、気が動転するだけだわ」

「そうだな。泊まると言ったのは取り消そう。レティをちゃんと看病してくれるのはよくわかった」グラントはドアに向かったが、ふとアデリーンのほうに向き直った。瞳には深い怒りがにじんでいる。

「どんな犠牲を払うことになろうとも、カニンガムのしたことをほうっておくわけにはいかない。やつのずる賢さを見くびっているわけではないが、あまりに理不尽な仕打ちだ。考え直すことはない……いや、ますます決意は固くなるばかりだよ。では、失礼する。何かあったら、ホテルまで連絡をくれ」

出ていくグラントをアデリーンは見送った。心のこもった挨拶《あいさつ》の言葉も口にせず、そっけなくうなずいてドアを閉めていくのね。たった今起こったことに深く傷つきながら、彼女は閉ざされたドアを呆然《ぼうぜん》と見つめた。あの人は残忍すぎる。レティがこうなったのは私のせいじゃないけれど、グラントには信じてもらえない。フェンシングや乗馬をともにして、二人の間に穏やかな感情が芽生えはじめたというのに、いきなり吹いてきた寒風にしおれてしまった。

馬の走り比べに勝った印に交わしたキスも、なんの意味もなかったの？　グラントはただ、ささやかな欲望を満たしたかっただけ？　アデリーンの中に再び怒りがわいてきた。過去の強引ないきさつを気にもとめずに私を誘う強情な男性に、これほどやすやすと身を任せてしまう自分に腹が立つわ。

アデリーンは背筋をぴんと伸ばしたまま、エマのところへ行って看病を交替した。私だって、冷たく強情になってやる。どれほど私を傷つけたか、グラントにはわかっていないわ。あんな扱いは二度と許さない。ベッド脇《わき》の椅子に座り、眠っているレティを見ながら彼女は誓った。世間知らずで愚かなアデリーン。抱き締めて甘い言葉をささやいてくれた初めての男に身も心も捧《ささ》げてしまうなんて。もっと賢明にならなくちゃだめよ。無垢《むく》な自分が消えてしまったのを嘆く心の中の声を無視しながら、アデリーンは自分に言い聞かせた。

翌朝、メイドにレティの看病を任せると、疲れて機嫌も悪かったアデリーンは庭へ行き、新鮮な空気を吸っていた。そこへグラントが現れた。ツィードのスーツ姿はひどくハンサムに見えた。

彼はテラスであたりを見まわし、アデリーンを捜した。ピンクと白の薔薇《ばら》が競うように咲く高い格子垣を背に立つ彼女を見つけると、グラントはいつもの自然で優美な足取りで近づいてきた。

両手を前で組んで身じろぎせぬまま、アデリーンは待ち受けた。この男性と出会って以来ずっと、彼に引かれるのは圧倒的な外見のよさと強烈な男らしさのせいだと自分に言い聞かせてきた。不思議に魅了されてしまうのは、彼が私の中に激しい欲望を引き起こすからだ、と。

でも、それだけではなかった。そうした欲望はほんの氷山の一角だ。底知れぬ深みにあるもっと危険なもの、しかも揺るぎない感情が二人を否応《いやおう》なく結びつけているのだ。グラントに抵抗などできるはずがない。でも、心の平安を保つためには、彼を受け入れてはいけないのよ。

「やっと見つけた」グラントはアデリーンの腕を取って木のベンチへ引っ張っていった。そして、温かな賞賛のまなざしで見つめた。目の下に隈《くま》があるものの、スカイブルーのハイネックのドレスを着たアデリーンはさわやかで美しかった。

清潔な男らしさを漂わせる香りに五感を激しく刺激され、アデリーンは思わず屈しそうになった。腕に触れる彼の手が恋しかった、彼の唇を唇で受け止めたい。肌がくすぐられ、全身が熱く燃えるようだ。でも、この男性には二度と自制心を破られまいと誓ったはずよ。ダイアナ・ウェイヴァリーの狡猾《こうかつ》で無礼な笑みや、ゆうべグラントに投げつけられた残酷な言葉が高い壁となって立ちふさがっていた。

アデリーンはほほ笑んだ。「見つかってしまったわ。レティの様子を見た？」

「ああ。ミセス・ケルソールが許可してくれた。眠っていたが、少し持ち直したようだ」

「そうね。ドクター・レノックスがまもなく見えるわ。レティを連れて帰るつもりなら、診察が終わるまで待っていてもらえる？」

「アデリーン、安静にしているのがレティにとっていちばんなら、このままいさせてやってくれ。彼女はこれ以上ないほど手厚い看護を受けているし」

「ゆうべもそう言ったはずよ。レティは必要なだけこの屋敷にいてもらって構わない、と」

「ありがとう。ゆうべは一晩じゅう、自分の愚かさを呪《のろ》っていた。無礼なふるまいを恥じている、謝罪するよ。残酷で思いやりもない態度は鞭《むち》で打たれてしかるべきだ。君を深く傷つけてしまったはずだが、決してそんなつもりではなかった。今日はレティの見舞いだけではなく、君と仲直りしようと思ってやってきたんだ」

「恥ずかしい？」アデリーンは、とりつく島がないようでいながら明るい声で言った。「恥じることなどあなたには何もないはずよ。ゆうべ言った言葉を取り消すには少し遅すぎるのではないかしら？」

「アデリーン、お願いだ」グラントは小声で早口に言った。「私が軽卒だった。君が怒るのも無理はない。レティのしでかしたことに驚いてしまって……もし知っていたら、それを防げたかもしれないと思うと――」

「私がレティの信頼を裏切り、あなたに告げていれば、ということ？　そう言いたいのね？」

「いや、もう言い争いたくはない。ゆうべ、医者を連れてすぐに来てほしいという知らせを受けたときは最悪の事態を予想した。怒りがわいてきたのは、気が緩んだせいと、レティを裏切ってしまったという気持ちのせいなんだ」

それに、レティの話を聞くはずの時間をダイアナのために使ってしまったという後悔や罪悪感、怒りのせいよ。アデリーンは心の中でそう言い添えた。

「レティがそんなふうに考えるとは思えないわ」アデリーンは立ち上がり、屋敷の中へ戻ろうとした。

こわばった背中で毅然と前を向く彼女を見ながら、グラントはあとを追いかけて揺さぶりたくなった。彼女はわざとそう言っているだけだ。本当は温かく情熱的なアデリーンがいるはずだ。ただ、その扉を開く鍵《かぎ》を私が見失ってしまった。一時的なものであってほしいが……。不穏当な非難の言葉や侮辱をぶつけたせいで、深く愛するようになった女性を取りすました女性に変えてしまったのだ。

グラントは立ち上がってあとを追い、彼女の腕を取って振り向かせた。「アデリーン、本当にすまなかった。君が許すと言ってくれるまで、私は不幸なままだ」そう言ってちょっと笑いかけ、公園で見せてくれたように笑い返してくれるのを期待した。

だが、曇ったままの瞳でアデリーンはつれなく答えた。「安心して」冷淡な笑顔で言う。「ゆうべの記憶はひどくあやふやで、何を言われたかも覚えていないの。謝罪する必要などないし、もう、この話は二度としないで。さあ、中へ入ってドクター・レノックスがいらっしゃるのを待ちましょう」

一日たつとようやくレティの熱も落ち着き、悪夢のような世界から戻ってきた。

一日二回往診したドクター・レノックスも、順調な回復を見せていると言った。グラントは毎日見舞いに来た。レティは兄の姿を見ると涙ぐみ、自分のしでかしたことを知られたのを深く恥じた。怒り狂う兄の厳しい叱責《しっせき》を覚悟したが、グラントは非難することもなく、妹を両腕で抱き締めてやった。それを見てアデリーンは安堵《あんど》した。

グラントはスタンフィールド卿《きょう》夫妻を訪ね、レティは風邪をこじらせたので、しばらくイートン・プレイスでアデリーンに面倒を見てもらうと説明した。夫妻は見舞いを申し出たが、レティが訪問客に耐えられるまで回復したらお知らせする、と言うにとどめた。

最悪の状況を脱すると、レティは急速に回復していった。もとが丈夫な体質なのも幸いした。三日もするとベッドを出て窓際の椅子に座れるようになり、四日目には一階へ下りて庭に出るまでになった。だが、顔はやつれ、瞳は何かにとりつかれたようだった。何が原因でジャック・カニンガムを忌み嫌うようになったのかはまだ話してくれなかったが、アデリーンも無理に聞き出すようなことはしなかった。心の準備ができたらきっと、自分から話してくれるはずだわ。

その日、レティは居間に座っていた。透き通るほど白い顔をして、肩には毛皮を羽織っている。その隣ではアデリーンが彼女の手を握っていた。今は二人きりだが、そのうちレディ・スタンフィールドとマージョリーが来ることになっていた。グラントも様子を見にやってくると言う。

「お客さまを迎えるのは億劫《おっくう》じゃない？」

レティはアデリーンをじっと見た。いやだと言える立場にないことを自覚し、あきらめたような瞳だ。

「いいえ、二人に会うのが待ち遠しい。でも、こんな状態でスタンフィールド・ハウスに戻り、大勢の視線の中で根掘り葉掘り質問されるのは無理だわ。二、三日したら、ニューヒル・ロッジへ……お母さまのところへ戻ります。ロンドンから、ジャックから遠く離れたところへ行かなくては」

「それがいいわ。グラントは三日後にフランスへ出発するから同行できないけど、エマについていってもらうわね」

くすんだ瞳に涙をいっぱいためて友を見つめるレ

ティの顔には、まぎれもない苦悩や悲痛な叫びが刻み込まれていた。「あなたはなんて親切な人なの。エマが来てくれたら、本当に助かるわ。彼女は私がしたことを知っているのに、批判するような目で見ないでいてくれる。そうされても当然なのに」

「エマは信頼できるわ、口も堅いし」

「本当によくしてくれてありがとう。私にはこんなにしてもらう資格もないのに。お母さまには……すべて打ち明けようと思うの。どうすればいいかはわからないけれど、絶対にそうするわ。お母さまに隠し事はできない。理解してくれるのを祈るばかりよ。こんな事態を招いたのはすべて、私の見栄やわがまま、ふしだらな行為のせいね。本当に自分が恥ずかしいわ」レティはつぶやいた。「私のしたことは間違っていた……不届き極まりないという人もいるでしょうね。正しいことをしたつもりだったけれど……手足をもがれたような気がする」

「ジャックのことは？」

レティは心の痛みに瞳を曇らせたまま、顔をそむけた。「二度と会いたくない。彼を憎むわ。時が傷を癒《いや》してくれると言うけれど、本当にそうかしら」

最初にやってきたのはグラントだった。居間に入ってきて妹を優しく抱き締めると、アデリーンに目を向けたが、冷たくうなずくだけの彼女を見て表情を曇らせた。ひどく冷静で一緒にいてもよそよそしい。いつもすげなく拒絶されるが、アデリーンほど魅力的で、すぐにでも欲しくなる女性はいない。いきいきとして美しく、愛すべき存在だ。彼女を絶対に振り向かせてみせる。

レディ・スタンフィールドとマージョリーの来訪は夏のそよ風のようで、この屋敷にずっと欠けていた爽快《そうかい》さと生命力を吹き込んでくれた。二人は具合の悪かったレティを気遣い、回復してきたのを心の底から喜んだ。

二日後の婚約披露パーティーのことでのぼせ上がっていたマージョリーは、出席できないというレティの言葉に落胆した。とてもその気にはなれないというのが実際のところだったが、それを知っていたアデリーンも、あえて翻意を促そうとはしなかった。

打ちひしがれたマージョリーはため息とともにアデリーンを見つめた。「でも、あなたは来てくれるわよね？　だめよ。少なくとも一人は、私の友達が出席してくれないと」

「もちろん行くわよ」すばやくレティが請け合う。

「私のせいで欠席する必要はないもの」

何か企《たくら》んでいるような表情を浮かべたレティは、昔の姿を取り戻したようだった。そして、腕組みをしながら所在なげに窓にもたれている兄に視線を走らせた。グラントとアデリーンを結びつけようと決めたことを思い出し、レティはひそかにほほ笑んだ。

「アデリーンの付き添い《シャペロン》はグラントがすべきだと思うの。だって、少なくとも一人はレイトン家を代表してお祝いに行くべきだわ。お母さまはすぐにはロンドンに来られないし。そうなると、必然的にグラントしかいないのよ」無邪気な表情で兄を見る。

「その夜は、ほかに約束はないんでしょう？」

レティの言葉に、名前を出された二人はぎょっとした。アデリーンはちらっとグラントを見た。この機会に便乗するつもりね。彼は物憂げな笑みを浮かべ、よからぬ思いに瞳を輝かせていた。

「延期できない約束は何一つないね。喜んで、アデリーンに付き添うよ」

即座に受け入れるグラントに、全員が視線を向けた。アデリーンは呆然と彼を見つめた。笑顔がちょっといつもと違うのが気になるわ。彼女は何か言おうとしたが口をつぐんだ。

「まあ、それはすてきだわ」マージョリーはうれしそうな声をあげる。

「本当に」レディ・スタンフィールドも同調した。「ありがたいけどシャペロンは必要ないわ、グラント」アデリーンは復讐《ふくしゅう》に燃える目で見つめた。

「いや、必要だ」落ち着きのない彼女を面白そうに眺めながら、グラントはあっさり答えた。

「そうよ、絶対に必要よ」レティが声を合わせる。

「グラントにもぜひ来てほしいわ」マージョリーも加勢した。

アデリーンは全員の顔を順に見た。グラントは面白がるように無言で私を見つめているけれど、腹立たしいほどの傲慢《ごうまん》さが見え隠れしている。壁にゆったりもたれかかる態度も気に入らないわ。

アデリーンの顔がこわばり、すうっと細めた緑の瞳に険悪な光が宿るのにグラントは気づいた。「黙っているのは、承諾してくれた印かな？」誰もが賛成している中ではとても、ノーとは言えまい。すっかり承知したうえで彼女に質問する。

「二人で一緒に現れたら、噂を呼ぶのではないかしら？」

ゆったりとした笑みでグラントは答えた。「パーティーが開かれるのはスタンフィールド卿夫妻の邸宅だ。誰も慣例にとらわれない屋敷だよ。それに、君が人の目を気にするとは思わなかったな。私たちは二人とも、今までにそういったしきたりを破ってきたはずだが」

これ以上議論を続けたら、みんなの好奇心を呼んでしまう。アデリーンはグラントをにらみつけるだけにした。こんなに腹の立つ男性は今までいなかった。彼がどういう人間かはわかっている。私をなびかせるためならなんでもするつもりね。でも、追いかけられる立場としては、できるだけ厄介な状況にしてやるから。

グラントがさっさと海峡を越えてフランスへ行ってくれたらいいのに。

夕方近くに玄関のベルが鳴った。応対したミセス・ケルソールは二階へ上がり、アデリーンに告げた。ミスター・カニンガムという方が、ミス・レイトンに面会を求めていらっしゃいます、と。

アデリーンは化粧台の前から立ち上がるとスカートのしわを伸ばし、無意識のうちに髪がまとまっているかどうか確認してから、家政婦に近づいた。

「居間にお通しして。どんな用件か、私が確かめるわ。ミス・レイトンには黙っていて」

ジャック・カニンガムはくつろいだ様子で居間の真ん中に立っていた。しゃれた服装には一分のすきもなく、贅沢《ぜいたく》さを漂わせている。隅々まで紳士に見えるけど、中身は大違いよ。アデリーンは距離を取りながらも、嫌悪感を抑えきれなかった。押し入るようにやってきたのも気に入らない。面会が短時間ですむよう、彼に椅子を勧めることさえしなかった。

アデリーンは冷静さを取り繕った。「ミスター・カニンガム。イートン・プレイスへはなんのご用かしら？」

「会ってくれて感謝する。レティに会いたいんだ。ここにいるのはわかっている。彼女と話がある」

「残念ながら、彼女はあなたに話などないようよ。さっさとお帰りになって」

冷淡なアデリーンに驚いたジャックは理由を考えつつ、顔をこわばらせた。「帰れと？　レティに会うまではだめだ。私を怖がらないでほしい」

「怖がってなんかいないわ」

「そうかね、ミス・オズボーン。これほど敵意をむきだしにされるとは思わなかったな。わけがわからない。まるで、私がレティを傷つけたような口ぶりだが、そんなことはない。保証するよ」

「そうかしら？　あなたと付き合ったせいで彼女は……ひどく傷ついたわ」レティが何をしたか、それは彼女自身がジャックに話すべきだ。私の役目ではない。「今すぐ出ていって」ジャックに対する軽蔑《けいべつ》の念に眉がつり上がり、口元が歪《ゆが》む。「ここではあなたは歓迎されざる存在なの」

ジャックは怪訝《けげん》そうに目を細めた。「レティは具合が悪いのか？　なぜ知らせてくれなかった？」

「なぜ、あなたに知らせなければならないの？」

「すでに君も承知だと思うが、レティは私の子供を妊娠している。具合が悪いなら、私に知らせてしかるべきだ。彼女にはどうしても会わせてもらう」ジャックは焦《じ》れたように言い募った。「それまでここを動かないよ。さあ、彼女を連れてきてくれ」

「おまえにそんな権利はない」戸口から低い声が聞こえてきた。ぱっと振り向くと、グラントが立っていた。彼はつかつかとジャックのほうに向かった。

「この蛆虫《うじむし》め」両手が拳《こぶし》に握られている。「ミス・オズボーンの屋敷にいきなり現れて大声をあげれば、怖がった彼女が言いなりになるとでも思っているのか？　妹には会わせない。私が許さない」

ジャックは少しも動じずにほくそ笑んだ。「なんらやましいところのない用件だよ。誰か、私がここにいることをレティに知らせてくれないか」

「カニンガム、その汚い手で再びレティに触れたら、地獄に突き落としてやる」

「彼女とはまっとうな将来を考えているのに？」

「まっとうだと！」グラントの声は敵意に満ちていた。「おまえは堕落した商売に対して法的制裁を負うべきだが、それだけでなく、どうしようもない下衆《げす》野郎だったとは。だが、それはもうどうでもいい。まっとうな将来を口にするなら、自分の行動がどんな結果を招くか十分に考えてからにしろ」

「いったいなんの話だ、レイトン？」

「お願い、やめて。自分でけりをつけるわ」

静かな声がグラントの罵声《ばせい》を遮った。三人がいっせいに振り向くと、戸口にレティが立っていた。ジャックはすぐさま機嫌取りをするようにお辞儀をし、魅力たっぷりの笑みを浮かべた。蠅《はえ》一匹殺せない善良な人間だとでも言わんばかりだ。

レモン色のドレスを着たレティはいつものように櫛《くし》で梳《す》いた髪をまとめていた。彼女は部屋に入ってくると、ジャックを正面から見据えた。その顔は真っ青で、氷のように冷たい瞳がぎらぎらしている。

「よくここへ来られたものね。私がここにいると、どうやって知ったの？」

「それほど難しくはなかった。君に会うには招待状が必要なのかい、レティ？　ほんの二、三分でいいから、二人きりで話せないか」

「彼女はどこへも行かないぞ、カニンガム。おまえと一緒ならなおさらだ」グラントが語気を強めた。

「おまえは私の妹を傷物にした。このまま、おまえの情婦として関係を続けるつもりか」

グラントの言葉にアデリーンはひるんだ。レティが傷ついてしまうわ。

こわばった顔つきにぎらぎらした瞳で、レティは背筋をぴんと伸ばした。「兄の言うとおりよ。もう、話すことはないわ、ジャック。出ていって」

「レティ」ジャックは両手を広げ、せがむような声を出した。「戻ってきておくれ。二人ですばらしい――」

「いいえ、もう終わったの。あなたには二度と会いたくない。死ぬまでずっと」

「なあ、レティ。しごくまっとうで紳士にふさわしい行動をとろうと言っているんだ。結婚してほしい……私の妻になってほしいんだ」

「妻ですって！」怒りのあまり、レティの喉に熱いものが込み上げた。「あなたの言うまっとうというのは、人とはまったく違う意味を持つようね。既婚者のくせに、奥さんのことはどうするつもり？」

　アデリーンとグラントは驚くべき事実を聞いて呆然と立ちすくんだ。レティはジャックを見据えたまま、息をのんで続けた。「もう、お忘れかしら？」

　ふいをつかれたジャックはひと言も発せず、長いことレティを見ていたが、一瞬にしてその表情が変わった。顔じゅうがくしゃくしゃになり、洗練された男らしさの化けの皮がいっきにはがれた。レティはそのとき初めて、彼の卑しさや強情さを知った。

「そう、彼には奥さんがいるの。名前はモリーよ」怒りを込めてレティは言葉を続けた。「この十年間は精神病棟に閉じ込められたままよ。それも、三度目の死産を経験したあとに。子供を産めない妻に業を煮やし、彼女は死んだと周囲には思わせて追い払った。そうよね、ジャック？　死産のショックと自由を失ったことで、彼女は精神を病んでしまったの。あなたには否定できないはずよ」

　レティを見つめるジャックの顔は今は無表情だった。こめかみにどす黒い血管が浮かび上がる。妻のことを思うと、ぞっとするような冷たいものが背筋を走った。「なぜ、それを？」

「私にも耳があるのよ。彼女にも会ってきた。間違いなく、この世の地獄だったわ。女性運動の活動でいろいろなところを見てきたけれど、まったく違っていた。恐怖、避けられない死、尊厳を奪われた無力さ。よくも、自分の妻にあんなことを」

　レティを見据えたジャックの瞳は、この世から消し去ったはずの女性に対する嫌悪感でいっぱいだった。「妻なんかじゃない。あんな女、三度も死産をしたときに死ねばよかったんだ。そうすれば、おれも厄介払いができた。病院に追いやった瞬間、彼女はおれの妻ではなくなったんだ。おれにとっては、死産した子供たちと同じで、もうこの世にはいない存在なんだよ」

「奥さんは……ちゃんと生きているのよ。あなたが否定しても、法がそう認めているわ。なんて見下げた人なの。自分の妻がまだ生きていると知りながら、重婚の罪を犯そうとしていたなんて。どうして、ジャック？　なぜこんなことができるの？　彼女を不憫《ふびん》だとは思わないの？　奥さんは病気なのよ」レティにはこの男の冷酷さが信じられなかった。

「ああ……日ごとに正気を失い、暴力的になっていく病だ」

「彼女が正気を失ったのは、あなたが追いつめたからよ。それに、あんなところに押し込めて。それほどまでして子供を持つことに執着するのは奇妙だわ」レティは冷たく言い放った。「娼館《しょうかん》の客を満足させようと、その手で幼い犠牲者を大勢生み出しているくせに。あなたにはうんざりだわ」

「もうやめろ」ジャックは目をぎらぎらさせて怒鳴った。「黙れ！」じっと見据える瞳の中で怒りが増幅されていく。

グラントが一歩前に出た。「レティはここで自由に意見を表明する権利がある。もっとも、おまえの下劣な商売の内容を、彼女が私ほど詳しく知っているかどうかはわからないが。人目をはばかる裏家業を営むおまえには、まともで尊敬に値する社会の一員になる資格はない」

たった今聞いたことの恐ろしい意味を知ったアデリーンは、恐怖と嫌悪感に襲われていた。この邪悪な男を見ていると、息がつまりそうだ。驚きのあまり何も反応できず、彼女は立ちすくんだままだった。

「どうやって金を稼ぐかはおれの自由だ、レイトン。それに、レティやおなかの中の子供も。子供はおれのもの。おれには父親としての権利がある」

「赤ちゃんはもういないわよ、ジャック。だから、そんな戯《ざ》れ言《ごと》はやめて」レティは勝ち誇ったような視線を投げた。「私にはいらなかった。あなたにまつわるものなど何一つ欲しくないわ」

ジャックは眉根を寄せた。「赤ん坊はいない？」
次の瞬間、彼はその意味を悟った。心がずたずたに
なったのを隠しきれないようだ。全身がこわばった
かと思うと右手がぴくぴくしはじめ、顎がぶるぶる
震えた。「君は病気だったと聞いた。流産したの
か？」
「いいえ。あなたの極悪さを知り、そんな残忍な男
の子供がおなかにいるのが耐えられなくなったの」
大きな衝撃と悲しみがジャックの瞳に浮かんだ。
怒り以外の感情が初めて見えたが、それはすぐに消
え去った。「なんということだ！　堕胎したのか」
完全な沈黙が一瞬続いたあと、自分が聞いたことの
意味を本当に理解したジャックは真っ青になった。
「私たちの子供だと承知のうえで葬ったんだな」
レティは両腕で自分の体を抱き締めてうなずいた。
「ええ……そうよ。誇れることではないけれど、自
分で決めて、そうしたの。私にとっては正しい選択
だわ。あなたの子供を産むなんて、とても耐えられ
なかった」
「このあばずれ！」
真っ青な顔をこわばらせ、レティは眉を少し上げ
た。「そうかしら？」そして肩をすくめた。「なんと
でも言えばいいわ。さあ、もう行って……ここから
出ていって。あなたを見ていると気分が悪くなる。
もう二度と会いたくない、これが最後通告よ」
ジャックはぞっとするほど恐ろしい表情をしてい
た。歯をむきだし、体を震わせている。憎しみに燃
える目で彼はグラントをにらんだ。「たいしたもの
だ、レイトン。おまえはおれの私生活をほじくり返
し、求めていたものを手に入れたわけだ。だが、こ
のままですむとは思うなよ」
何か反論するかと思ったが、グラントは居間のド
アまで歩いていって、そこで言った。「妹の言葉を
聞いたはずだ。出ていけ。間接的にでもレティに会

おうとしたら、おまえの卑しい商売の真相を町じゅうに広めてやる。今は倫理主義者と警察が協力してロンドンの一掃大作戦に血眼《ちまなこ》になっているから、警察の徹底的な捜査がいずれ入るだろう。おまえが今まで処罰を逃れ、商いの場に捜査の手が入らなかったのが不思議なくらいだ」

「警官がみな誠実とはかぎらないぞ、レイトン」

「だからといって、賄賂《わいろ》をつかませればすむ話ではない。警察は事実上、清廉潔白な組織で、各人が自らの任務に誇りを持っている。賄賂に転ぶやつもいるだろうが、おまえを捕まえるためなら、私はなんでもするからな」

「くそ」ジャックは張りつめたような声を出した。「ただじゃおかないぞ」そして、レティにさっと視線を走らせた。「おまえもだ」

これほどの憎悪の表情をアデリーンが見たのは初めてだった。むきだしで生々しく、恐怖を覚えるほど激しいグラントへの憎悪。でも、なぜだろう？　それは、明らかにジャックのほうが劣った人間だからだ。

「自分の身がかわいいなら、復讐など忘れることだ。残りの人生を塀の向こうで過ごしたくはないだろう？　カニンガム、おまえは人間の屑《くず》だ」

冷静で落ち着いた声にジャックは言い返す言葉もなかった。グラントは揺るぎないまなざしで彼をにらんだ。二人の間にはもう、うわべを取り繕う必要などなかった。

「もう一つつけ加えておく。レティと結婚し、ウエストウッド・ホールを買うことで社会的地位を手に入れるつもりなら、無駄だ。運が向いてきたのか、ダイアナは借金を返済した。あの屋敷はおまえのものにはならない。さあ、出ていけ」

ジャック・カニンガムは無言でイースト・プレイスをあとにした。

やつの姿を目にするのはこれが最後であってほしいが、そうはならないかもしれないな。グラントは思った。カニンガムは、なんの報復もせずにただ黙って姿を消すような男ではない。レティのしたことを暴露する可能性もある。そんなことになったら、スキャンダルがレティを破滅させる。

居間のドアが閉まると、グラントは妹のところへ行った。胸の悪くなるような話に衝撃を受けている。アデリーンはベルを鳴らしてお茶を運ばせた。彼女にとっても今の話はすべて衝撃的だったが、思いがけず、ジャックにも同情を覚えた。子供を失ったと聞いて、彼はショックを受けていたわ。

「レティ、病院へは一人で行ったの？」

「いいえ、アリスと一緒に」

「アリス？」

「ジャックの妹……フェニックス・クラブの外で会ったあの女性よ。彼女はモリーが気になって、できるだけのことをしていたの」

「では、慈善団体がやっている診療所の話はすべてでたらめ？」

「ええ、ごめんなさい。アリスが何を求めているか、あのときは私にも理解できず……あまりにも深刻で人には言えなかったの。あとでアリスと会って、ジャックが妻をどうやって捨てたか、自分がのし上がっていく過程で家族と絶縁していった様子を聞いたのよ。さっきはアリスを守るため、彼女に聞いたことはジャックには黙っていたけど。気の毒なアリス、モリーの生活を少しでも楽にしようと、ジャックにお金を出してもらおうと何度か会いに行ったのに、家族の面倒など見ないと拒絶されたの」

「残忍非道な男ね。逃れられてよかったわ」

「今ならそう思える。でも、モリーのことを考えると……自分が信頼し、愛していた男性にぼろきれのように捨てられたのよ。それも、彼を最も必要としているときに。かわいそうに、彼女はとらわれたまま病院にいるだけではなく、自分の内に閉じこもっている。誰の助けも届かないの」

アデリーンは言葉もなかった。グラントはほかのことで頭がいっぱいの様子だ。大きなグラスにブランデーを注《つ》ぎ、琥珀《こはく》色の液体を長い間見つめている。と、瞳の奥に何かが光った。

何を考えているの？　いえ、誰のことを？　アデリーンはフランシスから以前に聞いた話を思い出した。ダイアナがお金に困っているのは知っていたけれど、屋敷を売る瀬戸際にいたなんて。しかも、ジャックがそれを買おうとしていたとは。不動産が譲渡されそうだと知ったグラントは、ジャックと隣人同士になるのを嫌って自分がお金を出して買ったのね。アデリーンはまたしても、グラントとダイアナの深い絆《きずな》を見せつけられたような気がしていた。

10

パーティーの夜、グラントがイートン・プレイスに到着してなんの気なしに見上げると、アデリーンが階段を下りてきた。金色のスパンコールを縫いつけたサテンのドレスはしなやかな体にぴたりと添い、腕や肩をあらわにしている。首にはまばゆいダイヤモンドのネックレス。結い上げた髪にもダイヤモンドとエメラルドの髪飾りがあしらわれ、彼女が頭を動かすたびにきらきら輝く。まさに艶《あで》やかで魅惑的……しかもふんわりと愛らしく、気が遠くなるほど女らしい。

呆然《ぼうぜん》と見つめるグラントの顔に感嘆の色があふれた。「なんて美しい。光り輝く女神のようだ」

パーティーへの期待で胸が躍るわ。優雅で誇り高い銀白色の瞳に見つめられ、アデリーンは思わずほほ笑んだ。「お褒めに預かり、光栄だわ。レティが選んだの。もう少し控えめなものにしたかったんだけど、どうしてもこれをって」

実際、レティは数日ぶりに以前の彼女らしさを取り戻し、大はしゃぎしながらアデリーンの華やかな装いを用意してくれたのだ。グラントが到着したと聞いたレティがいっそう張りきったのを見て、アデリーンは警戒した。レティは私とグラントを恋人同士にしようと考えているのかしら？

「わが妹の趣味がこれほどすばらしいとは思わなかったな」グラントはつぶやき、襟ぐりの深く開いたボディスからこぼれんばかりの胸に熱い視線を注いだ。「優雅でありながら大胆なドレス……完璧《かんぺき》だ」

彼の視線の行方に気づき、アデリーンは赤くなった。熱いまなざしにドレスをはぎ取られるような気がした。「十分にご覧になった？」

グラントはよこしまな笑みを浮かべた。「十分とは言いがたいが、まだ夜は長い。あとでゆっくり眺めさせてもらう。ところでレティは？」

「元気だけど、今は休んでいるわ。出かける前に様子をご覧になる？」

「いや、休んでいるのなら、邪魔しないでおこう」

ミセス・ケルソールのほうに腕を伸ばすアデリーンを遮り、グラントがサテンのケープを受け取った。

「お任せを」

息もできぬまま、アデリーンは力強くしなやかな指がケープを肩に巻いてくれるのを待ち受けた。

グラントは彼女の後ろで大きく息を吸い、耳に唇を寄せた。「いい匂《にお》いがする」そして、自信に満ちあふれた笑みを見せた。今夜は楽しくなりそうだ。

アデリーンは振り返った。面白がっていた彼の瞳にやがて、熱い思いが浮かんできた。「もう、行か曲線を描く階段が大理石の床から上へ延びている。

二人を出迎えるスタンフィールド卿《きょう》夫妻と、婚約したカップルは笑顔でいっぱいだった。

「アデリーン、グラント……よく来てくれたね！」もじゃもじゃの頬ひげに隠れそうなスタンフィールド卿の顔が喜びに輝いていた。「レディはどうしている？　彼女が来られなくて残念だよ。さあ、ヘンダーソン卿ご夫妻を紹介しよう」

挨拶《あいさつ》をすませて先へ進みながら、グラントはアデリーンに顔を寄せて言った。「似合いの二人だな」

マージョリーとニコラスをちらっと振り返り、アデリーンは微笑した。二人はとろけそうなまなざしで見つめ合い、ニコラスはマージョリーの腰に腕をまわしてしっかり抱き寄せている。「そうね。まさに理想のカップルだから、レディ・スタンフィールドは大喜びよ。でも、当然じゃない？　マージョリーは爵位を継ぐ男性と結婚する。爵位をないがしろ

なくちゃ」

「ああ。馬車が待っているよ、お嬢さま」グラントはからかうように言うと、丁重にアデリーンを馬車まで連れていった。

馬車に乗り込むとアデリーンは、隣に座るグラントをそっとうかがった。きりっと整った横顔はなんてハンサムなの。一緒にいるだけで鼓動が速くなる。でも、どんなに魅力的であろうと、グラントは今もダイアナと付き合っているのよ。気をつけないと、彼とは一定の距離を置くという誓いを忘れそうになる。今夜は、絶対に冷静さを保たなければ。

馬車はあっという間に、煌々《こうこう》とした明かりに照らされたスタンフィールド・ハウスに到着した。通りには馬車が数珠つなぎになっていて、華やかに着飾った人々が次々と屋敷へ入っていく。正面階段を上り、教会と見まごうほど広い玄関ホールへ向かいながら、アデリーンは胸がわくわくしてきた。美しい

にしたり、ばかにしたりはできないわ」

二人が一緒に現れた瞬間から玄関ホールの客たちはざわめき、誰もが振り向くほど騒々しくなった。だが、グラントはいっこうに気にせずにアデリーンの手を取って自分と腕を組ませ、誇らしげに応接間へと伴った。所有欲むきだしのしぐさだが、アデリーンにはそれが心地よかった。

「楽しい夜になりそうだ」グラントは見知った顔に愛想よく会釈をした。

その隣を歩きながら、アデリーンは魅惑的な笑みを彼に向けた。せめて今夜は、なごやかにグラントと接することにしよう。でなければ、パーティーを台なしにしてしまう。私も楽しく過ごしたいもの。彼が自制心をこのまま保ってくれ、私の意志が試されたりしなければいいけれど。彼のキスを思い出しただけで、決心が挫《くじ》けそうになる。

「そうね。ポールと結婚するつもりでいたときの婚約パーティーのことが思い出されるわ。これとはまったく違っていたから」アデリーンの目が興奮に輝く。「ロンドンに来てから興味深い経験をいろいろしたけれど、パーティーに出席するのはこれが初めてよ。パーティー用のドレスを着たのも今日が初めてだし、うんと楽しむことにするわ」

グラントのかすれた笑い声に、アデリーンもついほほ笑んだ。急に、大胆で思わせぶりな光が彼の瞳に宿った。「では、忘れられない一夜にしよう」

大広間が、今夜は舞踏室に変わっていた。凝った装飾が施された天井からはクリスタルのシャンデリアがつり下がり、金縁の額の鏡は色とりどりの宝石やドレスを映す万華鏡のようだ。年かさの女性は深みのある色合い、若い娘たちは白色やクリーム色、淡いピンク色のドレスをまとっている。どこを向いてもグラスの触れ合う音や笑いさざめく声、鳴りやまぬ音楽が聞こえた。社交界に集う人々と、レディ・スタンフィールドが支援する活動の関係者が入り交じり、不思議な顔ぶれのパーティーだった。大きく開け放たれたドアの向こうには、豆電球がともされた広々としたテラスが続き、広間の隣には、さまざまなご馳走《ちそう》の重みに耐えかねているような立食用のテーブルが置かれていた。

どこへ行っても、誰もが振り向いた。

「気のせいかしら、みんなに見られているみたい」アデリーンはささやいた。

「いや、気のせいなんかじゃないよ」グラントは少し彼女から目を離し、込み合った大広間の中を満足げに見まわした。「知っている顔はいるか?」

「ええ、何人かは」

「では少し歩きまわり、彼らの好奇心を満足させてやろう」グラントは銀色の盆を捧《ささ》げ持つ従僕からシャンパン・グラスを受け取り、アデリーンに手渡した。

シャンパンをひと口飲んで勇気づけられたところでアデリーンはグラントに伴われ、いちばん近くにいた集団に加わった。彼を見ていると、ほんのり温かいものが全身に広がる。広くてがっしりした肩に黒の優雅な夜会服がぴったりで、息をのむほどハンサムだ。女性はみな引き寄せられ、彼の行く手に視線を送った。私に対する態度の中に、嫉妬《しっと》が感じられるわ。社交界の錚々《そうそう》たる面々の間で尊敬を集め、実業家としての洞察力を買われているグラントを見ていると、ウエストウッド・ホールで私と一夜をともにした男性だとは思えない。それに、あれ以来ずっと、私の気持ちをめちゃくちゃに混乱させる人。

見知った顔に挨拶をし、主立った人々に引き合わされてさらにシャンパンを二杯飲んだところで、アデリーンとグラントは二人きりになった。

「レティが来れなくて残念だわ。あんなことが起きる前は……ずっと前から楽しみにしていたのに。彼女が苦しんでいるのに、こうして私が楽しく過ごしているのは申し訳ない気がするの」

「気にするな。レティは君に出席してほしがっていたし、楽しむことに異論のあるはずがない。申し訳なく思う必要などないさ。さあ、うっとりするような音楽だ」アンソニーと二人の若い紳士が近づいてきた。明らかにアデリーンをダンスに誘おうとしているのを察知して、グラントは彼女を見つめた。大胆な視線で、柔らかな光を放つアデリーンをじっと見る。「踊ってくれるね」そう言うと、グラントは彼女の手を取った。

辛辣《しんらつ》な拒絶の言葉が出かかったが、流れるような音楽の調べがアデリーンを誘っていた。息が止まりそうになり、一瞬、彼女はグラントの腕に抱かれて踊る自分の姿を想像した。興奮がぞくりと全身を駆け抜け、頬がほんのり赤くなる。胸に触れそうなほど近くにある彼の手を無視するなんて、不可能だわ。

アデリーンはほほ笑んだ。「喜んで」

グラントがいたずらっぽい笑みを浮かべた。その瞳に映る温かい光にアデリーンは全身が熱くなった。ダンスフロアに誘われ、彼に抱かれたまま二人でくるくると大きな円を描きながら、最高の気分を味わった。まるで生まれ変わったみたい。この男性と一緒にいることで、今夜は誰もが羨望《せんぼう》のまなざしで私を見つめている。

「君はすばらしい踊り手だな」自然で流れるような動きにグラントは舌を巻いた。「さぞかしすばらしいダンス講師についていたに違いない」

アデリーンはそっと笑った。「ええ。父がそれだけは譲らなかったの。きっと、母もダンスが上手だったのね」

「なるほど。君は母上に似ているのか？」

「いいえ。母は小柄で色白で、とても美しい人だった……私はむしろ、一族の中の変わり者よ」

グラントはいたずらっぽい笑みを浮かべた。「どちらかといえば、私は変わり者が好きなんだ」

ダンスが終わると、レディ・スタンフィールドがそばにやってきた。「お二人が楽しんでいるようで何よりだわ……グラント、マージョリーとも踊ってもらえる？　あの子はあなたが来てくれたことを本当に喜んでいて、レティについて話したいようなの。彼女がいなくなったら寂しがるわ」

「喜んで、マージョリーと踊らせていただきますよ。次の曲はたぶんワルツだと思いますが、音楽が始まる前に誘いに行きますから」そう言うと、グラントは中座して人ごみの中へ消えていった。

一人になったアデリーンは、アンソニーがやってきてくれたのにほっとした。彼は姉の婚約に浮かれていつになく酔っぱらい、酒の力で気が大きくなったのか、大胆な目線を向けてきた。見目麗しく、たぐいまれなる剣の使い手、アデリーン・オズボーン。

僕は、あなたに恋する奴隷だ。

「これはまた！」アンソニーはアデリーンの真正面に立つと、臆《おく》する様子もなく大きな声を出した。「とてもお美しいが……」顔を近づけ、秘密めいた声でからかうように続ける。「僕は膝丈《ブリーチズ》のズボンのほうが好きだな。君はすばらしく長い脚の持ち主だ。誰かにそう言われたことはあるかい？」

「自分の脚の長さぐらいわかっているわ」アデリーンは冗談めかして答えた。「だって、毎日見ているのよ」

アンソニーは大声で笑い出した。彼女の手を取り、立食のテーブルのある部屋へ連れていく。「すまない。少し酔っているが、気にしないでくれ。友達とシャンパンを飲んで、いい気分になろう」

いつもの冷静さを忘れ、アデリーンはアンソニーに誘われるままに、にぎやかな若者たちの中に入っていった。みな、ビロード張りの脚置きに体を預けて大騒ぎしている。アデリーンは、アンソニーに手渡されたシャンパンの入った特大グラスを思った以上に速く飲み干してしまった。そして三十分後には、彼らと次々にグラスをあけ、公衆の面前で大いに恥をさらしていた。

アデリーンはさらにシャンパン・グラスを次々とあけた。大笑いする彼らを、みんなが振り返って見つめた。アンソニーに誘われてワルツを踊ったが、むしろ、ポルカに近いような動きだった。

音楽が終わるとアンソニーはそのままテラスへ向かった。アデリーンが気づく暇もなくアンソニーは彼女をこまのようにくるりとまわし、よろけそうになった彼女の腰に手をまわしてぐっと引き寄せると、狂おしく唇を口に押しあててきた。

驚きのあまり、アデリーンは一瞬、身動きもできなかった。アンソニーとは友達として楽しく付き合っていたのに。崇拝するような熱いまなざしには気づきもしなかった。でも、これは子供っぽい挨拶ではない、欲望に燃える男性の本格的なキスだ。アンソニーはようやく体を離してささやいた。「君を見た瞬間からずっと、こうしたかったんだ」そして、再びキスをした。

アデリーンは彼を押しのけたが、気を悪くしたわけではなかった。「頭でもおかしくなったの。こんなことをしてはだめよ。今すぐやめて」

だが、そこらじゅうを触ってくる彼の腕を避けることはできなかった。アンソニーはアデリーンを再び引き寄せ、恋人がささやくような愛の言葉を何やら口にしたが、酒のせいではっきり聞き取れなかった。

彼女がもう一度体を押しのけようとしたとき、二人の後ろから声がした。「これはなかなかの見物だな」

硬い声に振り向いたアデリーンの目に飛び込んで

きたのは、残忍に光る瞳だった。

そこにはグラントが直立不動で立っていた。氷よりも冷ややかな瞳に、口を真一文字に結んでいる。薔薇《ばら》色の頬と輝く瞳を持つ愛らしい娘に、この若造はよくもキスをしたな。私の、このグラント・レイトンのものである彼女にやつはあの手を……。こいつは、明けても暮れても彼女のことを思っているのか？　彼女のことで頭がいっぱいで、夢にまで現れるというのか？　彼女を腕に抱くとどんな感じがするか、知っているのか？

ああ、私はどうしたというんだ？　一人の女性にこれほど心をかき乱されるなんて。こいつの顔を殴り、アデリーンから引きはがしてやりたい。グラントは意志の力を最大限に発揮して柄にもないふるまいをどうにか我慢し、感情を静めた。冷静な表情で二人の顔を順に見つめる。

アンソニーは事態の深刻さに気づかぬまま、声をあげて笑った。アデリーンもまた直感的に、軽く冗談にしてやり過ごそうと考えたが、グラントが二重に見えた。目を細めてもひどくぼやけている。それにめまいがして、変な感じだ。

「あら、グラント、いかめしいお顔ね。アンソニーと私は何も悪いことはしてないわ。実は彼は、ここにいる女性全員にキスをしようとしているところなのよ。そうよね、アンソニー？」くすくす笑ってしゃっくりをしながら、アデリーンはアンソニーの腕につかまり、転びそうになるのをこらえた。

「そのとおり」直立姿勢を保とうとしながらも、アンソニーの顔が青ざめてきた。歯が浮くような感じがして、気分が悪い。どこか一人きりになれる場所を探さないと。「し、失礼。ここにはいられないようだ」

アデリーンとグラントは、アンソニーがテラスの階段をよろよろ下りて暗い庭の中へ消えていくのを無言で見守った。グラントは同情や嫌悪感、おかしさの入り交じった目をしていた。ばかげた状況ではあるが、大人になって初めての嫉妬を感じていた。

「明朝、彼はひどい二日酔いに苦しむことだろう」

「気の毒なアンソニー。浴びるようにシャンパンを飲んでいたから……」アデリーンは必死でグラントの顔に焦点を合わせようとした。威嚇するようで怖いけど、不思議と魅力的だわ。「なぜ、私を捜しに来たの？　いつも見張っていないといけないわけ？」

グラントは片方の眉をつり上げた。「私は君のシャペロンだ。君の名誉が危険にさらされるのを事前に防ごうとしているだけだ」

アデリーンはくすくす笑った。「ちょっと遅すぎると思うけど」

「いやに楽しそうだな」グラントは、とりあえず彼女の皮肉は無視することにした。

「すごく楽しいわ。ねえ、そんなもったいぶった顔をしなくてもいいんじゃない？」

アデリーンの非難にグラントの顔が険しくなった。

「中へ入って、何か食事をとろう」

「おなかはすいてないの。シャンパンが飲みたいわ」

「もう、十分飲んだだろう？」

アデリーンが見上げると、グラントの表情は厳しく、怒っていた。彼女は不満げに顔をしかめた。

「ねえ、教えてあげる。私は今までずっと、いろんなことを我慢させられてきたの。楽しむことなんて一度もなかった。でも今は、自由のない生活から放たれた鳥のような気分なのよ」笑いながらそう言うと両手を大きく広げ、ふらふらとまわって見せる。

「生まれて初めて、人生を楽しんでいるの。お願いだから邪魔しないで」笑顔でグラントを見上げ、おぼつかない足を支えようとして彼の腕にしがみつく。

「ああ、そうかもしれない」

「ダンスフロアではかなりの見ものだったよ。君はワルツに合わせてポルカを踊るのか？」グラントはおかしさを抑えきれないようだった。

アデリーンは目をぱちぱちさせた。「あら、そうだった？」ほほ笑む彼の瞳がとがめるように光ったのを見て、彼女は顔をしかめた。「グラント、私のことを怒っているの？」

「いや……ただ、君は人前で恥をさらした。少し休憩したらどうだ？」

「楽しく過ごしているのに、休憩なんていや」

「アデリーン、今夜は何も食べてないのか？」険しいグラントの顔を見て彼女はくすくす笑った。

「ええ、まだよ。余裕がなかったみたい」

「シャンパンを飲んでアンソニーとキスするのをやめれば、十分に余裕があっただろう」

「まあ、ほろ酔い気分の青年のキスに、そこまで目くじらを立てることはないでしょう？」

「ダンスを申し込みに来たんじゃないの？」

「そのつもりだったが、君は今にも転びそうじゃないか」アンソニーとキスしていたのを目撃した怒りは薄れてきた。いかにも危うい状態のアデリーンはすきだらけで愛らしく、とても魅力的だ。心から解放され、内側から光り輝いているが、本人はまったく自覚していないようだ。そしてそれこそが、アデリーンを特別な存在たらしめているのかもしれない。

「ああ、そうね。少しふらふらするわ」彼女はグラントの腕を放し、テラスの低い壁のそばにぺたりと座り込んだ。「踊りすぎたせいで目がまわるわ」

グラントは問うように眉をつり上げると格子垣に片方の肩をもたせかけ、愛らしく上気した頰で瞳をきらきらさせるアデリーンの姿を見つめた。「踊ったせいで？　シャンパンのせいじゃないのか？」

彼を見上げてアデリーンはほほ笑んだ。豆電球の柔らかな光に照らされた姿は本当にハンサムだわ。

くじらを立てなくてもいいのに……もしかして」アデリーンは小首をかしげて、グラントを横目でにらんだ。「あなた、嫉妬しているの？」

「なぜ私が嫉妬を？」

「アンソニーのキスがとても上手だったから」

「ああ、そうだろうとも。君はほとんど抵抗していなかった。フェンシングの練習と言ってアンソニーがイートン・プレイスに来るたび、彼にキスされていたんだろう」

アデリーンは憤然とグラントを見た。「もう、ばかなことを言わないで……父みたいな口ぶりね。でも、あなたの言うとおりかしら。アンソニーは私に気があるみたい。いえ、シャンパンのせいかもしれないけれど」彼女は陽気につぶやいた。「二人とも少しほろ酔い気分だったから」

「言うまでもない。酒を飲むと本性が現れるな」

「それは、誰よりもあなたがよく知っているんじゃない？」アデリーンは立ち上がり、グラントの胸を指先でつつきながら責めた。「最初に出会ったときのあなたはひどく酔っぱらっていたわ」無意識のうちに挑発するような笑みを浮かべて近づき、熱く意味ありげな視線で彼の瞳をとらえる。「私と違ってあまり覚えていないなんて、お気の毒ね」

グラントはまたしても笑った。「もう一度やってみたいか？　私が忘れていることを思い出させてくれてもいいんだよ」アデリーンの返事を待つ彼の瞳には、欲望がありありと浮かんでいた。

豊かな低音の魅力にくずおれそうになる。大胆な視線にさらされただけで、アデリーンは全身が熱くなってきた。「ふざけて……いるのね」

「いや、違う。あの夜はすばらしかったと君は言うが、再び体験したくはないか？」

「そして、あなたの愛人になるの？　今夜の出席者の間ではすでに、私はそういうことになっているらしいわよ。知っていた？」

グラントはほほ笑んだ。このパーティーのシャペロンを買って出たのはそのためだ。「気になるのかい？」彼女をじっと見つめてきく。

「もちろんよ……だって、私はあなたの愛人じゃないもの」誇りを傷つけられ、アデリーンは言い返した。「本当に愛人なら構わないけれど、二人の愛人を満足させるのは大変なのではないかしら？」

グラントは笑い飛ばした。「アデリーン、私がこれほど手間暇かけて君と付き合っているのに、別の女性に関心を持つ余裕などあるはずがない。ダイアナとの関係が気にかかるのか？」

「そう思うのは当然でしょう？　彼女はポールと関係しているのを隠そうともしなかったのよ。恥ずべきふるまいだわ」アデリーンは考え込むように言葉を切った。「もっとも、そうでなければ私はポールと結婚せざるをえなかったから、それだけはダイアナに感謝すべきね。あなたは最近、彼女と頻繁に会っている。情事を重ねていると私が疑っても当然じゃないの」

「なぜ、私がダイアナと会うのを気にする？」

アデリーンは目を見開いた。「なんてうぬぼれた人なの。私は気にしてなんかいないわ」

「いや、気にしている」

燃え立つような目が彼女の瞳を焦がし、温かいものでふわりと包み込んだ。グラントのそばにいるだけでこれほど興奮するのに、無関心だと言い張れるはずがないわ。

グラントはまなざしでアデリーンの胸をさらっと愛撫《あいぶ》すると、再び彼女の顔を見つめた。「私は思いつめたらまっしぐらなたちなんだ」

「本当に？　だからどうだというの？」

「君が欲しい」

アデリーンは一歩下がった。グラントは私の不安を見抜き、もてあそんでいる。だが、この場の雰囲気を壊さぬよう、慎重にことを進めなければ。

彼はアデリーンの手を取って引き寄せた。「どこまで君が私に抵抗できるのか、試してみたい」

密着する彼の肉体にアデリーンは力を失い、心が挫けていった。ひそかに立てていた誓いを崩されながら、何を考えたらいいのか、何をすべきなのかもわからなくなった。でも、これだけはわかる。私はグラント・レイトンからは決して逃れられない。日ごとに彼は大胆になる。私を見つめる銀白色の瞳にはぎらぎらとした欲望が映っているわ。

たぐいまれな美しさ、すべての男の理想とも言うべきものがこのドレスの下に隠れている、とグラントは思った。それをこの目で見て、自分のものにしたい。長い間満たされなかった情熱がぱっと燃え上がった。アデリーンに触れただけで、彼女の香りを嗅《か》いだだけで熱い欲望が全身を駆け抜ける。彼女は官能的で飾らず、それでいて洗練されている。彼女を見ていると、純潔を奪ったあの夜が思い出された。

ほかの男に取られなくてよかった。再び、あの行為を繰り返す日が待ちきれない。今度こそ、このうえなく優しい恋人として、狂おしいほどの喜びをアデリーンに与えてみせる。グラントは貪《むさぼ》るようなまなざしを彼女に注いだ。

食い入るような視線に溺《おぼ》れそうになりながら、アデリーンは耐えた。「あなたは……何が望みなの？」そう尋ねる声は、とても自分自身のものには聞こえなかった。

「私が欲しいのは君だよ。そして、君も私を求めている。はっきりさせよう。君は、食事もダンスもしたくないと言う。ならば、なぜここにいるんだ？」

アデリーンは用心しながらグラントの顔を見た。

「じゃあ、どうするべきだと言うの？」

「どこかほかのところへ行こう」

「ほかのところって、どこ？　あなたの……ホテルの部屋？」アデリーンはグラントの唇を見つめた。

「ああ、だが、今夜はだめだ。君の頭はシャンパン漬けだから。私のベッドへ来るときは――」

「ベッドへ来るとき、ですって？　ずいぶん自信があるのね。来るとしたら、ではなくて？」

「もう、避けては通れないんだよ、アデリーン。時間の問題だ……明日、レティを駅まで送ったあとで」グラントはよからぬ笑みを浮かべた。「それまで考える時間をあげよう。君が自分の意思で私のベッドへやってくるとき、二人は、まったく違うものに酔いしれながら一つになる。二人の間に何が起こっているのかちゃんと自覚しながら愛を交わすんだ」優しく、しかし断固たる調子でグラントは告げた。「最初に言っておこう……ベッドで愛し合うだけではない。二人を結びつける永遠の絆《きずな》を、君は手に入れることになる」


シャンパンで混乱しているアデリーンはグラントの言う意味がわからなかった。彼とは距離を置くと心に決めていたのに……私はそれを破ろうとしている。彼女は顔をそむけ、下唇を噛《か》んだ。

用心しながらこちらを見つめるグラントのまっすぐな視線に、アデリーンの瞳が揺らいだ。彼は柔らかな彼女の下唇を指でなぞり、つぶやいた。「震えているね」

「私が？」グラントのまなざしが、温かく官能的なものに変わる。

彼は親指と人差し指でそっとアデリーンの顎をとらえ、うなずいた。「今、ここでキスをしてくれたら、あの若造にキスしたのを許してあげよう」

アデリーンが動けずにいると、くっきりと浮かび上がるようなグラントの唇が近づいてきた。避けられないとわかっていながらそれを避けようと、彼女はつぶやいた。「もし、テラスに出てきた誰かに見られたら、どうするの？」

グラントの瞳に炎が燃え上がり、彼はアデリーンの唇から頬、耳へと温かな唇を這《は》わせた。「見させておけばいい」かすれた声がつぶやく。

グラントが舌で耳たぶをくすぐり、それから耳の中をそっと探る。アデリーンは突き抜けるような快感に体を震わせた。それを見てグラントはすかさず両腕を体にまわし、彼女を守るようにして抱き寄せた。誘うようにうなじを愛撫しながら、再び頬から唇へと温かな吐息を走らせる。

グラントの腕の中で唇や指の優しい愛撫を受けながら、アデリーンはぴたりと身を寄せた。両手を彼の広い胸から柔らかなうなじの巻き毛へ滑らせ、弓なりにそらせた体をがっしりとした体に密着させる。最初はためらいがちに受けていたキスを喜んで受け入れ、情熱的な反応を返していくうちに、激しくも甘美な喜びにのみ込まれていった。

優しく差し出された唇にグラントはうめき声をあげ、両腕に力を込めた。焼けつくような欲望とともに唇を重ねると、舌を差し入れ、情熱的に探っていく。アデリーンは目もくらみそうだった。激しく求め、惜しみなく奪うような彼の唇に息もつけない。本能を揺さぶるような快感が全身を駆け抜ける。激しかったキスはやがて酔わせるような、優しくなめらかな動きに変わっていった。アデリーンの唇からもれる吐息は、まさに肉体的な深い満足を知った女性のものだった。

グラントは唇をようやく離した。そうするには思った以上に努力が必要で、何かを奪われたような感じさえした。アデリーンは深い官能の喜びにまだ浸っていた。激しく侵入してくる舌にぞくぞくするような快感が続く。グラントの顔を見ようと彼女は両目をどうにか開けた。欲望にくすぶる瞳に見つめられたアデリーンは必死で気持ちを静め、深いため息をついた。

今までは、ウエストウッド・ホールでのめくるめくような一夜は私の妄想だと言い聞かせてきたけれど、グラントのキスは想像以上だった。そよ風が格子垣を吹き抜け、蔓薔薇《つる》とアデリーンのむきだしの肩をそっと撫《な》でていく。彼は両手で彼女の腕を撫で、じっと目を見た。ぼうっとしていたアデリーンの意識に音楽や笑い声が聞こえてきたかと思うと、騒がしい若者の一団がテラスに現れた。

グラントの唇にうっすら笑みが浮かんだ。彼は腕を伸ばし、アデリーンのほつれた髪を耳の後ろにかけてやった。「遅くなってきた。屋敷まで送ろうか」

「ええ。寝る前に顔を見に行くとレティに約束したの。彼女がニューヒル・ロッジへ戻ったら、寂しくなるわ」

グラントは獰猛《どうもう》な動物のような笑みを見せた。

「すぐに、というわけではないだろうね」レティを母のところへ帰すのは気が進まないが、大陸への船旅に出る前の短いひとときをアデリーンと二人きりで過ごすのも待ちきれない。「明日、この問題を二人で解決するまでは自制心を失わないようにしよう。明日という日が終わる前に、君は私のものとなる」

アデリーンはグラントを見つめた。彼は本気だわ。この数分間の出来事の重大さに頭がくらくらする。グラントは口にしたとおりのことをするつもりだ。彼のたゆまない攻撃に私はきっと屈してしまう。いえ、今となっては、自分が抵抗したいのかどうかもわからないわ。

グラントとアデリーンは翌朝、アシュフォード行きの列車に乗るレティを見送った。青白い表情の彼女の隣にはエマが付き添っていた。このままロンドンにいたら、息がつまりそうだとレティは言った。心がぐるぐると同じところをまわり……悲しみや後悔、罪の意識に苛《さいな》まれるのだ。体の傷や痛みは治ってきたが、心の傷は、自分がそうと認めて折り合いをつけるまで癒《い》えることはないのだろう。

列車が見えなくなるとアデリーンとグラントは駅を出て、待たせていた馬車へと戻った。ゆうべの続きを再開するものと疑わないグラントは、自制心などかなぐり捨て、思いどおりにことを運ぶつもりでいた。彼はすぐさま御者に、チャリング・クロス・ホテルへ行くよう命じた。

アデリーンは隣に座るグラントを見た。マージョリーのパーティーに行く前、彼に誘惑されても決して屈しないと誓ったのに。最初の関門であっさりと身を投げ出してしまうなんて。グラントがこちらを向いた瞬間、稲妻のようなものがアデリーンの身内を走った。身じろぎ一つせず黙ったままでも、彼は圧倒的な男らしさを全身から発している。

アデリーンは自分が何をしているのか考えた。ゆうべはシャンパンで頭がぼうっとしていたから、グラントの言うことに同意したけれど……今は不安と緊張で胃がきりきりする。たしかに、グラントは見知らぬ他人ではない。そして、私は彼に強く引かれてもいる。彼のことがずっと頭から離れないし、日ごとに甘美な想像にふけってしまう。あのすばらしい体験が再びできるかと思うと、膝ががくがくしてくずおれそうになる。

「あなたは何時の列車に乗るの？」二人の間の沈黙を破ろうと、アデリーンは質問した。

「どうしてだい？」グラントは眉根を寄せた。「私がことを急ぐと心配しているのか？」

「違うわ」彼女は顔をそむけた。「ちょっと、気になっただけよ」

顎に指を添え、グラントはアデリーンを自分のほうに向き直らせた。無言のまま、答えを探るように彼女の顔をじっと見つめると、そっと唇を重ねて長く深いキスをする。彼はようやく頭を上げ、アデリーンの瞳にまなざしを注いだ。そして、頬を赤らめた魅惑的な表情を無意識のうちに記憶するように見つめた。

「四時だよ」グラントは答えをつぶやいた。「だから……」再び貪るような視線でアデリーンの唇をとらえた。「もっとよく知り合うための時間は、たっぷりある」

グラントの圧倒的な迫力にアデリーンは動揺した。心臓の鼓動が速まる。ホテルの部屋に着いたら何が起こるのかと、彼女は緊張しながら馬車に揺られていた。

行き交う人々でごった返すホテルに着き、エレベーターで三階へ向かった。スイートルームのドアが開くと、アデリーンは驚くと同時にいささか困惑した。身なりのいい中年男性が机の前に立ち、書類の束を大きな革の鞄《かばん》にしまっていたのだ。彼は顔を上げてほほ笑んだ。

「ああ、ヴィカーズ」グラントが声をかけた。「ミス・オズボーンを紹介しよう。アデリーン、これはジョン・ヴィカーズ。私の秘書というか、側仕《そばづか》えみたいなものだ。呼び名はなんであれ、彼がいないと私は何もできない」

「お会いできて光栄です、ミス・オズボーン」丁重に頭を下げると、ヴィカーズは鞄を閉めて廊下に運び出した。「これで失礼します。出発前にすることがあるので」そしてグラントに目をやる。「では、ロビーで三時半に」

グラントがあとに続き、忠実な秘書にいろいろ指示を出してからドアを閉めた。「ヴィカーズは私と一緒にフランスへ行くんだ」アデリーンのところに戻りながら、彼は説明した。「もう長いこと一緒に仕事をしている。とても有能で口が堅く、得がたい人物だよ」神妙な様子のアデリーンにふと気づいたグラントは問いかけるように眉根を寄せながら、彼女を見つめた。「アデリーン、どうかしたのか?」

両手でハンドバッグにしがみつき、彼女はグラントを見上げた。揺らぐ心に押しつぶされそうだ。「こんなこと、できない」グラントがヴィカーズと話している間、自問自答していたのだ。この不安は焦りと動揺のせい? 分別があるからこそ、こんなことはできないと思うの?

グラントは無言でハンドバッグを取り上げて机に置くと、手袋をしたままのアデリーンの両手を握って引き寄せた。「できない、とは?」

「できないのよ。今はだめ」震える声でつぶやくと、アデリーンはドアのほうを見た。ここから逃げ出したい。「私……時間が必要なの」

握られていた手を引き抜いて離れていく彼女に、グラントは呼びかけた。「アデリーン、私は四時にはフランスへ旅立つ。今の二人には時間などないんだ」焦燥感《しょうそう》のにじむ低い声に彼女は足を止めた。

ローズヒルに戻ったら、一人で孤独に浸る時間はたっぷりある。それを思えば、こんな願ってもない機会を退けるなんてばかげているわ。アデリーンの警戒心が崩れた。ここにとどまれば、グラントがすてきな思い出を作ってくれる。

ハンサムな彼の顔を見つめていると、アデリーンは胸が痛くなった。「グラント」かすれた小声に彼の表情が和らいでいく。「ごめんなさい」仲直りの印に手を差し出す。「ちょっと動揺してしまって」

素直に従おうという気持ちがアデリーンの瞳に現れていた。グラントは心の奥深くに込み上げてくる感情に突き動かされ、彼女を引き寄せて抱き締めた。彼女がどうしても欲しい。ここで拒絶されるなんて耐えられない。とろけるように身を任せてくれるアデリーンの甘い香りを嗅ぐと、グラントの全身を熱いものが駆け巡った。彼女の瞳をじっと見据えたまま無言で体を離すと、グラントは手を取って寝室へ招き入れ、ドアを閉じた。

コートを脱いだ彼はアデリーンの帽子を脱がせ、細心の注意を払いながら髪のピンを外していった。最後のピンが外れて彼女が頭を大きく振ると、きらきらと光を放つ髪が流れ落ちた。グラントは豊かでつややかなマホガニー色のうねりを指で梳《す》き、唇や頬、首に次々とキスの雨を降らせた。

アデリーンも優しくキスを返しながら、瞳を閉じてため息をもらした。グラントが応《こた》えるように唇を重ね、体にまわした両腕に力を込める。キスを中断して彼女が目を開けると、銀白色の瞳が欲望でくすぶるのが見えた。

キスをしながらグラントがつぶやいた。「ベッドへ行こう」そして、長い指でアデリーンのコートのボタンを外した。

グラントは遠慮することもなく服を脱いだが、アデリーンは思わず視線をそらした。一糸まとわぬ姿をさらすのが恥ずかしいのだろうか。そう思ったグラントはわかっていると言いたげな笑みとともに近づき、顎にそっと指を添えて自分のほうを向かせた。

「忘れたのかい？　私が君の裸を見るのはこれが初めてじゃない。君は美しい体をしているのに、なぜ遠慮する？　おいで。ここにはメイドはいないから、私が脱がせてあげよう」

アデリーンの裸身を目の当たりにして、グラントは心臓が口から飛び出しそうな衝撃を覚えた。光を放つなめらかな肌がすばらしい曲線を描く。完全な形をした胸や、長く均整の取れた脚は覚えていたとおりだ。まさに、息をのむほど美しい。アデリーン・オズボーンを地味でつまらないと言うやつは、彼女のことを知らない人間だ。いや、私以外の男性に誰一人として、彼女のこの姿を目にさせはしないが。

「息が止まりそうだよ、アデリーン」グラントはささやいて、彼女を引き寄せた。

アデリーンは彼の首に両腕をまわしてしがみつき、その首やがっしりとした胸、そして筋肉質の肩にそっと羽で触れるように唇を押しあてていった。グラントは、激しく揺さぶられるような感情に胸が痛くなった。甘く香《かぐわ》しい彼女の吐息が喉に吹きかけられる。ああ、なんと温かく女らしい体だ。ほっそりとしなやかでいながら丸い曲線を私の体に押しつけ、さらに密着しようと寄り添ってくる。愛の行為に身を任せようとする女性を抱く喜びはひとしおだった。

アデリーンにとっては新たな発見の連続だった。グラントの胸毛に指を滑らせながら、彼女は思った。彼の素肌は、鉄に熱いシルクをかぶせたようになめらかだ。がっしりとした顎に角ばった頬骨。固く閉じられた唇は官能的で、瞳は欲望に燃えている。今この瞬間、グラントは私だけのものだわ。

ベッドに横たわると、二人の自制心はいっきに崩れた。探るような手と狂おしく求める唇で互いの体を愛撫する。熱く、燃えるような欲望が二人に火をつけた。グラントは激しくキスをしながら、両手でアデリーンの体をまさぐった。その手は胸から腰に滑ったかと思うと、今度は絹糸のような髪に指を差し入れた。彼女は自ら進んでグラントのとらわれ人となり、胸にキスを受けて喜びの声をあげた。巧みに欲望をかき立てられたあまり、グラントがそっと彼女の脚を広げたのにも気づかなかった。

だが、彼が体の中へ入ってくると、アデリーンはごく自然に受け入れた自分に思わず息をのんだ。ためらいなどすべて捨て、せつないほどの欲望とともにグラントにしがみつく。激しく求めるように彼が体を動かすたびに、アデリーンははてしない喜びの淵《ふち》へと連れていかれた。グラントはまだ、持ちこたえていた。アデリーンには、できるだけ大きな喜びを与えたい。いや、与えてみせる。

限界まで膨れ上がった喜びが欲望とともについに弾《はじ》け飛んだあと、甘美なけだるさと圧倒的なまでの満足感の中で、二人は互いに顔を見ながらしっかりと抱き合った。薄れゆく陶酔感にしがみつきながら、激しい愛の行為に息もつけない。大いなる充実感にそっと包み込まれ、一つになれた喜びに二人は打ち震えた。グラントは、ほかの女性とは体験したことのない情熱に満たされた。背中に指を滑らせるとアデリーンが目を開け、ほほ笑みながら体を添わせてきた。グラントは彼女の頭のてっぺんにキスをした。

「すばらしかったよ。君は？」

「すてきだったわ」アデリーンは吐息をもらした。

理性を取り戻すと、彼女にもわかった。たった今、こうして愛してくれたこの男性は間違いなく、私の純潔を奪ったあの男性だわ。でも、今回のことはお酒のせいではなく、完全な愛の行為だった。グラントは私の体を愛しただけではなかった。もっと深くて魅了するような欲望、もっと体の奥底を揺さぶるような何かを与えてくれた。

「私たちのしたことは、とても特別な意味があるのね」アデリーンは顔を上げると、うっとりした笑みをグラントに向けた。満足しきった幸せな女性だけが見せる笑顔だ。「ありがとう」

なめらかな頬にかかる髪を払いのけると、グラントは温かく真剣なまなざしでアデリーンを見つめた。

「そう言ってもらえて何よりだ。今は、失われた時間の埋め合わせをしたくてたまらないよ」

彼に寄り添いながらアデリーンは瞳を閉じ、体の奥深くにともった温《ぬく》もりをしみじみと噛み締めた。

「あなたが行ってしまうと寂しいわ。フランスでも、私のことを思ってくれる？」

グラントは彼女を抱き締めた。アデリーンを置いて旅立つのは、人生で最も辛《つら》い出来事になるだろう。

「ずっと思っているよ。できれば行きたくない」

アデリーンはため息をついた。「私も同感よ。どうしても行かなくてはならないの？」

「君の父上と同じく、私は実業家だ。フランスに本拠を置く会社に興味を持ったので、先方と会わなくてはならないんだ」

「でも、どうしてあなたが出向くの？　株式会社なら、株を買えばいいだけの話じゃない？」

「それはね、投資をする前に対象となる会社の状況をこの目で確かめたいからさ。債務を果たすだけの力があると納得したい。でなければ、投資した金は無駄となり、自分を責めるしかなくなるから」

アデリーンは再びため息をついた。「どうしても行かなければならないのね？」

グラントはうなずいた。柔らかな声だが、前よりずっと毅然《きぜん》とした調子で続ける。「ああ。これ以上、別れを辛くさせないでおくれ。君はこのままロンドンにいるつもりかい？」

「しばらくは。これほど長い間ローズヒルから――いえ、父から離れていたことはなかったから、むしろ自由を満喫しているわ」

「小粋《こいき》で自立した女性に変身した娘をご覧になった君の父上のお顔を、ぜひ拝見したいね」

「父は気づきもしないわよ」

「いや、気づくさ。そのうちわかる」

「ねえ、私に手紙を書いてくれる？」

「ちゃんと返事をくれると約束するなら」

アデリーンはうなずいた。「もちろん、書くわ」

二人は黙ったまま、一緒にいられる間はせめて現実を忘れようとした。長い沈黙が続いたあと、アデリーンがささやいた。「何を考えているの？」

グラントは顎を引いて、彼女の顔をよく見ようと額にかかる髪を払いのけた。「こうして、君をこの腕に抱くことができた私は幸せ者だ。君に初めて会ったとき、特別な女性だとすぐにわかったよ」

「でも、私の人格、私という人間を形作っているものについてはほとんど知らなかったはずよ」

「馬に乗る姿を見ればわかる。君は、女だてらに鞍《くら》にまたがる女性と思われることを気にもかけない。おまけに、ブリーチズまではく。君ほど溌剌《はつらつ》とした、活気にあふれる女性は見たことがない。本当にすばらしいよ。君のことを知れば知るほど、第一印象が正しかったとわかる」

腹這《はらば》いになって頬杖《ほおづえ》をつくと、アデリーンはグラントの謎《なぞ》めいた瞳を見つめた。「本当に？」

「ああ、心の底からそう思うさ」

「ローズヒルに住む地味でさえないアデリーン・オズボーンだと知って、がっかりしなかったの？　普通の人はたいてい奇妙な反応を示すのよ」

「その理由がわからないね」グラントはうっすらと笑みを浮かべてアデリーンを胸に抱き寄せた。「君がさえないなんて思ったことは一度もない。たしかに変わっているが、才気煥発《さいきかんぱつ》で、つまらないところなど一つもない。それに、地味でもないよ」

グラントの言葉は心の底からの本心だった。こうして私の胸に体を寄せ、マホガニー色のつややかな髪をなびかせるアデリーンはまさに、魅惑的で無垢《むく》な美しい女神のようだ。

「でも、変な瞳でしょう？」

「私の言葉を信じろ」グラントは自分の体の上でくつろぐ彼女に五感のすべてをひどく刺激されていた。「君の瞳にはおかしいところなどない。鼻だって愛らしい。唇は完璧で、思わずキスをしたくなる。女らしさを感じさせるほかの特徴とともに、君の外見はすべて完璧だよ」そして、アデリーンの口に視線を走らせる。「唇と言えば」下唇をそっと舌でなめている彼女のしぐさにそそられて、グラントの体は急激に硬く張りつめてきた。「キスをしてくれないか。もう、あまり時間がない。一分たりとも無駄にはしたくないんだ」

アデリーンは喜んでその言葉に従い、グラントの口の端にそっとキスをした。もう、彼をいとおしく思う気持ちを隠さなくていいんだわ。「あなたを喜ばせるにはどうしたらいいの？」

寝返りを打ってアデリーンを組み敷くと、グラントはほほ笑みかけた。「君の提案ならなんでも歓迎だ。やってみせておくれ」

11

グラントが心の底からいとおしいわ。アデリーンは辛《つら》い別れの瞬間のことは考えまいとした。いよいよ出発の時間がきた。アデリーンはグラントと一緒にエレベーターで下りたが、ロビーに着くと、部屋にハンドバッグを置いてきたことに気づいた。

「取ってこようか」グラントが申し出た。

「いいえ、私が行くわ。あなたは辻《つじ》馬車をつかまえて。すぐに戻るから」

ハンドバッグを取ってくると、アデリーンはエレベーターから出てあたりを見まわした。行き交う人々の中にグラントの顔を見つけて近づいていこうとしたとき、彼は隣にいる女性に顔を寄せた。彼が腕を女の腰に半ばまわすようにすると、彼女もわがもの顔でグラントに手を重ねた。

ダイアナだった。

そのダイアナの表情に目を奪われ、アデリーンは思わず立ちすくんだ。彼女は重大なことを話すように、真剣な目でグラントに見入っている。穏やかな横顔をこちらに向けた彼は、ただの友達にしては近すぎるほどダイアナに寄っている。少なくとも今は、彼女しか見えていない様子だ。

衝撃のあまり、あたりが静まり返った。すべての音がくぐもって聞こえ、体が動かなくなった。アデリーンは、そのまま踵《きびす》を返すとホテルから立ち去った。そして辻馬車に乗り込み、イートン・プレイスへ急ぐよう告げた。御者はすぐさま馬に鞭《むち》を当て、荷馬車や手押し車、一頭立ての二輪幌《ほろ》つき馬車を蹴《け》散《ち》らすように走り出した。

車内で、アデリーンはまったく孤立した場所に一人でいるような気がしていた。グラントのことや、彼が与えてくれた激しい喜びのことしか考えられないのに、ダイアナがまたしてもすべてを台なしにしてくれた。ひどくみじめで不幸だわ。グラント、なぜこんなことを？　アデリーンは怒りと同時に道に迷ったような喪失感を覚えた。

屋敷に戻ると、ミセス・ケルソールが先ほど届いたという手紙をアデリーンに差し出した。それはローズヒルからの知らせだった。

グラントは、アデリーンがロビーに現れないので部屋に戻ったが、彼女の姿はなかった。不思議に思いながらしばらく待った末にイートン・プレイスへ行ってみたが、出迎えてくれたのは家政婦のミセス・ケルソールで、アデリーンはローズヒルから急な知らせを受け取ったという。旦那《だんな》さまがご病気で、お嬢さまはすぐに駅へ向かわれましたと聞かされた。

ひと目でもアデリーンに会えないだろうか。グラントはその日、二度目となるヴィクトリア駅への道を急いだが、遅すぎた。もうアデリーンのあとを追うのは不可能だった。しかし、なぜ彼女は別れの言葉も告げずにホテルから立ち去ったのだろう？　次の瞬間、強烈な一撃とともにグラントにはわかった。

ダイアナか！　彼女と一緒にいるところを見られたに違いない。アデリーンの反応から察するに、最悪の事態を想像したのだ。怒りと傷心のあまり、私をこんなふうに苦しめるのか。「君はなんてばかなんだ！」列車が走り去った線路を呆然《ぼうぜん》と見つめながら、グラントはつぶやいた。私に説明する間も与えないまま、アデリーンは二度目の過ちを繰り返したが、もう取り返しはつかない。

ダイアナと一緒にいるところを見つけたときのアデリーンの表情を思い、グラントは胸がえぐられるようだった。彼女にはどうしても伝えたいことがあったのに。いや、いつか必ず伝えよう。パリのホテルに着いたら、すぐに手紙を書こう。

ローズヒルへ向かう道中、アデリーンの胸にはさまざまな感情が渦巻いていた。いちばん強いのは父を案じる気持ちだったが、それに続くのはふつふつとわいてくる怒りだった。グラント・レイトンにあんな行動を許してしまった、という強い不信感だった。よくもあんな厚かましいことをしたわね。アデリーンは大声で怒りをぶちまけたかった。グラントは私をなんだと思っているの？　ダイアナがずっと階下《した》で待っていたというのに、ホテルの部屋に私を誘い込んであんなふるまいに及ぶなんて。彼女とは付き合っていないとグラントが言い張っても、絶対に私は信じないわ。この目ではっきり証拠を見たのよ。彼の言葉なんて信じられるわけがない。

ローズヒルに着いたとき、アデリーンの顔には不安がくっきり刻まれていた。

「父の具合は？」ローズヒルでずっと家政婦をしているミセス・ピアースの顔を見ると、アデリーンは開口いちばんに尋ねた。「いったい、どうしたの？」

帽子と手袋をメイドに渡しながら、彼女はきいた。

「ドクター・テリーは心臓に問題がある、と。昨晩、夕食のときに倒れられて。どうにかベッドにお運びしましたが、ドクター・テリーがご在宅ですぐに来ていただけて幸いでしたわ」

「意識はおありなの？」

ミセス・ピアースは白髪頭でうなずいた。「お苦しそうですが。ドクター・テリーが説明してくださいます」

ドクター・テリーはアデリーンに向き合うと、安心させるように説明した。

「軽い心臓発作ですが、ご心痛によるものでしょう。主治医として、あまり根をつめて仕事をなさらないよう繰り返し申し上げてきたのですが。容態は安定していますし、危険はまったくありません。ただ、もう少しのんびり構えるよう、あなたからもおっしゃってください」

「努力してみますわ」

「ゆったりした気持ちになれる薬を出しておきます。あなたをご覧になれば安心されることでしょう。きっと、回復も早まりますよ」

そんなはずはないと思いながら、アデリーンは苦笑を浮かべた。「そうだといいのですが」

「勝手ながら、看護師を雇っておきました。ミセス・ニューボールドですが、とても有能な人です。すでに今朝から看護を始めていますので」

「ありがとうございます。本当によかったわ」

「今は、これ以上できることはありません。明日も参ります。いいですね、安静が第一ですよ」

ドクター・テリーが帰ると、アデリーンは二階の父の部屋へ行った。上体を起こして枕《まくら》にもたれかかる父は、やつれた顔をしていた。少し太ったのか、険しさは薄れたが、表情には年齢がくっきり現れている。しかし、静かな自信を浮かべやってくる娘を見つめる瞳は、変わらぬ知性をたたえていた。

「アデリーン」父はしわがれ声でつぶやいた。

彼女はかがみ込んで父の頰にキスをし、表情をうかがった。「ただいま」お父さまはいつだって不死身に思えた。あふれる活力と知性は誰にも負けないほどだったのに。「すぐに駆けつけたつもりよ。具合はいかが？　ドクター・テリーはいい状態だとおっしゃっているけれど」アデリーンは笑みを浮かべた。「お父さまにはいつもびっくりさせられるわね」

ホレースはうなずいて娘の顔を見つめた。「戻ってきてくれてうれしいよ。まったく、この騒ぎときたら」部屋で忙しく立ち働くミセス・ニューボールドをぎろりとにらむ。「とても耐えられん」

「少しのご辛抱よ。すぐによくなって歩きまわれるようになるわ。でも、しばらくはのんびりして」

「誰もが、口を開けばそう言うが……そのとおりにしたほうがよいのだろうな」

悲しげな笑みを唇に浮かべ、ホレースは顔をそむけた。今の態度こそ、自分の体が弱っているのをお父さまが認めた証拠だわ。強い意志と体力、気力をお持ちだったのに。ここ一帯の高い地位にある方々からも一目置かれる存在だったお父さまがついに倒れた。それを、本人も周囲も認めるしかないのね。

アデリーンを見つめるうち、ホレースの瞳が和らいだ。「おまえがいなくて寂しかったよ」

「本当に？」アデリーンは驚きのあまり、言葉が続かなかった。よそよそしくて、娘のことなど気にもかけていなかったようなお父さまがこんなことをおっしゃるとは。言いようのないまなざしで見つめる父親の様子に、アデリーンの心の中で何かが砕け散った。お父さまの瞳にさまざまな感情が揺れている。お父さまは変わったわ。以前はこんなに近づくこともできなかったのに、こうして受け入れてくださる。アデリーンは温かな笑みとともに父の手を取り、ベッドの端に腰かけた。「私も寂しかったわ。ロンドンへ発《た》ったときはわだかまりがあって……すべて、私が悪かったのだけれど。本当にごめんなさい。お父さまを傷つけるつもりではなかったの。本当よ」

「もう、すんだことだ」父はしわがれた声で答え、娘の手を握った。「とにかく、戻ってきてくれてうれしいよ。なんだか……ずいぶんと見違えたな。ドレスも似合っていて実に魅力的だ。髪型も……」

アデリーンは明るく笑った。「新しい私よ。でも、中身はまったく変わっていません。ロンドンで、グラント・レイトンに会ったわ。私がいない間、彼のお母さまがローズヒルにいらしていたのでしょう?」気のせいか、父の瞳がきらりと光ったように見えた。

「ああ。ヘスターもとても喜んでいたよ。私たちには共通点が多くてね。実は、彼女に手紙を書いてほしいんだ。事情を説明して、いつでも来てほしいと伝えてくれ。彼女に……会いたいから」

「ええ、おっしゃるとおりにするわ」

「で、グラント・レイトンと会っていたのかね?」

「ええ、何度か」アデリーンは瞳を伏せた。

ホレースは枕に上体を預け、娘をしげしげと眺めた。水晶玉で占わずとも、それ以上に何かあったのは明らかだった。「彼の求婚を受け入れなかったのを後悔しているかい?」

アデリーンは首を横に振った。「すんだことよ。あのときは気まずいことが多すぎて。でも、それについてはもう話したくないわ」

ホレースもグラントに関する質問をそこでやめた。人間誰しも、触れられたくない問題を心に抱えているものだからな。

アデリーンはヘスター・レイトンを玄関ホールで迎えながらほっとしていた。彼女は相変わらずたおやかな表情をしているが、目のまわりにうっすら隈《くま》が見えた。

「お越しいただきありがとうございます、ミセス・レイトン。父がずっとお待ちしておりました」

「もっと早く来たかったけど、押しかけているように見えては、と思って」ヘスターはほほ笑んだ。

「父の具合が悪いのはご存じでしたの？」

ヘスターは眉を少し上げた。「グラントから手紙を受け取ったの。ロンドンであなたと会っていたことや、あなたがローズヒルへ呼び戻された理由が書いてあったのよ」

「なるほど」グラントは私がホテルからいなくなったと知って、イートン・プレイスまで追いかけたのね。彼は驚いたかしら？　私が姿を消した原因に気づいた？「玄関ホールは冷えますから、どうぞ居間へ。暖かくて庭も見えます……」アデリーンはほほ笑んだ。「でも、すべてご存じですわね。ずっとローズヒルで暮らしていらしたのですから」

「ええ」ヘスターはアデリーンと廊下を歩き、暖かく心地よい居間へ入った。「ここで過ごすのが好きだったわ。日中はずっと日差しが入るし、庭の眺めもすばらしくて」縦長の窓から外を見るヘスターの瞳がにじんでいく。「ここには思い出がいっぱいよ。苦楽をともにした屋敷なの。あなたのお父さまがローズヒルを売りに出すかもしれないと聞いてすぐ、グラントを差し向けて買い戻そうとしたのを、あなたは知っていたかしら？」

アデリーンはうなずいた。「父は、ポールとの結婚祝いとしてこの屋敷を私に譲るつもりでした。でも、もう過去のことです。長旅でお疲れでしょう。

お茶をどうぞ。それから、父のところへ」

「ありがとう、そうさせていただくわ」腰かけるとヘスターが尋ねた。「ホレースは？」

「ご安心ください。少しよくなりました。お医者さまも、順調だからじきに全快する、と」

ヘスターは見るからに安堵《あんど》した。「ああ、本当によかったわ」彼女は口をつぐむと、選ぶようにして言葉を継いだ。「アデリーン、あなたがロンドンにいる間、私はホレースに招待されて何度かローズヒルに滞在したの。あなたが気にしないでくれるといいのだけど」

「ミセス・レイトン、ここは父の屋敷です。誰をお招きするかは父の自由ですわ。もちろん、私に異論などありません」

ヘスターはほっとしたようにほほ笑み、心の底から喜んだ。「では、怒っていないのね？」

「ええ。ここだけの話ですが、仕事のしすぎが心臓発作の遠因だとドクター・テリーもおっしゃっています。父に必要なのは、女性の話し相手ですわ」

夕食の後、ヘスターはかなり長い時間ホレースと話をし、本を読んでやった。その後、彼女はコーヒーを飲みながらアデリーンをじっと見つめ、笑顔でつぶやいた。「少し、感じが変わったようね」

アデリーンは声をあげて笑った。「ええ。すべてレティのおかげです。私には導くべき人が必要だと言って」ミセス・レイトンの表情に陰がよぎった。アデリーンは言葉を切った。顔が曇った理由を尋ねたら失礼にあたるけれど、きっとレティのことね。

「レティはどうしていますか？」

ヘスターはため息をついた。「あの娘《こ》がくぐり抜けてきたことを思えば、元気と言えるわ。でも、心配なの。ローズヒルにも一緒に来てほしかったけど……ロンドンで何があったか、すべて聞きました。ひどいショックだったわ。かわいい娘があんなことに一人で耐えたなんて、考えただけで怒りがわいてくる。いろいろ面倒を見てくれて本当にありがとう。心から感謝します」

アデリーンはミセス・レイトンの顔を見つめた。頬骨の高い優美な顔がやつれ、瞳には悲しみと深い怒りが宿っている。「レティがすべて打ち明けてくれて、私もうれしかったです」

「かわいそうなレティ。何ごとをも恐れぬ勇気と知性、深い情熱を持った娘なのに。今はじっと座ったまま、ぼんやりと過ごすだけ。あの……ナイトクラブのオーナーとの付き合いや、彼女がしたことは、私にはとうてい容認できません」

ヘスターは憮然《ぶぜん》たる面持ちで、膝の上で組んだ両手を見つめた。

「彼の名前を口にするのも汚らわしいわ。レティも、あんな男になどかかわらなければよかったのに。彼のせいで娘が傷ついたなんて許せない。世の不正を見過ごせなかったからこそ、娘は女性運動に身を投じたのに。彼の仕打ちが不問に付されるなら、正義などあったものではない。でも、怒りにわれを失ってはいけないわね。レティは私にいろいろ話してくれたけど、心穏やかに暮らすつもりなら、秘密にしておくほうがいいでしょうね。あなたもきっと、私と同じ意見だと思うけれど」

知っていることは胸に秘めたままでいてほしい、父には話さないで。ミセス・レイトンはそうおっしゃっているのね。アデリーンは答えた。「ええ、同感です。忘れることでしか理性を保てないときがありますわ……そうしないと、過去にとらわれて身動きがとれなくなってしまう。ご安心ください、もう、すべて終わったことです。レティは強い人だから、過去を乗り越えていくわ。ご家族の支援もあるし、こうして忠実な友達もいますから」

「そうね。でも、レティの心の中にいつまでも傷は残るでしょう。あの男が犯した罪を思うと……彼がなんの罰も受けないままだというのは……。レティに関することを罪に問えないなんて」ヘスターは首を横に振った。「警察が彼についての捜査を始めた、とグラントが言っていたわ。私などには想像もつかないような罪についていろいろと……いえ、知りたくもないけれど」

「それをうかがって安心しました。でも、レティに関することが表沙汰《ざた》になったら、彼女は醜聞でめちゃくちゃになってしまう。今だって、愚かな行為に対する代償を払っているのに」

ヘスターは腕を伸ばし、感謝するようにアデリーンの手を握った。「それは私もわかっているわ。公平を欠く状況には胸が痛むけど、あなたの言うとおりね。レティは気持ちを切り替えて、先に進まなくては。私たちも、家名を守るために前を見つめる必要がある。醜聞のせいで破滅してしまう場合だってあるけど、それだけは絶対に許さない」

「おっしゃるとおりです」

そこでふいにヘスターは明るい表情になった。「アデリーン、クリスマスはホレースと一緒にオークランズへ来ない？」アデリーンの瞳が曇るのを見てヘスターは断られたくなくて、急いで言い添えた。「ノーという返事はだめよ。グラントもきっと喜ぶわ。家族全員が集まれない年でも、私はクリスマスをとても大切にしているの。毎年、きちんと儀式を執り行うことにしているのよ。あなたにも立ち会ってほしいわ」

アデリーンは、オークランズを再訪するのは気が進まなかったが、父ホレースはまったく違う考えでいるようだった。ヘスターとともに過ごせるという期待に彼は顔をほころばせた。アデリーンがロンドンに行っている間にヘスターがローズヒルを訪れていたのは、はるか昔のように思えた。心臓発作を起こしてからというもの、ヘスターと一緒に過ごしたいというホレースの思いは日々募るばかりだったのだ。

彼は順調に回復を続け、オークランズへ出発するころには以前の健康を取り戻していた。

アデリーンは友人や親戚《しんせき》へクリスマス・カードを書いて送ったり、プレゼントを買ったりして忙しく過ごしていた。美しいシルクのスカーフを選び、一枚はレティに、もう一枚はミセス・レイトンに贈ることに決めた。子供が何人集まるのかわからなかったので、ちょっとしたおもちゃやチョコレートもいろいろ買いそろえておいた。

グラントへの贈り物はもっと難しかったが、いろいろ考えた末に、幅広のネクタイ《クラバット》をとめるゴールドのネクタイピンを選んでみた。シンプルだが、趣味のいいものだ。ホスト役を務める主人にふさわしい贈り物を、彼が喜んでくれるといいのだけれど。アデリーンは訪問の準備に集中しようとしたが、オークランズへの出発が近づくにつれ、自制心はもろくも崩れ去っていった。

ローズヒルを出発すると気温はどんどん下がっていき、低く垂れ込めた空からは今にも雪が降りそうだった。ゆうべの降雪であちこちに雪だまりができ、馬車や鉄道での旅に遅れが出ていた。駅まで迎えに来たレイトン家の馬車がオークランズに近づくにつれ、アデリーンは最初に訪れたときと同様、屋敷の荘厳さに目を見張った。無彩色の背景にいっそう映えて、堂々たる姿をしている。

アデリーンとエマの向かいには、厚い膝掛けを膝下にたくし込まれたホレースが座っていた。コートの襟を立て、毛皮の縁取りがついた帽子を耳の上までかぶっている。そのかたわらで何くれとなく世話を焼くのは、従者として長年仕えてきたベンジャミンだ。

一行が馬車から降りると玄関のドアが開き、ヘスターが出迎えてくれた。ホレースは前に進み出て、彼女を抱き寄せた。いつものアデリーンなら、親愛の情を示すこういった場面にはどきっとするのだが、今はグラントとの再会のことしか考えられなかった。

ヘスターは少し下がり、ホレースをしげしげと眺めた。「具合がよくなったと聞いてうれしいわ。最後に会ったときよりお元気そうね。さあ、中へ入って」彼女はアデリーンを温かく迎え、一行を玄関ホールへ案内した。「雪のせいで来られないかもしれないと心配していたのよ。この空模様では、もっと降りそう。でも、子供たちは大はしゃぎだし、雪遊びに熱中するだろうから、文句を言ってはいけないわね」

荷物の世話はエマとベンジャミンに任せて、アデリーンは屋敷の中に入った。柊《ひいらぎ》ややどりぎ、赤い葉脈の美しい蔦《つた》がふんだんに飾られた玄関ホールは暖かくて居心地がよく、にこやかな使用人たちが足取りも軽く行き交っていた。台所からはいかにもクリスマスらしいおいしそうな匂《にお》いが漂ってきた。

父がヘスターと話している間、アデリーンはボンネットとコートを使用人に手渡したが、ふとグラントの気配を感じた。思わず、目が吸い寄せられる。彼は背後の窓から差し込む光を浴びて、居間の入り口に立っていた。二人が見つめ合うと時が止まり、ロンドンで別れたあの日へ連れ戻されるようだった。

次の瞬間、グラントが前に進み出た。

開襟シャツにツイードの上着、コーデュロイのズボンというくつろいだ姿。日に焼けた顔を黒っぽい髪が縁取り、迫力を感じさせる銀白色の瞳や、きりりとしていながら官能的な唇もアデリーンが覚えているとおりだった。相変わらずハンサムだ。彼が現れるとその場に生命力があふれ、ぱっと活気が生まれるようだ。

「再び、オークランズへようこそ」グラントはホレースと握手をすると、アデリーンの顔に視線を走らせた。「またお会いできてうれしいです」

アデリーンは落ち着いた声で率直に言った。「クリスマスのお祝いを一緒に過ごすよう誘っていただいてありがとう。父の発作があったので……ローズヒルで静かに過ごすつもりだったの。でも、ミセス・レイトンに招待されると、父はすぐにその気になってしまって」

グラントは問いかけるように眉をあげた。「アデリーン、君は？　その気にはならなかった？」

「ええ」アデリーンは正直に答えた。「私は押しきられてしまったのよ」

グラントはかすかにうなずいた。私たちの間にわだかまりがある状態でここへ来るのは、辛かっただろう。「でも、うれしいよ」彼は静かに答え、ややくだけた調子で続けた。「親戚が大勢集まっている。妹のアンナは、夫デイヴィッドと子供たちを連れてアイルランドからやってきた。デイヴィッドの妹キャスリーンと、その子供たち二人も一緒だ。彼女の夫は船乗りで、今はどこか公海の上を旅している。ローランドも、つい先週インドから戻ったばかりだから、相当にぎやかになるよ」

「みなさんにお会いするのが楽しみだわ。それにレティにも。あの……彼女は元気？」アデリーンは思いきって尋ねてみた。

「静かにしているが、元気なようだ。親友との再会を心待ちにしている」

そのとき、グラントの後ろに女性が立った。健康そうな肌をした顔のつくりが彼によく似ている。彼女は優しくほほ笑んだ。

「あなたがアデリーンね。初めまして、アンナです。

ようやくお会いできてうれしいわ。レティからいろいろ話を聞いていたから、初対面のような気がしないわ。さあ、私の夫のデイヴィッド、それににぎやかな三人の子供とお会いになって」

彼女のあとについていくと、居間では大きな暖炉に薪《まき》が赤々と燃えていた。魅力的で気取らない態度のデイヴィッドがホットパンチのグラスを手渡してくれたが、アデリーンは大勢集まっている人々を見て気後れした。身近な親戚だけではなく、おじやおば、いとこなどが勢ぞろいしている。領主を務める貴族にも紹介されたが、名前を覚える余裕もないほどだった。彼らはみな各地から駆けつけて、ここでしか味わえないクリスマスにわくわくしていた。

ローランドは薄青色の瞳でアデリーンをしげしげと見つめた。人なつこさと魅力にあふれ、兄と同じ長身に黒っぽい髪の持ち主だが、凛《りん》とした威厳には欠けるようだ。グラントに紹介されると、ローランドはアデリーンの手を取ってキスし、優雅さのお手本のようなお辞儀をした。

「お近づきになれて光栄です、ミス・オズボーン」

「どうか……アデリーンと呼んでください」彼女はとびきり温かい笑顔をローランドに向けた。

日焼けした顔に白い歯を光らせ、彼はあやしげな笑みを浮かべた。「ありがとう、そうさせてもらうよ。君が来てくれてよかった。レティはずっと君のことを賛美していたが、それもうなずける。レティをのぞくと、未婚、あるいは婚約していない女性はここでは君だけなんだ。知っていたかい？」

アデリーンは笑い交じりに答えた。「知らなかったわ。それでも、これほど歓迎されるとは思わなかったけれど」

「レイトン家は手厚いもてなしで有名なんだよ。そうだろう、グラント？」ローランドが兄にちらっと目をやると、彼は同じように横目でこちらを見た。

気取って落ち着いた表情の下にいら立ちを隠しているようだ。「君がローズヒルに引っ込んでしまう前に、僕は親しく知り合いたいな。誰にも文句を言われる筋合いはないと思うが」

アデリーンは笑い声を抑えられず、ローランドを見つめてほほ笑んだ。「気をつけたほうがいいわ。あなたのせいで、私はうぬぼれ屋になりそう」彼女はそうからかったが、昔のアデリーンだったら、知り合ったばかりの男性に軽口を叩《たた》くことなど考えられなかった。「ローランド、あなたはいつもそんなにせっかちな態度で女性に接するの？」

「私が知るかぎり、ローランドの目を奪った若い女性はまだいないわ」褐色のタフタ地のドレスをまとったヘスターが衣擦《きぬず》れの音とともにやってきて、冗談交じりに言った。彼女はアデリーンたちのそばを通り抜けると、ホットパンチの飲みすぎで真っ赤な顔をしたふくよかなモードおばの隣に座った。「私の息子のうち、一人はまだ恋を知らないようね」すべてお見通しといった視線でヘスターはグラントを見た。「そうでしょう？」

ヘスターのさりげない発言にアデリーンは一瞬、当惑した。どういう意味？　グラントには、心をとらえて離さない女性がいるということ？

アデリーンが少しよそに気を移したとき、グラントが弟に近づいてきた。「ローランド」客人のためににこやかな顔を保っているが、それとは対照的な冷ややかな声で言う。「オークランズにいる間、ここにいる令嬢たちの誰におまえが熱を上げようと構わない。好きにするがいい。だが、おまえも知っているように私はもう、例の若いレディに身も心も捧《ささ》げているんだ」グラントはすました笑みを浮かべた。「これ以上面倒な状況を引き起こさないでくれ。わかったか？」

「ああ、まったく明白だね」ローランドは小声で笑い、秘密めいた目配せを兄にしながらつぶやいた。

「兄さんは、ミス・アデリーン・オズボーンのためにとっておきの楽しみを用意している。それを邪魔するつもりはないよ」そう言ってローランドはふらりとその場を離れていった。

　グラントのほうを努めて見ないようにしていたアデリーンは、そのとき邪魔が入ったのに感謝した。スカートを引っ張る者がいたのだ。下を向くと、六歳ほどの男の子が輝くような笑顔でこちらを見上げていた。

「こんにちは、僕はジェラルド」

「私、メアリーよ」薔薇《ばら》色の頬をした女の子も声をあげた。大きな青い瞳に黒い巻き毛で、四歳ぐらいだろうか。「ねえ、クリスマス・ツリーを見たくない？　案内してあげるわ」

「あなたたち、今はだめよ」アンナはメアリーをさっと抱き上げた。「ミス・オズボーンは着いたばかりなの。ツリーをお見せするのはあとになさい」

「あら、ぜひ見てみたいわ」アデリーンはメアリーにほほ笑みかけた。「案内してもらえるかしら、メアリー？　それに、ジェラルドも」

「うん」二人は声を合わせて答えた。メアリーは母の腕から抜け出て、アデリーンの手を握った。

「後悔することになるわよ」アンナは笑ってアデリーンに警告した。「二人はきっと、あなたを解放しないから」

「あら、大歓迎よ。二人ともなんて愛らしいの」

「さあ、案内してさしあげなさい」アンナが息子たちを追い払うと、同じような年齢の男の子と女の子も仲間に加わった。キャスリーンの子供たちだ。

「じきに子守り《ナニー》が下りてきて、あなたたちを子供部屋に連れていってお茶を飲ませてくれるから、早く行ってらっしゃい」

「グラントおじさんも来なくちゃだめだよ」ジェラ

ルドは興奮して飛び跳ね、熱心に誘う。

グラントは甥《おい》の巻き毛をくしゃくしゃともてあそび、アデリーンに自重するような笑顔を見せた。

「断ったら、大変なことになりそうだ」

子供たちは盛大な笑い声やおしゃべりとともに大きな図書室へ突進した。そのあとを、アデリーンとグラントが落ち着いた足取りでついていった。図書室のドアは開けっ放しになっていて、通り過ぎる人を誘っているかのようだった。

子供たちは中へとなだれ込んでいった。みんなで手をつないで光のほうへ突き進み、あまりのすばらしさに息をのみ、部屋の真ん中で立ち尽くした。一列に並んだまま、目の前の光景に圧倒されていた。あたりに不思議なものが漂い、樅《もみ》の木の香《かぐわ》しい香りが部屋中に満ちあふれていた。

クリスマス・ツリーはドイツから入ってきた習慣で、ヴィクトリア女王の夫、アルバート殿下によって広められた。ツリーは明るい装飾の樽《たる》に植えられて部屋の角に置かれ、すっくとそびえ立っている。その周囲を、色とりどりの贈り物が囲んでいた。ツリーのてっぺんには、スパンコールを縫い付けた白いドレスと魔法の杖《つえ》を持った美しい妖精《ようせい》が金髪をなびかせている。枝には無数の細長い小蝋燭《ろうそく》に火がともされており、本棚にずらりと並んだ革張りの書籍の背の金文字に温かな光が映えて、どこもかしこもきらきら輝いていた。

「まあ、見事だわ！」アデリーンは子供たちと同様に畏敬《いけい》の念を浮かべた表情で見入った。

「基本的には子供たちのためのものだよ」グラントは笑い、枝の陰に隠れるピンク色の頬をした人形の数々を指差す。「火が危ないから、母上の言いつけで、必ず一人は濡《ぬ》れたスポンジを持った使用人が見まわるようにしている」彼はアデリーンを見つめた。

「ローズヒルでも、お祝いの時期はこんなふうにして過ごすだろう？」

「ええ、年配の親戚がやってきて滞在するわ。でも、悲しいことに子供たちがいないの。ツリーも飾るけど……こんなに大きくはないのよ」

アデリーンは子供たちと床にひざまずき、ツリーの前にしつらえられたキリスト降誕の情景を眺めた。ゆりかごに眠る幼子イエスをかたどった木像。そのまわりをいろいろな人物や動物が囲む。登場人物が誰に似ているか、子供たちがにぎやかに声をあげはじめた。みんながいっせいに話すのがおかしくて、アデリーンは思わず笑ってしまった。

彼女を救ってくれたのはナニーだった。糊《のり》のきいた白いエプロン姿で現れると、ナニーは子供たちをさっさと子供部屋へ連れていった。

グラントと二人きりになったアデリーンは、ツリーに近寄った。近くにいると、胸が痛むほど辛い。なぜ、こんな状況になったのか、不思議でしかたがないわ。最後に会ったときはグラントに憤慨していて、言いたいことが山ほどあったのに。いざこうやって会うと意地悪な言葉など口にできず、彼の態度に当惑するばかりだ。

グラントは机の端にもたれて物憂い笑みを浮かべ、アデリーンのすらりとした姿を感嘆の目で眺めた。彼女は後れ毛を耳の後ろにかけると、前に進み出てツリーのデコレーションに触れたが、一瞬、その背中が張りつめた。

暖炉の炎やツリーの明かりに照らされてつややかな赤茶色の髪が少し陰を帯び、唇の赤が深まる。穏やかな表情……物思うような、傷つきやすい様子はクリスマスを夢見る子供のようだ。グラントは思った。彼女は何かすばらしいことが起こるのを待っている。ああ、アデリーンに会えなくてずっと寂しかった。彼女がホテルからいなくなったとわかったときは、胸を矢で貫かれたようだった。あの日、ベッドをともにしたときのアデリーンは魅惑的で官能的だった。愛らしくそそるような姿を私は今も忘れられない。

「何を考えている?」グラントは静かに尋ねた。

アデリーンは振り向き、見つめられていたことに気づいた。「特に何も」そう言って予防線を張る。「ただ……いろいろなことよ」

「私に話してみたくはないか?」

探るようなグラントの瞳とこの話題から逃れようとして、アデリーンはクリスマス・ツリーに視線を転じた。「話すだけの価値もないわ」

「なぜ、君が勝手にそう決める?」

アデリーンは振り向き、ホテルの部屋で過ごしたあの日のことを思った。このうえない優しさと狂おしく求めるような激しさとともに、彼は私を愛してくれた。でも、グラントが私のことを恋人として大切に思っているという幻想にはもうすがれない。あれほど情熱的に私を愛してくれたグラントは、実は数えきれないほどの女性を相手にしていた。そして、その中にはダイアナ・ウェイヴァリーも含まれている。彼にとって、私はすでに昔の友達……ちょっとした知り合いという存在になってしまった。

「あなたは、いつもそんなにしつこいの?」アデリーンはグラントの質問に答えて言った。

「母上には、私の資質の中でいちばんよくないのはそれだと言われている」

誰かが入ってきたのに気づき、アデリーンはグラントの後ろの入り口を見た。レティだわ。エメラルドグリーンのドレス姿の愛らしいブルネットの令嬢に、アデリーンの目は釘《くぎ》づけになった。見つめ合うと、二人の顔にゆっくり笑みが広がった。レティは心の底から喜ぶようにささやいた。

「アデリーン! やっと来てくれたのね」

レティは両手を広げて近づいてきた。固い友情に結ばれた二人は互いの体に腕をまわして抱き合い、うれしそうに笑い合った。

「ああ、アデリーン、なんてすてきなの。あなたに会えなくてすごく寂しかったわ」レティは笑いながら、再び彼女に抱きついた。

「私もよ」

「いつまでいられる？」

「ボクシング・デーの次の日まで」

「もっと長居できるよう引き止めなくては。グラントがあなたを招待してくれて、本当によかったわ」

アデリーンは体をこわばらせた。「グラントが？」

彼女はグラントのほうに目をやった。彼は両手をズボンのポケットに突っ込み、窓にもたれてくつろぎながら、半ばからかうような表情でアデリーンを見ていた。「あなたが、私とお父さまを招待したの？」

「もちろん、そうよ」レティは兄に代わって素早く答えた。「そうでしょう、グラント？」

「でも……てっきり、ミセス・レイトンが……」

「母はグラントに代わってお二人をご招待しただけ。そうじゃなかった、グラント？」

「私はフランスにいたんだよ、忘れたのか？　母上に手紙を書いて、君と父上を招待するようお願いしたんだ」

「まあ！　それは……知らなかったわ」急に、アデリーンの胸は幸せではちきれそうになった。グラントはやっぱり、私のことを気にかけてくれていた。ここにいてほしいと思ってくれたんだわ。

「君がロンドンにいる間、母と君の父上はたびたび会って親密になった。彼が発作で倒れたと聞いて、考えたんだ。旅行ができるほど回復したら、二人でクリスマスを一緒に過ごしたいと思っているのではないか、と」

「ああ……そうなの」アデリーンは落ち着いて答えたが、心は急に沈んでいった。事情を知って、グラントに会えた喜びもどこかへ消えてしまった。

彼に平手打ちされたような気がするわ。二人の間には何もなかった……深い仲になって激しい情熱を交わしたことなど一度もないというように、私を扱うのね。グラントの腕に抱きしめられてあの手で愛《あい》撫《ぶ》され、ぎゅっと引き結んだあの唇にキスされたなんて信じられない。心の底まで傷つき落胆したアデリーンは、感情を表に出さなければよかったと思った。わかっていたはずじゃない。グラントは、私のことなどなんとも思っていないのよ。

アデリーンが必死に苦悩を隠そうとしているのを感じ取り、レティは兄をにらみつけた。なぜ、これほど無神経なことが言えるのかしら。「グラント、感じが悪いわよ」彼女はアデリーンと腕を組み、元気づけるようにほほ笑んだ。「兄のことは無視して。あなたをからかっているのよ。ねえ、グラント、アデリーンをさらっていっても構わないわね？　本当に久しぶりだから、いろいろ話したいの」

「どうぞ。アデリーンはまだ部屋に案内されていないから、おまえに任せるよ、レティ」

外は猛吹雪だったが、晩餐《ばんさん》は楽しく和やかなものだった。子供たちはすでに寝かしつけられ、誰もが穏やかに語り合っていた。異常気象による農業恐慌から、八月に英仏海峡を泳いで渡ったウェッブ船長の快挙、そして英国の情勢など、話題は多岐にわたった。アデリーンの向かいには、グラントの父方のおじである少佐が座っていた。長身で年配の少佐は灰色のもじゃもじゃした髪の持ち主で、ずっと独身を通し、クリミア戦争でも戦った人物だ。聴衆を楽しませる名人で、ヨーロッパやその先までいろいろ旅をした経験や、軍隊にいたときの興味深い話をしてくれた。

昔のようにくつろいでいるレティの隣に座りなが

ら、アデリーンの気持ちも明るくなったが、グラントの無関心さにはまだ傷ついていた。

しかし、彼がいつもアデリーンのことをこっそりうかがっていたのを知ったら、彼女はひどく驚いたことだろう。

グラントは完璧《かんぺき》なホスト役を務めていた。アデリーンが視線を向けるたびに、彼はおじやおば、ヘスターやホレースと話していた。こっちを見て。私のところへ来て、話しかけて。ベッドの中で愛し合ったときのように、私を見て。アデリーンの心はずっと、そう叫んでいたのだった。

12

アデリーンたちが到着した翌日はクリスマス・イブの二日前で、朝には猛吹雪も収まった。男性たちは朝食をすませると鋤《すき》を手に、門から玄関までの私道の雪かきを始めた。

赤い実をつけた柊《ひいらぎ》や、枝に積もった雪の重みに必死に耐える木々が青空に映え、汚れなき雪原が太陽の光に輝いていた。庭を横切る狐《きつね》が、雪面に足跡を残していく。空気はどこまでも澄みきって、すべてが静寂の中にあった。庭の向こう側では周辺の村人たちが集まり、凍った湖で大きな歓声をあげてスケートを楽しんでいた。

大人も子供も色とりどりのスカーフや手袋を身に

つけて、帽子を耳の上まで引き下ろした姿で不思議の国に飛び出し、そりで滑り降りては雪の中に楽しげに突っ込んでいく。ローランドとグラントはそり遊びの見張りを務めた。レティとアデリーンは暖かいコートとウールのスカートに頑丈な革のブーツを履いて、屋敷のそばで雪だるまを作った。

彼女たちは陽気に騒ぎながら、雪だるまの下半分を作ろうと雪玉を転がしはじめた。大きくなるにつれて、雪玉を押すのが大変になっていく。二人は息を切らし、笑いながら、今度は背中で押しはじめた。そこへいきなりローランドが現れてレティを雪合戦に引きずり込み、子供のように叫び声を上げて妹を追いかけまわす。ふざけた兄に雪の塊を首に押し込められてレティはすっかり濡れ鼠《ぬれねずみ》になると、着替えるためにローランドと屋敷へ戻っていった。

グラントは、この大騒ぎの一部始終を丘の上から眺めていた。アデリーンが雪原で大はしゃぎして雪だるまを作るなんて、思ってもみなかったな。彼はレティとローランドが姿を消したのを見ると、雪だるまの完成を手伝いたくなり、子供たちの面倒をアンナとデイヴィッドに任せて下へ下りていった。

グラントを見ると、アデリーンの顔じゅうにぱっと笑みが浮かんだ。その笑顔の温かさに、彼の心はとろけそうになった。

グラントは両手を腰に当て、まじめくさった顔つきで雪だるまを見つめた。「これは男がやるべき仕事だね」

アデリーンはっとして侮辱されたような顔をした。「レティにはとても聞かせられない。ただちに撤回させられるわよ」

「たしかにそうだろうな。だが、あれを転がすにはやはり男手が必要だ。私にやらせてくれ」そう言うとグラントは、さっさと雪玉を転がしはじめた。

意外な重労働に四苦八苦する彼の姿を見ながらア

デリーンは大笑いし、両手を腰に当ててとがめるような目で見た。「ほらね、わかったでしょう。思った以上に大変なのよ」

もっと大きくしようとグラントは踏ん張り、アデリーンがもう十分だと言うまで雪玉を転がした。彼は革の手袋で雪を払い落としながら一歩下がり、勝ち誇ったような笑みとともに雪玉に目をやる。「これでどうだ。ずいぶん大きくなったと思わないか?」

アデリーンは優しく穏やかな声で答えた。「そうね、グラント。あなたの言うとおりだわ」いつになく神妙な顔つきだ、と思うまもなく、グラントは胸を彼女の両手で突かれて、背中から雪の吹きだまりに倒れ込んでしまった。

「おい、この乱暴者め」立ち上がろうとじたばたしながら、彼は大声で笑った。

アデリーンも一緒になって笑った。「女一人では雪だるまも作れないと決めつけた傲慢《ごうまん》さへのお返しよ。〝驕《おご》れる者は久しからず〟よ。さあ、立って。そばに来ると危険よ」彼女は雪玉を作りながら叫んだ。「私の狙《ねら》いは正確なんだから」

「よくもやったな。後悔することになるぞ」グラントは頭に雪玉を当てられ、叫び返した。彼は雪をすくいあげてぎゅっと握ると、危険な光を瞳に浮かべたままアデリーンに近づいていく。

「ああ、やめて……だめよ」彼女はあとずさりしながら、笑い声にむせている。「やめて、グラント、それはだめ。少し分別を取り戻しましょう。だめよ……ちょっと待って……」

グラントはいきなり突進すると、アデリーンの肩に雪をぶつけた。彼女は仕返しを誓い、また雪玉を握りはじめる。

「この乱暴者、ひどい人ね。覚えていらっしゃい。やめないと、こっちだってぶつけてやるから」そう言いながらアデリーンはグラントに雪玉を浴びせ、くるりとまわって素早く逃げた。

「無謀にも私を挑発したりした罰だよ」グラントは叫び、さらに雪をすくってあとを追いかけた。

アデリーンはスカートと深い雪に足を取られ、グラントに後ろから抱きつかれると、そのまま金切り声をあげながら前のめりに転んでしまった。

「助けて！　重いわ！」

グラントは、彼女の上にのった自分の体を起こした。アデリーンがごろんと寝返りを打って仰向けになったまま笑い転げていると、グラントが顔から雪を払いのけてくれた。彼女はようやく立ち上がると両手を前に合わせて、雪玉の攻撃を避けるように許しを請うたが、構わずに雪をぶつけてくる彼に大笑いするしかなかった。この人は圧倒的な男らしさでこの場を支配しようとする。反応せずにはいられないわ。やられっぱなしではすまさない、絶対に仕返しするから。心に決めたアデリーンは、歓声とともに、顔を輝かせて応戦した。二人は子供のように跳ねまわり、静けさの中に笑い声を残しながら雪まみれになって遊んだ。この楽しいひとときを終わらせたくない。そう思った二人は、雪だるまを仕上げる作業に戻った。最高のできばえとはいかなかったが、アデリーンのスカーフを首に巻き、曲がった人参を鼻に見立てて、さらにおかしな帽子をかぶらせた完成品に子供たちは大喜びだった。

大人も子供も十二分に満足して屋敷へ戻った。赤々と燃える暖炉の前では、熱いミンス・パイとバターを塗った焼き立てのパンケーキがみんなの帰りを待ち受けていた。


翌朝、レティとアデリーンは朝食をすませるとスケート靴を抱えながら腕を組み、ぶなや樫《かし》、橙《だいだい》色の実をつけたななかまどの木々に囲まれた湖へ向かった。前日とは違い、そこには誰もいなかった。寒さは相変わらずだが、ひと晩のうちに暖気が戻り、木々に積もった雪が融けはじめていた。ここは代々レイトン一族の子供たちがボート遊びに興じた大きな湖で、魚もたくさんいた。ほとりの部分は浅いが、すぐ急に深くなり、危険な底流がある湖だ。

雪が溶けてきたが、中心部の氷の厚さがどれほどかわからない。二人は端から離れないようにして三十分ほど滑った。アデリーンはレティほどうまくはなく、おどおどした足取りで笑われてばかりいたが、それでもとても楽しかった。レティにしがみついているか、尻餅《しりもち》をついて転んでいるかのどちらかだったけど、ペチコートをたくさん重ねておいてよかったわ。痛みが和らぐもの。でも、転んで恥ずかしいことに変わりはないけど。

ひと息入れようと二人が氷から出ると、一人の男が近づいてきた。浮かれ騒いでいたレティとアデリーンは、それまで彼にはまったく気づかなかった。

「お楽しみのようだな、レティ」

声にひそむものに不安を覚えた二人の心に次の瞬間、血も凍るような恐怖がよみがえった。男はジャック・カニンガムだった。レティとアデリーンが振り向くと、薄青色の冷たい瞳でこちらを見ている。アデリーンは、湖から吹いてくる風など比べものにならないほどの寒気を背中に感じて立ち尽くした。

レティはジャックの突然の出現や彼の身なりに衝撃を受け、息をのんだ。以前の優雅さはすっかり消え失《う》せ、よれよれのズボンに型崩れした外套《がいとう》を着た彼の姿は、崖《がけ》っぷちまで追いつめられているようだった。

だが、二人が最も衝撃を受けたのはジャックの顔だった。無精ひげの生えた顎、頬はこけて瞳も落ちくぼんでいる。ふいに辛辣《しんらつ》な笑い声をあげるジャックに、二人はびくっとした。

「どうした、レティ？　わからないのか？　おれには、すぐにおまえがわかったよ。胎児殺しの罪を犯したあばずれめ」

嘲《あざけ》るような口調に、ジャックに対するレティの怒りがよみがえった。「心配は無用よ、あなただとちゃんとわかっているわ。でも、少し変わったようね。裕福で傲慢だったジャック・カニンガムがこれほど落ちぶれるとは。あなたの経営する店が不道徳な目的に使われているという容疑で、警察が捜査しているはずよ」

「おれを告発するやつが現れたんだ、おまえの兄貴だよ」ジャックはうなった。

「今度ばかりは、警察への賄賂《わいろ》も効かなかったようね」レティは蔑《さげす》むように言い返した。「グラントは影響力を持つ知人に頼んで、厳重な取り調べをするよう内務省に働きかけたのよ。とっくに逮捕されたと思っていたのに」

「やつらには、おれを捕まえることはできない」

「警察から逃げまわっているのね」

「そのとおり」そう吐き捨てたジャックの顔は怒りと憎しみに歪《ゆが》み、ますます醜悪になっていった。「おれはおまえとグラントにはめられた。おれを警察に通報したろくでなしの兄や、おれの子供を殺したあばずれのおまえに報復するまでは、絶対に逮捕されるもんか。何日もここに隠れて見張り、この瞬間を待っていたんだ。ゆっくり楽しませてもらうぜ」

レティは冷ややかに言った。「寝言はやめて、ジャック。頭がどうかしてるわ。そんなことをしてなんになるの？」

「今のおれにはそんなこと関係ない。何もかも失ってしまったんだ……必死になって手に入れたものをすべて奪われた……全部、おまえのせいだ」

「それに、兄のせいだと？　兄のことも傷つけるつもりなの？」

ジャックは、理性や冷静な判断力を失っていた。レティやグラントが慈悲を請うこともできなくなるほど、この手で痛めつけてやりたい。ジャックは残忍に光る瞳を細めた。「傷つけるんじゃない。おれはやつを殺すんだ。それから、おまえの首をへし折ってやる」

レティにじっと視線を注ぐジャックの目を見れば、彼の言葉が単なるこけ脅しでないことは明らかだった。

アデリーンは、緊張が高まっていくのをひしひしと感じた。ジャックが現れた衝撃が薄れると、彼女は冷静に状況を判断した。私たちが立っているのは、湖を挟んだ屋敷の向かい側。助けを求めても無駄だわ。ジャックは脅し文句を言っているだけだと信じたいけど、レティを見つめる無情な目、それに固く握った拳《こぶし》を見れば、彼女に危害を加えるつもりなのは明白だ。

「レティ、走って……逃げるのよ」アデリーンは自分のことは構わず、必死に叫んだ。「ジャックがここへ来た理由がわからないの？」

ジャックが腕をつかもうとしたその瞬間、レティはあとずさって向きを変え、氷の上に乗ると、彼女は屋敷へ向かって力のかぎり氷面を滑った。ジャックはそれを遮ろうと、猛烈な怒りの声とともに湖の中心を突っきろうとした。

アデリーンは身動きもできぬまま、目の前で繰り広げられる光景を見つめた。心臓が口から飛び出そうだった。湖が湾曲したところでレティが見えなくなったが、それと同時にジャックの姿も忽然《こつぜん》と消えた。アデリーンはおびえた表情で、誰もいない湖面を見つめた。氷が割れ、ジャックは水中に落ちてしまったのだ。彼女は助けを求めて必死にあたりを見まわしたが、目に映るのは一面の銀世界だけで、助けを求められるものは何もなかった。

グラントはサンルームで一人、不思議な満足感とともに庭を眺めていた。外は太陽に照らされて、息をのむほど美しい。アデリーンと二人で作った雪だるまも溶けはじめている。青空を背にそびえ立つ木々の枝に積もる雪が、ダイアモンドのようにきらきら輝いている。

庭から湖へと視線を移すと、アデリーンとレティが氷の上で大騒ぎしている。アデリーンはバランスをとるのに苦労しているようだが、それでも楽しそうだ。グラントは、昨日一緒に雪だるまを作ったときの彼女を思い浮かべた。お茶目でいきいきとして、驚きに目を見張り、信じられないほど自然にふるまっていた。頬はひなげしの花のように赤く、瞳は宝石のように輝いていた。彼女を見ているうちに、甘く温かいものがグラントの体の中で溶けていった。

レティとアデリーンが氷面から出ると、男が一人近づいてきた。遠すぎて誰なのかわからないが、警戒することもないだろう。グラントがそう思った瞬間、向きを変えて必死に氷上を逃げようとするレティを男が追いはじめた。グラントは、アデリーンのほうをぱっと見た。アデリーンは荒涼とした白一面の世界に立ち尽くしている。グラントはドアを開け、湖へと急いだ。

すっかり取り乱した状態のアデリーンは胸がどきどきしていた。駆けつけたグラントにつかまると、彼女は目を見開いたまま息せき切って話し出した。

「氷が……薄い氷では彼を支えきれなかったの。彼は……氷の下に落ちてしまったわ。水の中なの。どうしよう。彼を引き上げようとすれば、私たちも落ちてしまうかもしれない」

グラントはアデリーンを抱き締めながら、彼女の甘く温かな息を喉に感じた。「さあ、少し落ち着いて。誰なんだ？　君の知っているやつか？」

「ジャック……ジャック・カニンガムよ。彼はレティに危害を加えようとしている……あなたにもよ、グラント。彼は心底、あなたたちを憎んでいる。でも……ああ、ひどいことが起こってしまったわ」

やがて、レティとローランドがやってきた。彼もグラントと同様、屋敷の中から一部始終を見ていて、従僕や使用人に声をかけて引き連れてきたのだ。彼らの中にはロープや厚板を持った者もいた。

グラントはさっとアデリーンの体を押しやり、上着を脱いだ。険しい顔でロープを手に取ると、上体に巻きつけて結んだ。

アデリーンは寒さに震えながら、信じられない思いで彼を見つめた。「グラント、何をしているの？中に入ってはだめよ。もう、ジャックは死んでいるわ。凍るほど冷たい水の中で持ちこたえられるわけがないもの」

「それでもやらなければ。ジャックを見つけられるかどうか、確認しなければならない。ここで見捨てたら、私は良心を捨てることになる。彼が死んでいてもしかたがないが、何もしない訳にはいかないんだ」

「いや、グラント、アデリーンの言うとおりだよ」ローランドは、流れが渦巻く氷の下に潜るという兄を心配して言った。「こんな冷たさの中へ飛び込もうなんて、無茶だ」

「それでもやらなければならないんだ、ローランド。このロープをつかんでいてくれ。戻るのが遅すぎたら、引き上げてほしい」グラントはアデリーンを見ると表情を引き締め、くるりと背を向けて氷上に上がり、ジャックが消えたところへ歩いていった。

冷たい水の中にグラントが飛び込むと、アデリーンはその場に立ち尽くしたまま、彼が消えたところをじっと見つめた。隣に来たレティが手を握ってくれたのにも気づかなかった。グラントが氷の下で恐ろしいほどの危険と闘っているのに、私は安全なところで何もできずにいるなんて。長すぎるわ、なぜ、戻ってこないの？　次の瞬間、グラントの頭が水上に現れ、アデリーンの薄れかけた希望も再び戻ってきた。

グラントは頭を振って大きく息を吸い込むと、また姿を消した。彼が水中にいる時間が長くなるほど、アデリーンは自分の命も消えていきそうな気がした。グラントが飛び込んだところを見つめていた彼女は、不安いっぱいの目でレティを振り返った。

「潜っている時間が長すぎるわ。もう上がってこないと、グラントは凍え死んでしまう」

「大丈夫よ……ほら……」

グラントは、ジャックが落ちたところから数メートル離れたところで遺体を発見し、水面に引っ張り上げながら脇《わき》の下でロープを結んだ。

「まず、私を引き上げてくれ」グラントは取り囲む男たちに叫んだ。「でないと、死体が二体に増えるぞ」

男たちは滑って転びそうになりながら、彼の言葉に従った。肩に毛布をかけられたグラントは、ジャックの遺体が引き上げられるのを立ったまま見届けると、抱き合って震えているアデリーンとレティのところへやってきた。疲れきった顔で、濡れた髪からは雫《しずく》が垂れている。グラントは二人の心配を和らげようと、無理にほほ笑んだ。

アデリーンは心の底から安堵《あんど》したが、体ががたがた震えるのは止められなかった。

グラントは彼女の頬に触れて、優しい目で見つめた。「私は大丈夫だ。心配するな」

「ジャックはどうなるの？」氷上に横たわる彼の死体を見ながら、レティは尋ねた。

「警察に引き渡す。いろいろ質問されるだろうが、それは私が引き受ける。さあ、屋敷へ戻ろう。私たちにできることは何もない、あとは警察に任せよう。それに、この濡れた服を早く着替えないと。母上にはすべて報告するが、ほかの客には、スケートをしていた男が不運な事故で氷の中に落ちたと言っておこう」

ヘスターはこの知らせを無言のまま受け止めると、レティに目をやった。彼女は涙も見せずにまっすぐ前を見つめている。なんの感情も表に出さず、心をどこかに置いてきたような様子だが、実はこのうえない安堵感を覚えていた。ジャック・カニンガムは死んだ。私はもう、何も恐れずに生きていける。

翌朝、前日の災難にもかかわらずグラントが無事なのを見て、全員がほっとした。

今日はクリスマス・イブ。日が沈むと、ランタンを手に聖歌隊がやってきた。広く歌い継がれてきたクリスマス聖歌が流れる中、ジャック・カニンガムを知る者はみな、彼の死でクリスマスのお祝いを台なしにしないよう心に誓った。やがて、砂糖や香料を入れたホットワインや熱々のミンス・パイとともに陽気なお祭り騒ぎが始まった。子供たちは、サンタクロースがやってくるのを楽しみにしながら眠りについた。

ようやく静けさが戻ると、大人は焼き栗《ぐり》やポートワインを楽しみつつ、ほっとひと息ついた。真夜中に教会の鐘が鳴ると、アデリーンはみんなと真夜中の礼拝に参加した。これは、古くから伝わるクリスマスの習慣だ。

クリスマス当日の朝、再び教会での礼拝へ向かった。その後、グラントは使用人たちに贈り物を手渡した。正午には伝統的なクリスマス・ディナーが執り行われた。食堂のマホガニー製のテーブルは天板がいっぱいに延長され、その上にご馳走《ちそう》がずらりと並んでいる。壁には常緑樹の枝が飾られ、テーブルの真ん中の枝付き燭台《しょくだい》には蝋燭《ろうそく》の火が赤々とともされていた。木の実の入った籠《かご》には赤や金色のリボンが結ばれ、とても華やかだ。七面鳥が取り分けられると、火をつけたプラム・プディングが運ばれて、部屋を明るく照らした。

全員が食事を堪能すると、グラントは立ち上がって乾杯を提唱した。アデリーンは、自分が贈ったゴールドのネクタイピンを彼が身につけているのを見てうれしかった。その気持ちが伝わったのか、グラントはネクタイピンにちょっと触れ、無言のうちに彼女の目を見て思いを伝えた。彼の顔にちらっと笑みが浮かんだ。

昼餐《ちゅうさん》が終わると客たちは自室に戻り、きつくなった服を緩めて、あとのための準備と称して横になった。夜には冷菜が供される静かな夕食会があり、地元の名士や近隣の人々が招かれてくるのだ。

アデリーンは眠る気になれず、レティを捜して小さな居間へとやってきた。彼女はヘスターやアンナと会話していたが、全員で振り向くやいなや口をつぐんだ。アデリーンは眉根を寄せた。ときどき、三人が私を変な目で見ることがあるけれど、いったいどういうわけかしら。

「あの、お邪魔だったかしら。何か問題でも?」

レティたちは気まずそうに目配せを交わした。

「問題? いいえ……あの、明日の夜のパーティーについて話し合っていたのよ。ね、お母さま?」レティは間髪を入れずに答えた。

いささか驚いた顔でヘスターはアデリーンからレティへ、そして再びアデリーンへと視線を移した。

「ええ……そ、そうよ。毎年、ボクシング・デーの夜には使用人のために夕食会を開くのがならわしなの。彼らは、クリスマスの時期は本当にいろいろ働いてくれるから。この屋敷には欠かせない存在だし、ここは彼らにとっても大切な家なのですからね。この時期、彼らは自分たちの家族と一緒に過ごせないのだから、何か特別なことをしてあげないと」

「楽しそうですね」アデリーンは言った。

「そうよ」レティは意気込んで答えた。「最初のダンスはグラントが料理人と踊るの。そして、お母さまは執事と。何はともあれ、みんなで楽しく過ごすのよ。あなたも、いちばんすてきなパーティー用のドレスを着てきてね」

「いちばんすてきなドレスは、あなたがロンドンで一緒に選んでくれたものだわ、レティ」

「パーティー用のドレスとは、なんの話だい？」

全員が振り向くと、グラントが入り口から入ってきた。

「アデリーンに明日のことを話していたのよ」レティが答えた。

グラントははっとした目で母やレティを見た。

「明日のこと？　何の話だ？」

グラントを見つめたアデリーンは、レティの言葉に彼がほっと安堵の息をもらしたのに気づいた。

レティは立ち上がってアデリーンと腕を組んだ。

「家の中をちょっと歩きましょうよ。プラム・プディングを食べすぎたから、腹ごなしをしないと」

「私が来たからといって、慌てて出ていくことはないだろう？」

レティは兄ににっこりほほ笑んだ。「そうじゃないわ。私はただ、アデリーンと話がしたいの」

レティとアデリーンはサンルームへ行って籐《とう》椅子に座り、雪に覆われた外の風景を眺めた。背の高い南国の植物がガラスの天井に届きそうだ。流れる水の音が聞こえ、あたりには花や湿った土の匂《にお》いがあふれている。

レティはアデリーンに、アイルランドへ戻るアンナとデイヴィッドに同行して、少し滞在してくるつもりだと告げた。

「生活を立て直すには、ここを離れてジャックの思い出のないところへ行く必要があると思うの。彼に脅かされることがなくなって、本当に安心したわ。あんなむごい最期を迎えるとは思わなかったけど、彼はポケットに銃を持っていた、とグラントに聞いたわ。警察が発見したそうよ。ジャックは本当に私を……そしてグラントを殺すつもりだったのね。彼は心の底から、私を憎んでいたんだわ」

「もう忘れて、レティ。そして、自分のしたことをこれ以上後悔してはだめよ」

「ええ……わかっているわ。戻ってきたら、また女性運動の活動に励むつもりよ。世の中を牛耳っているのはやっぱり男性で、女性はいろいろなところで制限を受けている。ジャックと付き合って、何よりもそれがわかったの」

「あなたがいなくなると寂しいわ」

レティは両手を組んで椅子の背にもたれながらアデリーンを見つめ、何かを隠しているような笑みを浮かべた。「あら、それはどうかしら。ほかのことで頭がいっぱいで、私のことなんて忘れてしまうかもしれない」

「レティ、いったい何を言っているの？」

「あなたとグラントがとてもいい雰囲気だってことよ」レティは眉を上げ、すべてお見通しだと言うようにほほ笑んだ。「この前、二人で雪だるまを作っていたじゃない？　私はちゃんと見ていたわ」

アデリーンは顔が赤くなるのを感じた。「ああ、そのことね。たしかに楽しかったわ」

「とても楽しかったようね。今も、グラントを愛しているの？」

単刀直入な言葉にアデリーンは驚いた。「彼のことは……もちろん、好きよ」

「それだけじゃないと思うわ」

「確かに雪の中では一緒に大騒ぎしたけど、あれ以外ではグラントはほとんど話しかけてくれないのよ」アデリーンは彼の冷淡さにいら立ち、反論した。

「ほかのお客さまと同じような接し方なの。私のことなんて、彼はほとんど見ていないわ」

「あなたがグラントのことを意識しているように、彼もあなたのことをすごく意識しているわ。あなたに気づかれていないと思っているときはいつだって、あなたから目を離せずにいるのよ」

アデリーンは胸がどきりとした。「本当に？」

「あなたが今ここにいることだって、グラントはちゃんとわかっているはずよ」レティは笑った。「グラントは、あなたに特別なクリスマス・プレゼントを用意しているの。きっと、気に入ると思うわ」

「特別なプレゼントを私に？」アデリーンは興味を引かれ、胸がどきどきした。「それは、何？」

レティはいたずらっぽく瞳を輝かせた。「ああ、そのうちわかるわ……あなたにそれを告げるのはグラントよ。あなたが気に入るとうれしいんだけど」

アデリーンはますますわけがわからなくなった。みんな、これ以上ないほど奇妙なふるまいをしている。


夕食会に客人たちが到着する中、アデリーンが玄関ホールに立っていると、ダイアナが堂々と入ってきた。髪を優雅に結い上げてセーブルの毛皮をまとい、高慢そのものといった姿だ。ここオークランズで彼女に会った衝撃にアデリーンの気持ちは乱れた。ダイアナが毛皮を執事に渡すと、濃い紫色のドレスがぱっと現れた。趣味のいい贅沢《ぜいたく》なドレスで、ボディスの深く丸い襟ぐりからクリーム色の豊かな胸がこぼれそうだ。まさに、まばゆいばかりの美しさだった。

やっぱり、グラントはダイアナに夢中なのね。アデリーンは今までにないほど傷ついた。ダイアナを迎えてヘスターに紹介するグラントを見ていると、ますます胸の痛みが深まる。なぜ、彼女も招待していると言ってくれなかったの？　事前にわかっていれば、心の準備もできたのに。そもそも、どうして彼女を招待するの？

ダイアナはその場にいる人々に物憂げな視線を走らせた。アデリーンを見つけると瞳にちらっと驚きが走ったが、彼女は気取った笑みを浮かべてグラントのほうに向き直った。

しばらくしてアデリーンは、客たちの間を歩くグラントの姿をこっそり見つめた。すると再び、ダイアナが彼に声をかけた。ほほ笑みを浮かべながら話しかける彼女に、グラントは頭を低く下げて耳を傾けている。声を立てて笑う彼を見て、アデリーンはぱっと顔を赤くした。一緒に雪遊びをしたときに大声で笑っていたグラントを思い出したのだ。そのとき彼が振り向き、アデリーンはじっと見つめているところを見られてしまった。グラントは彼女の瞳をとらえて不可思議な笑みを浮かべると、彼女に向かってゆっくり頭を下げた。

アデリーンはこわばったままグラントから顔をそらし、レティに話しかけた。再び彼を見たら、何をするか自分でもわからなかった。

「彼女はここで何をしているの？」レティは憤慨しながらダイアナの背中を見つめ、ささやいた。

「きっと、ほかの方々と同じように招待されたのよ」アデリーンはそっけなく答えた。

「それは違うわ。そんな残酷なことをグラントがあなたにするわけがないもの。ダイアナはご主人が亡くなってから、ずっとグラントにしつこくつきまとっているのよ」

「グラントも彼女に関心があるように見えるわ。ダイアナが来てから、ほとんどそばを離れないもの」

「ダイアナのほうが、グラントを独り占めしようとして離れないのよ。彼女に関心を持っていたら、グラントは何年も前に求婚していたはずよ。今さらここに来るなんて、ダイアナはなんて厚かましいの。絶対に招待などされていないはず……でも、彼女ほどの鉄面皮はそうそういないから」

アデリーンも同感だったが、落胆やいら立ちは表に出さずにいた。アンナと少し会話をして、再びレティと一緒にいると、ふいにダイアナがやってきた。

「オークランズで会うとは驚きだわ、アデリーン」

「あら、そう?」アデリーンは平静さを保とうとした。「父とミセス・レイトンが親しくしているの。最近、父は病気をしたので、クリスマスを一緒に過ごせたらいいと彼女が誘ってくださったの。でも、あなたが招待された理由はさっぱりわからないわ」

「あら、そう? あなたに黙っていたなんて、グラントも不注意ね。最後に会ったとき彼は、クリスマスをオークランズで過ごすこと、そして今夜は昔ながらの夕食会があるということをしきりに言っていたの。私に来てもらいたがっているのがわかったのよ。今夜はサー・ジョンとレディ・ピルキントンと一緒に来たわ。二人は、オークランズとウエストウッド・ホールの間に住んでいるから」

ダイアナはその場を離れるつもりもないのか、男性に何か話しかけられて笑っているレティを見ながら言った。「あんなことがあったわりには……レティも上機嫌ね」

その言葉に驚き、アデリーンはダイアナをきっとにらんだ。「なんですって? あんなこと?」

ダイアナは厳しい目でアデリーンを見据えた。

「ジャック・カニンガムは私の知り合いでもあるのよ。忘れないでちょうだい」

アデリーンは表情を変えなかった。ダイアナはジャックが死んだことを知らないようだけど、私が教えることもないわ。きっと、グラントが話すでしょう。

「ジャックはレティと結婚する夢をまだ追いかけているのよ、頭がおかしいのね」ダイアナは信じられないといった調子で続ける。「そんなことありえないのに。レティが妊娠したのを知ったら……ジャックが見逃すわけがないわ」

「厳しい財政状況を救ってくれたグラントに少しでも感謝しているなら、分別のあるふるまいをすることね」アデリーンはぴしゃりと言い放った。確たる証拠はないが、とりあえず自分の推測に従うことにした。「ミセス・レイトンをのぞいては、何が起こったのか知っている人は家族にはいないわ。レティがそう望んでいるから」

ダイアナは顎を上げ、冷たく歪んだ瞳でアデリーンを見つめた。「グラントとの不動産売買の件をなぜ知っているの？ 彼に何か聞いたの？」

二人はにらみ合ったまま、互いの表情を探っている。「いいえ。でも、私はばかじゃないし、ちゃんと耳もあるのよ。だけど、そんなことはどうでもいい。私が心配しているのはレティのことよ。見た目はともかく、彼女はまだ不安定な状態なの。何かいざこざを起こしたら、あなたは重大な過ちを犯すことになるわよ。お願いだから、この件については私の言うとおりにして」

ダイアナはすうっと目を細めた。「私もそこらの小娘とは違うのよ。ジャック・カニンガムとはそれなりの付き合いをしてきたから、彼がどんな人間かはわかっているわ。レティのおぞましい秘密が表沙汰《ざた》になったとしても、それは私の仕業ではない。これだけは断言しておくわ」

「ありがとう」

「では、失礼」

アデリーンはほっとした。

夜も更けてパーティーが終わるころ、グラントはダイアナに近づいて腕を取った。二人が一緒に部屋を出ていくのを見て、アデリーンは胸にナイフを突き立てられたような気がした。せっかくのクリスマスが……ダイアナのせいで台なしだわ。

その後の一時間をアデリーンはやり過ごしたが、ほほ笑んでいることさえ辛《つら》かった。深く傷つきながら、彼女は思った。もう二度と、自分の直感を信じてはいけない。グラントが私のことを愛するようになったと思っていたなんて、本当にばかね。

屋敷を出て一人になりたい。アデリーンは部屋に戻ってコートとブーツを身につけると、そっと玄関から出た。グラントがそれを見ていたことなど、彼女は少しも気づかなかった。身を切るような夜気が
リーンにはありがたかった。いろいろなことでくたびれた頭をすっきりさせてくれる。

細い三日月と星空を切なく見つめていると、静けさが心にしみ入る。コートの襟を立てて屋敷から庭園の向こう側の森まで歩き、湖の反対側へと進んだ。あそこで起こった悲劇はもう、思い出したくない。ぶなや樫、菩提樹《ぼだいじゅ》の静かな木立が少し不気味だが、アデリーンは一人きりになれたのがうれしかった。

どこかで梟《ふくろう》の鳴き声がしたが、それ以外は完全な静寂が一面の銀世界を支配していた。アデリーンはすっかり心を奪われたまま、さらに木立の奥へ進んだ。ふいに前方で何かが動いたのに気づき、警戒して立ち止まった。雌の狐だ。しなやかな足取りで、こちらにはまったく気づいていない。彼女は驚きと喜びに目を見張った。二匹の子狐が甲高い声をあげながら、母親のそばを動きまわった。アデリーンは

思わず笑みを浮かべた。狐たちを驚かせたくないわ。

彼女は身じろぎ一つせずにうっとり見守った。

やがて、アデリーンは自分一人ではないことに気づいた。誰かがやってきて、後ろに立っている。走って逃げなさい。速まった鼓動が彼女にそう告げたが、とても動くことはできなかった。次の瞬間、白檀《びゃくだん》のほのかな香りが鼻をくすぐり、アデリーンの腰に力強い腕がまわされた。背の高い人に、彼女は後ろから抱き寄せられた。

彼は頭を下げてささやいた。「じっとして、声をたてないで。でないと、狐たちが逃げてしまう」

聞き慣れた声にアデリーンは一瞬、固まった。振り向かなくとも、後ろに誰がいるのかすぐにわかった。と同時に、すべての感覚が耐えがたいほど研ぎすまされ、アデリーンは本能的な興奮にぞくぞくした。耳元でささやくブランデー混じりの吐息に肌をくすぐられ、彼の力強い心臓の鼓動を背中に感じる。

抵抗することも、ほんの小さな音をたてることもできない。彼女は、自分が息をひそめていることにさえも気づかなかった。狐の親子を見つめていると、再びささやく声がした。

「なかなかお目にかかれない光景だね」

「ええ、本当に」

アデリーンは振り返って正面から彼を見たかった。あふれるような強さに屈服し、彼の声に酔いしれたい。こうして触れられると、背筋がぞくぞくする。肌がじりじりとほてり、体の中で何かがうごめきはじめる。ほんの一瞬の間に、私という人間がすっかり変わってしまったようだ。抵抗することも声をあげることもできないまま、アデリーンは彼の力強い体に強く自分の体を押しあてた。

母狐は注意深く子供たちを見守り、鼻面で自分のほうに寄せた。子供たちも、守られているのがうれしいようだ。するとそのとき、母狐は体をこわばらせ、毛を逆立てながらグラントたちのほうを見た。脅すように怖い表情をしている。人間がいるのを知った母狐は歯をむきだしにした。子供たちにも警戒するよう伝えると、親子は暗がりの中へと姿を消した。

一瞬の出来事だった。グラントは、アデリーンの体を離して一歩下がった。彼女は全身の力が抜けたように感じたが、大きく息を吸って、ゆっくりグラントを振り返った。彼の後ろの空に出た月が、青白い光をアデリーンの顔に降り注ぐ。グラントの姿は陰になったままだった。

「なぜ、私のあとをつけてきたの？」

「そうしたかったからさ。気に障ったか？」

アデリーンは首を横に振った。「いいえ」

「クリスマスを楽しんでいるかい？」

「ええ、とても。ただ、湖での出来事でお祝い気分が少し暗くなったわ。警察にはなんと言ったの？」

「真実を告げたよ。カニンガムは、彼を告発した私を殺そうとここへやってきた、と。レティについては、何も触れずにおいた。ロンドンの警察とも協力して、私の話が本当だと証明してくれるはずだ」グラントは表情を和らげた。「君が来てくれてうれしかったよ、アデリーン」

「私も誘ってもらってうれしかった。家族再会の場であるクリスマスでこれほど歓待してもらって、本当に感謝しています。あっと言う間だったわ」

「まだ終わっていない」

「でも、ほとんど終わりよ」

「いや、違う。君はボクシング・デーを乗りきらないとだめだ」

気のせいかしら、グラントの言葉に何か含みがあったようだけど。アデリーンは彼から離れ、頭を下げた。「寒いわ。もう、戻りましょう」

グラントは両手を彼女の腕に置き、自分のほうを向かせた。「アデリーン、待ってくれ。尋ねたいことがある。君がここへ来てからもう何日にもなるのに、二人きりで話せる時間はほとんどなかった。なぜ、ロンドンで私から逃げていった？」

アデリーンははっと息をのんだ。オークランズに来てからずっと二人の心につかえていた問題を、ついにグラントが持ち出してきた。「なぜ、あなたは手紙を書いてくれなかったの？」

「君と会って直接話がしたかったからだ。さあ、なぜ、別れの挨拶《あいさつ》もなしに去っていった？」

「グラント、あなたにはわかっているはずよ」

「君は私を置き去りにした」

「違うわ」

「だが、私にはそう思えた。なぜ、あの日、ベッドで愛し合うことを許してくれたんだ？」

「感情が高ぶると、人はとんでもないことをしでかすものなのよ」

「では、君の感情は今、高ぶっているのか？」

「あなたと一緒にいるときはいつだって、熱い気持ちが込み上げてくるわ。抑えようとしても抑えられないぐらい。なぜ、ベッドで愛し合うことをあなたに許したか……」アデリーンはゆっくりほほ笑んだ。

「それは、私が自分の直感を無視してしまったからよ。あの日は何の迷いもなく、あなたとホテルへ行った。そして、あなたがダイアナといるのを目撃したの。あんな経験をするのはもういやだわ」

「だが、君は私を求めている。それは否定できないはずだ」

暗がりの中でも、グラントの瞳がきらりと光るのがアデリーンには見えた。「私は人間よ、あなたがそう証明してみせてくれたわ。なぜ、ダイアナが今夜やってくることを教えてくれなかったの？」

「彼女のことは招待していないよ。君にそんな仕打ちをするほど私も無神経ではない。最初は驚いたが、あとは完璧《かんぺき》なホスト役を務めようと必死だった。ダイアナは明らかに、フランスから戻ってロンドンで会ったときの私の言葉を誤解していた。ウェイヴァリー家の屋敷について、彼女に話があったんだ。私に招待されたと勘違いしたんだろう」グラントはにやりとした。「母も不愉快だったろうが、驚くほどうまく調子を合わせてくれた。母は何ごとにも動じない人だ」

ダイアナがどれほど強くグラントに固執しても、彼が愛で応《こた》えることはない。アデリーンはようやく理解した。「ダイアナには、ジャックの話をしたの？」

グラントはうなずいた。「黙っている理由もないからね。彼女もそのうち知るだろうし」彼はアデリーンの輝くような横顔を見つめていたかと思うと、今度は魅惑的な瞳にまなざしを注いだ。「アデリーン、私とダイアナの間には何もない。最後に関係したのは二年も前のことだ。彼女は永続的な絆《きずな》を望んだが、私の気持ちは違った。六年前なら結婚していたかもしれないが、彼女は私よりも爵位を選んだんだ」

「でも、あなたのホテルに二度行ったけど、そのたびにダイアナがいたわ。あなたたちは……親しそうにしていた。それをどう考えろと言うの？」アデリーンの言葉にグラントは瞳をきらりとさせ、口元に笑みを浮かべた。

「君は豊かすぎる想像力のせいで、いらぬ心配をしている。最初に君がダイアナをホテルで見たとき、彼女は借金の申し込みに来ていた。私は断った。二度目は、金銭上の窮地を救ってもらった礼を彼女が言いに来たときだ。彼女を救ったのは、ジャック・カニンガムの件があったからだよ」

「あなたはウエストウッド・ホールを買ったのね？」

グラントはうなずいた。

「そうだと思ったわ。あの屋敷をどうするの？」

「ダイアナが正式に出ていったら、売りに出す。カニンガムは、彼女が彼の申し出を断って私に屋敷を売ったと知り、ひどい仕打ちをした。ダイアナは、ポールと結婚することに決めたそうだ」

アデリーンは仰天した。「本当？　でも、さっきの口ぶりではダイアナは……」

「私と結婚するつもりだと？　それは絶対にない。彼女が帰る前に二人だけで話をした。二人の間には可能性など何もない、と気づかせてやった。ダイアナは私との間の望みが潰《つい》えるまで、ポールへの返事を先延ばしにしていたんだ」

「ポールは裕福だから、その点で不満はないでしょうけど、あの二人が幸せになれるかしら」

「私も疑わしいと思う」グラントは両手でアデリーンのコートの襟を立ててやり、彼女の顔をのぞき込んだ。「彼らは決して、私たちほど幸せにはなれない。アデリーン、君を愛している。結婚してくれ。隣で目覚めたあの朝から、ずっと愛していた。一糸まとわぬ君の美しい姿、つややかな髪が二人を包み込んでいた。あれからずっと、私たちは愛し合う恋人同士だったんだよ。あの夜は運命からの贈り物だ。ロンドンで君が急に姿を消したときは、拷問に遭ったようだった。フランスにいるときもずっと君のことを思っていた。仕事に集中できず、眠ることもできなかった。君のことで頭がいっぱいで、胸が痛むほどだった。今日をかぎりに二人で新しく出発したい。私と結婚してくれるね？」

半ばささやくような、そっと愛撫《あいぶ》するような低い声に、アデリーンは黙ったままでいた。口を開くのが怖い、本当に起こっていることだとは信じがたいわ。彼女が首をかしげて、澄みきった銀白色の瞳をじっと見つめると、そこには優しさと愛があふれていた。グラントは真剣な表情をしていた。圧倒的な迫力とともに、いささか非情なところも感じられる。でも、とアデリーンは思った。これくらい非情なところもないと、いろいろな事業を切り盛りすることはできないのね。

「ええ、あなたと結婚するわ、グラント。あなたの妻になることを誇りに思います」

「よかった。君に断固ノーと言われた、最初の求婚と同じ失敗を繰り返したくはなかったから。この贈り物、ありがとう」グラントはささやいた。「とても気に入ったよ。私も君に贈り物があるんだ。明日、ちょっとしたサプライズがある。今は……」彼はポケットから何やら取り出した。

「何かしら？」

「やどりぎだよ」グラントはそそるような笑みを浮かべた。「どういう意味か、わかるね」

「ええ、もちろんよ」アデリーンは頭のすぐ上でかざされた小枝を見て、からかうようにほほ笑んだ。「とてもたくさんの実がついているわね」

「当然だよ。私は不純な動機とともに君のあとを追いかけてきたんだ。抜かりはない。やどりぎは親密な行為を正当化してくれる……多神教の時代には、豊穣《ほうじょう》と深く結びついていたそうだ」

「本当？」アデリーンは眉を上げ、無知を装った。

グラントがうなずく。「この実の一つ一つがキスを表している。君は知っていたかい？」

「そうなの？」半ば閉じた彼の瞳が、意味ありげにきらりと輝いた。

「屋敷を訪れた客たちはキスするたびに、この実をひと粒取っていく。実が全部なくなったら、そこでキスは終わりだ……ほら、この枝にはたくさん実がついている」

「まあ、それじゃあ、たくさんキスをしないと。凍え死んでしまう前に早くしましょう」

「まさに同感だ」

アデリーンを抱き締める前に、グラントはやどりぎの枝をつややかな彼女の髪に差し入れた。寒かったが、重ねた彼の唇は温かかった。このうえない優しさに彼女は身動きできなくなった。二人はせがむように、狂おしく求めるように愛撫を続けた。アデリーンがグラントの唇に唇を合わせると、彼はいつまでも終わることのないキスを深めた。

アデリーンはグラントの首に手をまわし、柔らかな黒い巻き毛を指に巻きつけてもてあそんだ。めくるめく喜びにとても我慢できない。彼女は強く体を押しつけ、熱い情熱に激しく応えていく。ロンドンで彼のもとを去って以来ずっと、夢にまで見たこのうえなく官能的な行為に身を任せた。グラントが腕に力を込めると、アデリーンは体をぴたりと寄せた。樹木に絡みつく蔦《つた》のように彼にしがみつき、力強い筋肉質の体から喜びと未来への約束を受け取る。

グラントは重ねていた唇をようやく離し、うっとり上を向いているアデリーンの顔を見つめた。その瞳はきらきら輝いている。「さあ、やどりぎの実をひと粒取ろうか」

「待って……そのままにしておいて。キスをやめたくないの。永遠にこうしていたい」

グラントはアデリーンの頬を指先でかすめ、顎を両手でそっと包むと、ほほ笑みかけながら彼女の顔を上向かせた。「君の言うことならなんでも聞くよ」

彼は再び唇でアデリーンの唇をふさいだ。キスは永遠に続き、やどりぎの実が小枝からもがれることはなかった。

13

翌朝八時、二人は前夜約束したとおりに厩舎《きゆうしや》で落ち合った。ひと晩で少し暖気が戻ったのか、氷が緩み、雪も溶けはじめた。

歩いてくるアデリーンを見つめるグラントは、感嘆の表情を隠しきれずにいた。彼女は濃緑色のビロードの服を着込み、とても暖かそうだ。「こんな朝早くにそれほど愛らしい格好ができるとは、驚きだね」彼は優しく声をかけた。

まわりには忙しく立ち働く馬番たちがいた。アデリーンはハンサムな恋人の胸に飛び込みたい衝動を抑えて輝く笑みを彼に向けたが、自分が乗る馬を見て、少し顔をしかめた。横乗りの鞍《くら》を馬番がつけようとしていたのだ。「ああ、だめよ。それはだめ」

グラントは怪訝《けげん》そうに眉を上げた。「だめか？」

「だめよ」アデリーンは、スカートをまくって膝丈《ブリーチズ》のズボンを見せた。

グラントは大きな笑い声をあげた。「アデリーン・オズボーン、君は突拍子もないな」

彼女は頭をのけぞらせ、いたずらっぽい笑顔で答えた。「突拍子もなくて結構よ。さて、どちらへ向かうの？」望みどおりの鞍をつけてもらった馬にまたがり、アデリーンはご満悦の様子だった。

「猟場を抜けて村へ行くのはどうだい」

「なぜ村へ？」アデリーンは気になった。

グラントにはその質問が面白かったのか、馬上で手綱を握ってアデリーンとともに厩舎から出てから、心配そうな彼女にさりげなく言った。「九時に牧師と約束をしているが、長くはかからない。馬たちをその間休ませて、また戻ってこよう」

二人は低い前傾姿勢をとると、馬に息も切れるほどのギャロップを命じ、雪に覆われた芝地を踏みしめながら走り抜けた。ぴたりと並んで全速力で駆け、数ある生け垣も苦もなく跳び越えていく。村が近づいてくると二人は速度を落とし、教会のほうへ向かった。

正面のポーチに立つ人々を目にして、アデリーンは驚いた。近づいていくと、誰がいるのかはっきりわかった。お父さまにミセス・レイトン、レティにローランドだわ。かすかに眉をひそめ、アデリーンはグラントに困惑のまなざしを向けた。

「変ね。みんな、ここで何をしているの？　誰を待っているのかしら？」

「私たちだよ」

門の前で馬を止めたグラントは地面に降り、アデリーンにも降りるように言った。彼女は彼を見つめながら、鞍の上から彼の腕の中に滑り降りた。

「私の知らないうちに何かが起こっているの？」アデリーンは期待に胸を震わせ、集まった人々のほうを見た。彼らは首を長くして何かを待ち受けている。だけど、いったい何を？

「驚かすことがあると言っただろう？　ゆうべ、君に求婚してイエスという答えをもらったから、今こそ結婚すべきだと思ったんだ」

「まあ！」アデリーンは驚きに息をのんだ。グラントに視線を走らせると、曖昧《あいまい》な笑みでこちらを見つめている。「でも、どうやって？　その……時間だってそんなに……」

「オークランズに戻ってすぐに手配を始めた」

アデリーンはあきれ顔になった。「だけど、もう、ずいぶん前のことだわ」

「正確には、三週間前だ」

「私が必ずイエスと言うと思っていたの？　あなたは相当な自信家ね！」アデリーンはぞくぞくするよ

うな興奮が全身を駆け抜ける中、彼の唇にそっとキスをした。

グラントの口元に笑みが浮かぶ。「どうにかして君を妻にすると心に決めていたからね」

「出ていくかもしれない、とは思わなかったの？」

「そのときは追いかける。私の心は君のものだ、アデリーン。これほど深く愛した女性は、君が初めてなんだ」

アデリーンは深く恋い慕う表情を浮かべて、手袋をしたままの手をグラントの頬に当てた。「私もあなたを愛しているわ。でも、あなたがこんなことをするなんて。ミセス・レイトンにレティまで……二人もこの企《たくら》みに加担していたの？」

「君には申し訳ないが、そうだ」

「父も？」

「到着後すぐ、一味に加わっていただいた。だが、ご異議はなかったよ……君は違うのか？」

「そんな、何を不服に思うと言うの？　だけど、父が黙っていらしたのには驚いたわ。いつもなら、誰かをだますなんて我慢できない方なのに」

グラントはアデリーンのそばに立ち、真剣な瞳で顔をのぞきこんだ。緊張した面持ちのまま、引き結んでいた口を開く。「結婚してくれるかい？　今、この教会で。牧師が中で待っている」

アデリーンの胸に大きく込み上げるものがあった。グラントとの間はすべてうまくいき、何にも邪魔されずに暮らしていける。そう思うと、希望に胸が温かくなる。アデリーンは愛情に満ちたまなざしで彼を見つめた。「そうね……今日はほかに何もすることがないから、結婚するのもいいかもしれない」

「乗馬服のままでも？」

「ぼろぼろの服でも構わないわ、グラント」

彼は唇の端ににんまりと笑みを浮かべた。「そこまで落ちぶれることはないと思いたいが」

グラントはアデリーンの手を取って腕を組むと、我慢強く待っている人々のほうへ歩きはじめた。みんなはやきもきしながら見守っていた。アデリーンはどうするかしら？　いったいなんと言うだろうか？　ああ、グラントがどうにか彼女を説得できますように。光り輝くような笑顔をアデリーンが見せたとき一同はようやく、彼の作戦がうまくいったことを知って安堵《あんど》した。

「なるほど」アデリーンは笑った。「ひそひそ話が横行しているかと思えば、私が部屋に入ったとたんみんなが急に黙りこくったりしたのは、こういう訳だったのね。もう、あんまりだわ」

「グラントは細心の注意を払って手筈《てはず》を整えたの」レティが釈明した。「でも、あなたに気まずい思いをさせるつもりは決してなかった」瞳が涙で曇る。「あなたが義理の姉になるなんてうれしいわ」そして、手に持っていた小さな花束をアデリーンに渡した。「これはあなたに」

アデリーンは驚いた顔で花を見た。「待雪草？　今は十二月なのに？」

「グラントの温室から切ってきたの」

「まあ、とてもきれいね」

「君のようだよ、いとしい人」グラントがつぶやく。

「教会へ入る前に娘と話をさせてくれ」ホレースはアデリーンの腕を取り、脇《わき》へ連れていった。

お父さまは不満に思ったり、うんざりなさっていないかしら？　アデリーンは父の曇った顔を探ったが、こちらを見つめる瞳は優しくほほ笑んでいた。

「お父さま、私のために喜んでくださる？」

やや間があったあとに、ホレースは尋ねた。「アデリーン、おまえは幸せかね？　いろいろあったが、グラントと結婚することで満足かい？」

「ええ、とても満ち足りているわ。彼を愛しています。もうずっと長いこと、彼を愛していたのよ」そうささやくアデリーンの声は幸せそうだった。

「そうか、私が聞きたかったのはそれだけだ。こうして、ちゃんとした形で嫁ぐおまえの姿を見ることができてうれしいよ」

「だけど、お父さまはどうなさるの？　ローズヒルで一人ぼっちになってしまう。やはり、屋敷を売り払ってロンドンに住んでは？　私がポールと別れる前は、そうするおつもりだったのだし」

「ローズヒルを売るつもりはない……今はなおさらのこと」

アデリーンがたどると、父のまなざしはヘスターに注がれていた。彼女もまた、この上なく寛大で心得たような目でホレースにほほ笑み返している。

「ああ……なるほど」事情がのみ込めたアデリーンもうれしそうに笑った。「そういうことなのね」

ホレースは少年のようににっこりした。「そうなんだ。さあ、グラントが教会の中でおまえを待っている」父は腕を差し出し、初めて出会ったような顔で娘を見つめた。「私にとっても誇らしい瞬間だ。おいで。彼を待たせたくはないだろう？　心構えはできたかね？」

アデリーンは父と腕を組み、待雪草の花束を捧《ささ》げ持って教会を見た。心配と期待、不安、そして愛で胸が破裂しそうだ。「ええ、大丈夫よ」

盛大なお祝い騒ぎとなったその日は使用人たちとの舞踏会が最後に控えていたが、グラントとアデリーンはその前に二人きりになれる時間をつくり、最善の方法で結婚の誓いを封印した。

グラントはアデリーンと腕を組んで舞踏室に入りながら、妻の瞳を温かく見つめた。ベッドで愛し合ったばかりの彼女は、おき火のような喜びの光を内側から放っている。その場にいる全員に聞こえるよう、グラントは澄んだ声で誇らしげに言った。「みなさん……わが妻、アデリーンです」

はやる思いを抑えきれない人々がたちまち前へ出て、婚礼をすませた二人に祝いの言葉をかける。グラントは友人たちと上機嫌で会話を交わしながらも、アデリーンは自分のものだと言わんばかりに、腰に腕をしっかりまわしたままでいた。

料理人は慣習を破り、舞踏会での最初のダンスの権利を新婚の二人に喜んで譲った。家族や友人、使用人たちがまわりを取り囲む中、グラントはアデリーンを腕に抱いてダンスフロアへ進み出た。クリーム色のサテン地のドレスが新婦のデコルテを艶《あで》やかに引き立てる。その隣には、日に焼けたハンサムな新郎。舞踏室に割れんばかりの拍手喝采《かっさい》が起こった。

グラントは、八時間前に自分の妻となった女性の瞳を見つめた。彼女のいない未来など考えられない。夫を見上げてほほ笑むアデリーンに、まわりの空気もぱっと華やかになった。立ち上る彼女の甘い香りに、グラントは全身がぞくぞくした。

「幸せかい？」

「天にも昇る心地よ」胸が痛いほどだ。

「頬が薔薇《ばら》色をしている。輝くばかりにきれいだ」

「それはあなたのせいよ」

グラントは片眉を上げた。「愛しているよ、ミセス・レイトン。ほかに誰もいなかったら、君にかき立てられた情熱を今すぐここで証明してみせるのに」燃えるような瞳に真実がこもっていた。

「私も同じ気持ちよ、ミスター・レイトン。あなたはすばらしい男性ね」

「とても幸運な男さ」さまざまな感情に心を奪われているのを隠しきれないまま、グラントはアデリーンを見つめた。「命尽きるその日まで、君を愛するよ。いや、神のお思《ぼ》し召《め》しがあるなら、この命が尽きても、ずっと」

ハーレクイン®

ハーレクイン・ヒストリカル　2008 年 12 月刊（HS-345）
『一度だけの誘惑』を改題したものです。

放蕩富豪と醜いあひるの子
2025 年 1 月 5 日発行

著　　者	ヘレン・ディクソン
訳　　者	飯原裕美（いいはら　ひろみ）
発 行 人	鈴木幸辰
発 行 所	株式会社ハーパーコリンズ・ジャパン 東京都千代田区大手町 1-5-1 電話 04-2951-2000（注文） 0570-008091（読者ｻｰﾋﾞｽ係）
印刷・製本	大日本印刷株式会社 東京都新宿区市谷加賀町 1-1-1
装 丁 者	橋本清香［caro design］

ISBN978-4-596-71901-0 C0297

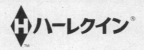

1月15日発売 ハーレクイン・シリーズ 1月20日刊

ハーレクイン・ロマンス

愛の激しさを知る

忘れられた秘書の涙の秘密 《純潔のシンデレラ》	アニー・ウエスト／上田なつき 訳	R-3937
身重の花嫁は一途に愛を乞う 《純潔のシンデレラ》	ケイトリン・クルーズ／悠木美桜 訳	R-3938
大人の領分 《伝説の名作選》	シャーロット・ラム／大沢　晶 訳	R-3939
シンデレラの憂鬱 《伝説の名作選》	ケイ・ソープ／藤波耕代 訳	R-3940

ハーレクイン・イマージュ

ピュアな思いに満たされる

スペイン富豪の花嫁の家出	ケイト・ヒューイット／松島なお子 訳	I-2835
ともしび揺れて 《至福の名作選》	サンドラ・フィールド／小林町子 訳	I-2836

ハーレクイン・マスターピース

世界に愛された作家たち
〜永久不滅の銘作コレクション〜

プロポーズ日和 《ベティ・ニールズ・コレクション》	ベティ・ニールズ／片山真紀 訳	MP-110

ハーレクイン・プレゼンツ作家シリーズ別冊

魅惑のテーマが光る
極上セレクション

新コレクション、開幕！

修道院から来た花嫁 《リン・グレアム・ベスト・セレクション》	リン・グレアム／松尾当子 訳	PB-401

ハーレクイン・スペシャル・アンソロジー

小さな愛のドラマを花束にして…

シンデレラの魅惑の恋人 《スター作家傑作選》	ダイアナ・パーマー 他／小山マヤ子 他 訳	HPA-66

文庫サイズ作品のご案内

◆ハーレクイン文庫・・・・・・・・・・・・・・毎月1日刊行
◆ハーレクインSP文庫・・・・・・・・・・・・毎月15日刊行
◆mirabooks・・・・・・・・・・・・・・・・毎月15日刊行

※文庫コーナーでお求めください。

今月のハーレクイン文庫

12月刊 好評発売中!

帯は1年間"決め台詞"!

珠玉の名作本棚

「小さな奇跡は公爵のために」
レベッカ・ウインターズ

湖畔の城に住む美しき次期公爵ランスに財産狙いと疑われたアンドレア。だが体調を崩して野に倒れていたところを彼に救われ、病院で妊娠が判明。すると彼に求婚され…。

(初版:I-1966「湖の騎士」改題)

「運命の夜が明けて」
シャロン・サラ

癒やしの作家の短編集! 孤独なウエイトレスとキラースマイルの大富豪の予期せぬ妊娠物語、目覚めたら見知らぬ美男の妻になっていたヒロインの予期せぬ結婚物語を収録。

(初版:SB-5,L-1164)

「億万長者の残酷な嘘」
キム・ローレンス

仕事でギリシアの島を訪れたエンジェルは、島の所有者アレックスに紹介され驚く。6年前、純潔を捧げた翌朝、既婚者だと告げて去った男――彼女の娘の父親だった!

(初版:R-3020)

「聖夜に降る奇跡」
サラ・モーガン

クリスマスに完璧な男性に求婚されると自称占い師に予言された看護師ラーラ。魅惑の医師クリスチャンが離婚して子どもの世話に難儀していると知り、子守りを買って出ると…?

(初版:I-2249)